JOHANNES
HERWIG

HALBER
LÖWE

JOHANNES HERWIG

HALBER LÖWE

GERSTENBERG

When I wrote about parties
Someone always died
When I tried to write happy
Yo I knew I lied

Ice-T

FRÜHLING

1

Ein Friedhof war kein guter Ort zum Scheißebauen, aber dafür hatten die Jungs und ich ja den Rest der Stadt.

»Und wo müssen wir jetzt hin? Lass mich bloß nicht allein! Hier verläuft man sich ja.« Jarno spuckte auf den Boden, was ich irgendwie blöd fand, aber er machte das ständig. Wir nannten ihn nur Jörn, denn Jarno, das war nun wirklich kein normaler Name. Beim Aussprechen verrenkte man sich glatt den Kiefer, darauf hatten die anderen und ich keinen Bock.

»Einfach mir nach«, sagte ich. »Ist noch ein bisschen.« Jarno rückte sein Basecap zurecht. Neben seinem Ohr lugte ein Stück von der Stelle hervor, wo sie ihn letztens genäht hatten. Der Typ vom Wachschutz hatte sich dort mit seinem Schlagstock verewigt. Und sich danach fast in die Hose gemacht, als ihm Engel, unser Senior, seine Knarre an den Kopf gehalten hatte. Zur Klärung der Situation sozusagen.

Ich kannte den Friedhof gut, aber ich kam nach wie vor nicht gern her. All die Toten. Lagen hier einfach so unter der Erde. Friedlich, oder vielleicht stinksauer, wer wusste das schon. Die Steine auf ihren Gräbern gaben wenig preis: wie alt sie geworden waren, in welcher Zeit sie gelebt hatten, vielleicht der Beruf und irgendein Spruch, der die Hinterbliebenen tröstete. Die Größe vielleicht noch ein Hinweis, wie es mit der Kohle ausgesehen hatte.

Mein Vater war einer von ihnen. Wirklich mehr als über all die anderen, die hier lagen, wusste ich über ihn aber auch nicht. Immerhin, jetzt im Frühling war der Südfriedhof eine echte Wucht. Bäume und Büsche blühten in den prächtigsten Farben; Pflanzen, die es nirgendwo sonst in der Stadt gab und von denen ich auch keine Ahnung hatte, wie sie hießen, säumten die Wege. Überall wuchs Rhododendron, meterhohe Sträucher mit Blüten, die wie Bälle aussahen. Diesen einen Namen hatte ich mir mal gemerkt, auch wenn ich noch immer nachschlagen musste, wie man ihn schrieb.

Die Anlage war mehr Park als Friedhof. Riesengroß und fast romantisch, an manchen Stellen zumindest. Ich nahm an, dass hier auch jede Menge berühmter Leute lagen.

Der Pfad ging in einen Weg über, auf dem sich Risse durch den Beton zogen, geformt wie die Äste von kahlen Bäumen. Wir liefen an Gräbern vorbei, eingezäunt von kleinen, rostroten Gittern. Von Gestrüpp überwucherte Grabsteine, auf denen man die eingravierten Namen nur noch erahnen konnte. Weiter hinten gab es richtige Tempel, die Ruhestätten ehemals sicher reicher Säcke. An anderen Stellen des Friedhofs standen die Gräber dagegen dicht an dicht, Felder aus kleinen Kreuzen, Steinen und Statuen.

»Für Engel überlegen wir uns diesmal was richtig Mieses, okay?«, sagte Jarno und kratzte sich, bewusst oder unbewusst, an der langsam abheilenden Wunde. Sie hatte ein bisschen was von einem großen Tausendfüßler, der ihm über den Kopf huschte. »Geht mir mordsmäßig auf die Eier, dass der immer mit den dreckigen Ideen daherkommt, selbst aber mit Samthandschuhen angefasst wird.«

»Noch angepisst?«, fragte ich. Jarno zog die Nase hoch und spuckte wieder auf den Boden.

»Ach, geht«, sagte er. »Aufgabe ist Aufgabe. Nur ungerecht, dass es gerade unser Opa immer so leicht hat. Weil wir so nett sind.« Er grinste, aber seine Augen blieben hart. »Timo hat Einspruch erhoben. Er ist dagegen, Engel zu ... wie hat er gesagt? Ach ja, *zu provozieren.*« Jarno nahm das Basecap ab, fuhr sich durch die Haare und setzte es wieder auf. »Was für ein Scheiß.«

»Bin dabei«, sagte ich, obwohl ich wusste, dass die Reihe nach Engel an mir war. Ein hartes Ding für ihn könnte ein dreimal so hartes für mich bedeuten. Das Ganze lief so ab: Drei von uns überlegten sich, was derjenige, der dran war, für eine Mutprobe zu leisten hatte. Immer nacheinander: Timo, Jarno, Engel und ich. Das machten wir jetzt schon seit Jahren. Je älter wir wurden, desto fieser wurden die Dinger allerdings. Zu nicht kleinen Teilen lag das an Engel, der sich mit seinen Vorschlägen meistens durchsetzte. Und ohnehin immer bekloppter wurde. Jarno grinste, diesmal war es ein zufriedenes Grinsen.

»Auf dich ist Verlass, Sascha«, sagte er. »Sind wir dann jetzt bald mal da? Das macht mich irgendwie fertig hier.«

»Vor dem Pavillon nach links«, sagte ich. »Und was du dich überhaupt beschwerst. Gehen wir zu deinem Vater oder zu meinem?« Jarno murrte etwas, das ich nicht verstand.

»Hast ja recht«, sagte er dann. »Sorry.« Von dem betonierten Weg führte ein wieder schmaler werdender Pfad über ein Stück Wiese. An dieser Stelle des Friedhofs sahen die Gräber fast alle gleich aus, die ordentlich aufgereihten Grabsteine eher unscheinbar, doch das meines Vaters konnte ich trotzdem schon von

Weitem erkennen. Ein Stück daneben tappte eine Krähe über das Gras, schlug kurz mit den Flügeln, als wollte sie vor Jarno und mir davonfliegen, und hüpfte dann hinter einen Baum.

»Tja, da wären wir«, sagte ich. Auf dem Grabstein meines Vaters war nicht viel zu lesen, Geburts- und Sterbedatum und sein Name. Ich verband nicht viel mit diesem Ort. Vielleicht, weil er schon so lange tot war. Ich nur das Gefühl der Leere kannte, nicht das Gefühl des Verlusts. Trotzdem hatte es immer etwas Beklemmendes, hier zu sein. Als wäre hier doch noch irgendetwas von ihm da. Etwas, das von diesen drei, vier Quadratmetern Wiese nicht wegkonnte und mich immer etwas vorwurfsvoll ansah, weil ich mich so selten blicken ließ.

»Na dann«, sagte Jarno und tippte wie zur Erinnerung an die Blumen in meiner Hand. Ich riss das Papier ab, das meine Mutter um den Strauß gewickelt hatte.

Alles Gute zum Geburtstag, sagte ich in Gedanken. Eine Weile stand ich nur so da, das Papier, das im leisen Wind raschelte, in meiner linken Hand, die Blumen in meiner rechten. *Ich hoffe, dir geht es gut. Wo auch immer du gerade bist.* Ich hätte gern noch was Tiefsinnigeres angefügt, doch mein Kopf blieb leer. Jarno schwieg, die Hände in den Hosentaschen. Ich lehnte den Strauß an den Grabstein, bemüht, nicht auf die Fläche direkt davor zu treten. Die Blumen rutschten ein wenig, blieben aber stehen.

Wie heute hatte bei der Beerdigung die Sonne geschienen. Es war warm gewesen, schon am Morgen, und die Erwachsenen hatten geschwitzt in ihren schwarzen Klamotten. Ansonsten wusste ich nicht mehr viel von diesem Tag. Ein paar Erinnerungen, Standbilder, praktisch nichts Zusammenhängendes. Aber diese eine Sache, die war nie wirklich weggegangen. Dieses Gefühl, das sich schwer beschreiben und schwer begreifen ließ, zumal wenn man es als so kleiner Junge erlebt hatte. Eine Art Wut, auch wenn es das nicht ganz traf. Ich hatte einfach nicht verstehen können, warum um uns herum ein so schöner Tag war, warum die Sonne strahlte und die Vögel sangen – wenn wir doch traurig waren. Es war schwer gewesen, mit dieser Entrüstung, diesem Zorn oder was auch immer umzugehen. Und die Erwachsenen, die an mir herumgetätschelt hatten, von *Beileid* oder *Anteilnahme* gefaselt hatten, obwohl ich gar nicht wusste, was das sein sollte, hatten mir nicht im Geringsten geholfen.

»Na los, Keule«, hörte ich plötzlich Jarnos Stimme. »Die Toten brauchen uns nicht.« Er boxte mir in die Schulter, sanft, für seine Verhältnisse zumindest. Wahrscheinlich hatte er damit sogar recht. Wahrscheinlich brauchten die Lebenden die Verstorbenen mehr. Ich schloss die Augen, merkte, wie in mir irgendwas emporstieg, etwas, das den Hals eng und das Atmen schwer machte, und öffnete sie schnell wieder. Ich hatte noch nie geheult, außer als Knirps vielleicht, da würde ich jetzt bestimmt nicht wieder damit anfangen. Jarno spuckte auf den Boden, immerhin Richtung Weg, nicht Richtung Grab.

»Ist wohl so«, sagte ich. Hinter uns neben einer Bank stand ein rostiger Abfallkorb. Ich knüllte das Papier zusammen und warf es hinein. Jarno streckte sich. Wir liefen eine Allee entlang zum Ausgang. Durch die Bäume konnte man das Völkerschlachtdenkmal sehen. Von oben hatte man einen großartigen Blick über die Stadt. Letztens hatte ich Jacky mitgenommen, als wir an einem Sonntag mal wieder allein gewesen waren, und war ganz stolz gewesen, wie sie die ganzen Treppen mit ihren kleinen Beinchen geschafft hatte.

»Wieso hat deine Mutter das Gemüse eigentlich nicht selbst gebracht?«, fragte Jarno, während wir den Weg entlangschlurften, Wölkchen aus Staub unter unseren Schuhen.

»Doppelschicht«, sagte ich. Wie so oft, wenn sie den Nachmittag gern frei gehabt hätte, fügte ich an, auch das nur in Gedanken. »Sind schon wieder alle krank, oder was weiß ich.«

»Krankenhaus eben. Wie der Name schon sagt.« Jarno grinste, aber ich sparte mir, auf seinen müden Witz zu reagieren. Am Osttor vom Messegelände, wo das große Doppel-M stand, trennten wir uns.

»Heute Abend am Treffpunkt?«, fragte Jarno. »Zum Pläneschmieden? Da ist Engel beim Fußball. Timo kommt auch. Seine Memmentour, die treiben wir ihm schon noch aus.« Ich murmelte etwas Zustimmendes.

»Wird aber später«, sagte ich. »Muss warten auf meine Mutter. Kann meine Schwester nicht allein lassen. Weißte ja.«

»Halbschwester«, verbesserte Jarno.

»Was auch immer.« Wir verabschiedeten uns mit dem Cliquengruß, klatschende rechte Hände und aneinandergeschlagene Schultern. Dann beeilte ich mich. Es war kurz vor fünf, kurz bevor sie im Kindergarten von Jacky Feierabend machten.

2

Unser Kühlschrank war so leer wie mein Kopf beim mündlichen Mathetest. Ein schlappes Bund Radieschen, Reste einer Großpackung Käse (*Variation in Scheiben*), in der Tür Ketchup und ein einsames Ei. Ich klappte die Tür wieder zu. Die Sachen würden knapp für den nächsten Morgen reichen, für das Abendbrot musste ich mir was anderes einfallen lassen. Ich durchwühlte den Schrank. Mit Mehl oder Puddingpulver oder Kuvertüre (was war da eigentlich der Unterschied zu Schokolade?) war nichts anzufangen, aber hinten versteckte sich noch eine Packung Spaghetti.

»Nudeln mit Ketchup?«, schrie ich in Richtung unseres Zimmers. Jacky hatte das Radio aufgedreht und plärrte in einer Sprache, die sie wohl für Englisch hielt, irgendeinen Popsong mit. Sie unterbrach ihre Show, kam in die Küche gerannt, nickte wie ein Wackeldackel mit dem Kopf, sodass ihre widerspenstigen Locken hin und her flogen, und rannte wieder weg. Ich wusch den einen großen Topf, den wir besaßen, sowie zwei Teller und Besteck ab, rückte den restlichen Stapel Geschirr neben dem Becken ein Stück zusammen und feuerte den Gasherd an. Die Flammen zischten, als ich den noch nassen Topf mit Wasser aufsetzte.

Wenig später saßen wir vor unseren dampfenden Spaghetti. Jacky rupfte sich eine Scheibe Käse klein, die ich ihr zugeteilt hatte, und schüttete, die Flasche in beiden Händen, großzügig Ketchup über das Ganze. Sie wusste, dass ich es nicht so genau nahm wie Mama.

»Zopf!«, sagte ich mahnend, als sie schon reinhauen wollte, die Spitzen ihrer Haare fast auf dem Teller. Sie verdrehte die Augen, schmiss die Gabel auf den Tisch, rannte noch einmal in unser Zimmer und kam mit halbwegs ordentlich zusammengebundenen Locken zurück.

»Wann kommt Mama? Gucken wir dann noch Sandmann?«, fragte sie ohne Punkt und Komma, den Mund voller Spaghetti.

»Nach acht. Wenn du schon schläfst, jedenfalls«, antwortete ich. »Und ja, das machen wir.«

»Und liest du mir auch noch vor?« Jacky sah mich hoffnungsvoll an. Ich war froh, wenn unsere Mutter das machte. Diese niedlichen Geschichten von irgendwelchen Tieren, die gemeinsam jedes Problem lösten, wenn sie nur zusammenhielten, gingen mir ziemlich auf den Geist. Ich wusste nicht, warum man kleine Kinder immer für so dumm verkaufen musste. Das sagte ich natürlich nie laut, aber Jacky spürte wohl manchmal meine fehlende Begeisterung.

»Ich kann das nicht so gut«, hatte ich hin und wieder als Entschuldigung hervorgebracht. Meistens riss ich mich aber zusammen.

»Logisch«, sagte ich und klaute ihr ein Stück Käse vom Teller.

»Meiner«, rief Jacky.

»Jetzt nicht mehr«, rief ich zurück. Wir grinsten uns an.

Nach dem Essen räumte ich den Tisch ab, während Jacky sich umzog und ihre Zähne putzte, das Abendprogramm bekam sie schon allein auf die Reihe. Ungeduldig mit ihren nackten Füßen auf dem Polster trommelnd, saß sie im Schlafanzug auf dem Sofa, als ich in die Stube kam.

»Anschalten«, krähte sie. Der Fernseher war tabu, nur Mama und ich durften da ran, und ich fand es recht angenehm, dass es darüber auch keine Diskussionen gab. Ich brachte das Gerät zum Laufen. Es stammte noch aus der DDR und war eine ziemliche Möhre, aber für diesen ganzen glitzernden Kram in den Kaufhäusern und in der Werbung fehlte uns schlicht die nötige Kohle. Der neueste Schrei waren ja jetzt diese PCs und Wunder was für tolle Spiele, ich schaltete regelmäßig auf Durchzug, wenn es in der Schule mal wieder darum ging. Es war zwecklos, meine Mutter nach so etwas zu fragen, daher blieb mir auch gar nichts anderes übrig, als auf desinteressiert zu machen. Wenigstens musste ich mir nicht auch noch blöde Sprüche anhören. Letztes Jahr hatten mich ein paar aus der Zehnten wegen meiner ausgelatschten Treter angemacht, ein paar hochnäsige Wichser mit Alpha- und Replay-Jacken, alle mit den gleichen blank gerubbelten New Balance, als hätten sie zusammen einen Schuhladen überfallen. Am nächsten Tag waren Jarno, Engel und so ein durchgeknallter Typ, ein Drogenopfer, das Engel *noch einen Gefallen* geschuldet hatte, in der großen Hofpause an die Schule gekommen und hatten die gesamte Truppe vor versammelter Mannschaft zusammengelegt. Ohne auch nur ein einziges Wort zu sagen. Die Geschichte hatte heftig die Runde gemacht, obwohl ich bei meiner Vorladung zum Direktor natürlich jede Verbindung abgestritten hatte. Was konnte der Sack mir schon. Jedenfalls war nun bekannt, dass man mir in der Öffentlichkeit besser nicht dumm kam, und was die ganzen Idioten über mich und meine Freunde dachten, konnte mir sowieso gestohlen bleiben.

Wir schauten den Sandmann. Jackys Blick klebte am Bildschirm, ich selbst ließ mich berieseln. Auch diese Sendung war irgendwie Quatsch, aber auszuhalten, sie ging ja nur zehn Minuten. Und natürlich hatte auch ich das als Kind geguckt. Leute wie Engel taten ja gern so, als wären sie schon mit der Kippe im Mundwinkel und der Simson unter dem Arsch auf die Welt gekommen. Nachdem das Männchen im Fernseher seinen Schlafsand gestreut hatte, rieb sich Jacky theatralisch die Augen und streckte sich lang auf dem Sofa aus.

»Na komm schon, du Faulpelz«, sagte ich. In unserem Zimmer ließ ich die Jalousien ein Stück herunter. Es blieb jetzt abends wieder länger hell, die dunkle Jahreszeit war vorüber. Jacky kam aus der Stube geschlurft und kroch in ihr Bett unter den Fenstern. Mein eigenes befand sich in der Ecke neben der Tür. Ein großes Regal in der Mitte, vollgestopft mit Büchern, Spielsachen und sonstigem Kram, fungierte als eine Art Raumteiler. Damit es wenigstens den Anschein hatte, jeder hätte seinen eigenen Bereich. Sollte ich mal eine richtige Freundin haben, hatte hoffentlich sie ein eigenes Zimmer.

Ich setzte mich zu Jacky auf die Matratze. Sie kramte unter ihrer Decke.

»Hast du Ocki gesehen?«, kam es dumpf aus dem Stoffberg hervor.

»Nee«, sagte ich. *Ocki* war das ungefähr absurdeste Kuscheltier, das man sich vorstellen konnte, ein grüner Tintenfisch mit

Glubschaugen und schwabbeligen Plüscharmen. Seit mehr als einem Jahr rätselte ich darüber, ob ihr Vater mit diesem Geschenk Humor oder nur seine Geschmacklosigkeit unter Beweis gestellt hatte. War aber letztlich auch einerlei. Jacky liebte das Ding, etwas anderes zählte nicht. Immerhin mal eine Sache, die er richtig gemacht hatte. Wir suchten im Zimmer herum, schließlich fand ich das Scheusal unter einem Berg Klamotten und Jacky schleppte es ins Bett. Ich las ein ganzes, großformatiges Buch aus der Bibliothek mit zugegeben nicht sehr viel Text. Dann durfte ich gehen.

»Gute Nacht«, sagte ich. »Bis morgen früh.« Jacky hatte sich schon von mir weggedreht, das Kuscheltier eng an ihre Brust gepresst.

»Nacht«, murmelte sie. Im Halblicht sah ich Locken und ein glotzendes Glubschauge. Einigermaßen lustlos machte ich mich in der Küche an den Geschirrstapel neben der Spüle. Abwaschen war die ultimativ langweiligste Sache der Welt, aber nach einer Doppelschicht wollte ich meiner Mutter dieses Schlachtfeld nicht zumuten. Ich ließ gerade die Brühe aus dem Becken, als der Schlüssel in der Wohnungstür klapperte. Ich hörte, wie meine Mutter ihre Jacke an die Garderobe hängte, ihre Schuhe auszog und ihre Tasche abstellte. Sie hob müde die Hand zu einer Art Gruß, als sie die Küche betrat, und haute sich auf einen Stuhl.

»Hunger?«, fragte ich. Im Kühlschrank stand noch ein Teller mit dem Rest Spaghetti.

»Später«, sagte sie. »Ich muss erst mal runterkommen. Aber danke.« Sie stand wieder auf, kam mit ihrer Tasche aus dem Flur zurück und holte eine Schachtel f6 heraus. »Was für ein ätzender

Tag.« Sie klopfte sich eine Kippe zwischen die Finger, zündete sie an und blies den Rauch aus der Nase wie so ein Stier in einem Comic.

»Wer hat denn gefehlt?«, fragte ich. Meine Mutter winkte ab und strich sich ein paar kupferne Strähnchen aus dem Gesicht. Der monatliche Termin beim Friseur war eines der wenigen Dinge, die sie sich leistete.

»Frag lieber, wer nicht gefehlt hat. Steffi und ich haben das Ding quasi allein geschaukelt. Der Uhlig war heute auch *unpässlich.*« Bei dem letzten Wort verengten sich ihre Augenbrauen. Zwei tiefe Falten erschienen. »Dafür ist der Pfeiffer den ganzen Tag bei uns rumgesprungen, dieser Witz von einem Oberarzt. Weißt ja, wir sehr ich den gefressen habe.«

»Misch dem doch mal was in den Tee«, sagte ich. »Irgendwas, mit dem der nicht mehr vom Klo runterkommt oder so.«

»Na klar«, sagte meine Mutter, einen Anflug von Grinsen in den Mundwinkeln. »Mit Jacky alles gut gelaufen?« Ich zuckte mit den Schultern und schob ihr den Aschenbecher hin, der neben dem Toaster stand.

»Logisch.« Eine Weile schwiegen wir, das leise Ticken der Uhr an der Wand und das Knistern der Zigarette meiner Mutter waren die einzigen Geräusche in der Küche.

»Ich muss noch mal los«, sagte ich schließlich. »Zu Jörn. Falls du sonst nichts mehr brauchst. Haben was zu bequatschen.« Meine Mutter schnaubte.

»Was soll ich schon brauchen«, sagte sie. Wir sahen uns an. Dass auf die Frage keine Antwort kommen konnte, weil eine Antwort zu lange gedauert hätte, war uns wohl beiden klar.

»Lass mal gut sein, Sascha«, sagte meine Mutter und drückte ihre Kippe aus. »Komm nicht so spät.«

»Ich versuch's.« Mit dem Kopf zeigte ich auf ihre Handtasche. »Hast du noch 'nen Fünfer für mich?« Sie suchte nach ihrem Portemonnaie. Im Scheinfach befand sich ein Zwanziger. Sie betrachtete ihn kurz, als würde sie im Kopf etwas rechnen oder irgendwas anderes überlegen. Dann fischte sie etwas Hartgeld aus dem anderen Fach.

»Mehr ist gerade nicht drin«, sagte sie. »Ich muss Carsten schon wieder wegen Jackys Unterhalt hinterherrennen. Der raubt mir den letzten Nerv.«

»Passt schon«, sagte ich und nahm die klimpernden Münzen entgegen. »Danke.« Ich wollte noch Getränke besorgen, auch Jarno und Timo waren meistens klamm. Aber für ein paar Bier würde es reichen. Manchmal beklaute Timo seinen Vater, *Schmerzensgeld* nannte er das, aber das ging nur, wenn sein Alter abends ausging und am Morgen nicht mehr wusste, wie viel Kohle er in der Kneipe gelassen hatte. Schoss er sich zu Hause ab, hatte Timo zu viel Schiss, ihm ans Portemonnaie zu gehen. Das ganze Thema mit dem Geld ging mir ziemlich auf den Sack, in meiner Klasse war es ein richtiger Wettstreit geworden, wer das meiste Taschengeld bekam. Ich fragte mich, wie man sich daran so aufgeilen konnte, dass die Eltern zufällig Pinke besaßen. Früher hatte das doch niemanden gejuckt.

»Du bist ja nur neidisch«, hatte Philip, der alte Schnösel und Lehrerliebling, kommentiert. Kurze Zeit später war leider seine Milch im Rucksack ausgelaufen, als er von der Hofpause wiederkam, so ein Pech.

Meine Mutter verstaute ihre Geldbörse wieder in der Tasche und nahm sich eine neue Zigarette.

»Bringst du Jacky morgen früh?«, rief sie, als ich schon im Flur war. »Abholen sollte diesmal klargehen.«

»Mach ich«, sagte ich und steckte den Kopf noch mal zur Küche herein. »Bis dann.« Meine Mutter nickte, das Gesicht in Rauchschwaden gehüllt, als würde sie durch Nebel schauen.

3

Unser Treffpunkt war eigentlich eine ganze Wohnung, drei Zimmer im obersten Stock eines Abbruchhauses, nur ein paar Straßen weiter. Der gesamte Block stand leer, der Putz an den Fassaden war praktisch nicht mehr vorhanden und die meisten Fenster eingeworfen. Oben am Abschluss des Erkers, sozusagen genau über unserem Wohnzimmer, schaute der Kopf eines Löwen auf die Straße: eine Stuckarbeit, irgendwann bestimmt einmal prächtig gewesen, nun abgebröckelt oder abgeschlagen worden wie in den Legenden um die Sphinx. Eigentlich war er nur noch halb.

Von innen hingegen war unsere Bude in einem ganz passablen Zustand. Wir hatten vor einigen Monaten mal ein Wochenende damit verbracht, den Müll rauszutragen und ordentlich durchzukehren. Dann hatten wir die anderen Wohnungen abgesucht und das Ding ein bisschen eingerichtet mit dem, was uns so in die Hände gefallen war: ein etwas modrig riechender Sessel, mehrere Campinghocker, ein wurmstichiger alter Tisch, unter den wir als Ersatz für das abgebrochene Bein zwei leere Bierkästen und ein paar Ziegelsteine gestapelt hatten.

Ich nahm einen Umweg zu dem Kiosk, der bei uns abends noch geöffnet hatte, und knöpfte dem mürrischen Verkäufer für mein Kleingeld immerhin fünf Wicküler ab, diese Wessi-Sorte, die beim Öffnen so nach Raubtierhaus roch. Die verfallende Häuserzeile glotzte dunkel auf mich herab, als ich um die Ecke bog. Um hineinzugelangen, musste man über ein rostiges Tor, von dem ich immer braune Finger bekam, in den Hof klettern. Die Haustüren waren zugemauert worden, doch die Hintereingänge standen offen. Weiß der Himmel, was das für einen Sinn machte.

Den Weg nach oben fand ich auch im Dunklen. Engel hatte mal eine ganze Weile wichtig an den Schaltkästen im Keller rumgefummelt und behauptet, dass er die Elektrik schon wieder zum Laufen bekommen würde. Es war bei der Behauptung geblieben.

Durch das Milchglas an der Tür zu unserer Bude sah ich Kerzenschein. Ich klopfte, zweimal lang, zweimal kurz. Das war unser Zeichen, um ungebetenen Besuch sofort erkennen zu können. Damit jeder auch gleich wusste, dass hier niemand außer uns was zu suchen hatte, lagen im Flur ein paar Meinungsverstärker bereit: Hammer, Basi, Profileisen. Timo kam, seinen langsamen, lustlosen Gang erkannte ich schon von draußen. Kette und Schloss klapperten, dann öffnete er. Auch in dem nur schummrigen Licht entdeckte ich eine frische Schwellung auf seiner Wange. Ich zog die Augenbrauen hoch. »Wieder Streicheleinheiten bekommen?«

Timo zuckte mit den Schultern und sah mich mit seinem trotzigen Kleinkindblick an. Seine Brikettfrisur passte dadurch noch weniger zum Gesicht als sonst.

»Das Arschloch«, sagte ich. Wir klatschten uns ab, der Gruß kam seinerseits etwas schlaff. Ich lief schon mal vor, während Timo die Tür wieder verrammelte. Jarno saß auf dem Sessel und kaute an einem Döner. Mit vollem Mund nickte er mir zu. Auf dem Tisch Verpackungsreste, leere Flaschen und ein paar Kerzen, die tanzende Schatten an die Wand warfen. In der Ecke stand ein wahres Monstrum von einem Kachelofen, im Winter hatten wir mal versucht, das Teil anzufeuern, und dann tagelang lüften müssen. Da war nichts mehr zu holen. Wer weiß, was in dem Abzug steckte.

Ich packte meine Mitbringsel aus und machte mir eine der Flaschen an der Tischkante auf. Timo kam rein und ließ sich etwas umständlich auf einen der Hocker nieder. Etwas lag in der Luft, irgendeine Spannung, und ich konnte mir schon denken, was der Grund war.

»Bier?«, fragte ich Richtung Timo, der mit verschränkten Armen und vorgeschobener Unterlippe dasaß, als wäre er die menschgewordene schlechte Laune.

»Tja, okay«, sagte er und zog die Worte dabei in die Länge, wie jemand, den ich gerade minutenlang zu irgendeiner Sache überredet hatte. Ich öffnete eine zweite Flasche und reichte sie rüber, vielleicht entspannte ihn das ja ein bisschen.

»Was gibt's Neues?«, fragte ich nach einem kräftigen Schluck. Das Bier müffelte wie verrückt, schmeckte aber. Jarno stopfte sich das letzte Stück Brot in den Mund und murmelte etwas Unverständliches.

»Ich hab was rausgekriegt«, sagte er, nachdem er runtergeschluckt hatte. »Und dann ist mir was eingefallen. Ein echter Geistesblitz. Mal sehen, was *du* davon hältst.« Er schaute bedeutungsvoll zu Timo, der keine Anstalten machte, ein anderes Gesicht aufzusetzen. »Erinnerst du dich noch an den Pilei unserer früheren Schule?«, fuhr er fort und kratzte mit einem Fingernagel zwischen seinen Zähnen rum.

»Meinst du den Fummler?«, fragte ich. »Dieses alte Pädo-

Schwein?« Jarno lächelte und schnippte den Krautrest, den er hervorgepult hatte, auf den Boden.

»Danke, Sascha«, sagte er. »Genau den.«

»Mit Sicherheit unvergessen.« Ich setzte mich. »Und?« Jarnos Augen funkelten. Er war überzeugt, ein echtes As im Ärmel zu haben, das konnte man sehen.

»Ich lauf da vorhin über die Ampel an der Tanke«, sagte er. »Und wer kommt mir entgegen?«

»Nee«, sagte ich und rückte ein Stück nach vorn.

»Doch.« Jarno grinste triumphierend. »Ganz genau. Der alte Salewski. Unser feiner Herr Pionierleiter. Sah echt fertig aus, der Mann.«

»Hat er dich erkannt?« Mein Gegenüber schüttelte den Kopf. Er hatte die Arme auf den Sessellehnen abgelegt und schien das Ganze überaus zu genießen.

»Bin schnell vorbei, über die Straße«, sagte er. »Aber dann dachte ich mir, guckst du doch mal, wo die Pfeife hingeht. Und bin umgedreht.«

»Wie Sherlock Holmes oder so«, sagte Timo von der Seite. Er baute an einem Dübel und machte nach wie vor einen ziemlich mürrischen Eindruck. Nicht, dass das so ungewöhnlich war.

»Ach komm«, sagte Jarno und wandte sich wieder zu mir. »Also, Sascha. Halt dich fest. Der Penner ist nur zwei Ecken von der Tanke entfernt in einen Hauseingang rein. Ich warte kurz, check die Klingelschilder, und was seh ich?« Er machte eine Pause.

»Ein Schild mit dem Namen Salewski?«, fragte ich, als die Pause begann, zu lang zu werden.

»Ein Schild mit dem Namen Salewski«, bestätigte er.

»Nicht schlecht, Sherlock«, nickte ich anerkennend. »Und was ist jetzt dein Geistesblitz?« Jarno rieb sich die Hände. Nicht im übertragenen Sinn, sondern tatsächlich.

»Engel soll bei dem einsteigen«, sagte er. »Und 'n bisschen Rabatz machen. Nichts Brutales. Nur, dass sich der Mann schön in die Hose scheißt.« Er lehnte sich im Sessel zurück. »Das ist Engels nächste Aufgabe. Und die Rache am Pilei bekommen wir gratis. Zwei Fliegen mit einer Klappe. Ist das nicht genial?« Jarno stand auf und nahm sich nun auch ein Bier. Timo hatte seinen Joint fertig und begann, das Zimmer mit süßlichem Rauch einzunebeln.

»Alter, ich sag's dir noch mal. Das ist Einbruch! Ist dir schon klar, ja?«, maulte er. Jarno öffnete die Flasche mit einem Feuerzeug und winkte ab.

»Wär doch nicht unser erstes Mal.«

»Ja, aber in eine Privatwohnung?«, sagte Timo und schüttelte den Kopf, während der Qualm aus seinem Mund nach oben stieg wie bei einem Räuchermännchen. »Engel ist volljährig. Wenn der erwischt wird, ist die Kacke aber am Dampfen.«

»Weißt du, was ich glaube?«, fragte Jarno und hielt Timo die Hand entgegen, damit der ihm den Dübel weiterreichte. »Ich glaube«, fuhr Jarno fort, »dass du endlich mal aufhören solltest, vor Engel Schiss zu haben. Der ist nicht dein Vater. Und der kann ruhig auch mal 'n bisschen schwitzen. Spätestens nach dem Ding mit der Lagerhalle ist das nur recht und billig.« Er tippte auf die genähte Wunde unter seinem Basecap und nahm einen tiefen Zug vom Joint. »Sascha findet das auch«, fuhr er mit halb erstickter Stimme fort und blies dann den Rauch aus. »Stimmt doch, Sascha, oder? Sag doch auch mal was.« Ich sah zu Timo, der Jarno mit einem kühlen Blick bedachte. Dass er so ein Typ war, für den das Glas immer halb leer statt halb voll war, hieß nicht, dass er nicht auch in die Luft gehen konnte.

»Ich finde, wir sollten das zusammen entscheiden«, sagte ich, um die Wogen ein bisschen zu glätten. »Aber ich find's schon irgendwie geil, die Idee. Schon allein wegen Engels Gesicht.« Jarno hielt mir den Joint hin, ich schüttelte den Kopf. Er gab an Timo zurück.

»Guck mal, Timo«, sagte er. »Den Engel zwingt doch niemand, die Aufgabe anzunehmen. Die Verantwortung trägt er selbst. So läuft das. So läuft das bei jedem von uns.«

»Als ob das so einfach wäre.« Timo klopfte den Ascheberg, der sich vorn an dem Dübel gesammelt hatte, in eine der Styroporpackungen auf dem Tisch. Jarno verdrehte die Augen und setzte sich wieder in seinen Sessel. Dann sah er mich auffordernd an.

»Hast du denn einen anderen Vorschlag?«, fragte ich Richtung Timo, während der neue Rauchschwaden ausstieß.

»Wozu die Diskussion«, sagte er zwischen zwei Zügen. »Ihr seid euch doch schon einig.«

»Blödmann«, sagte Jarno. Ich hielt mich an meinem Bier fest und schwieg. Draußen, wahrscheinlich vorn auf der Hauptstraße, röhrte irgendeine getunte Karre mit definitiv überhöhter Geschwindigkeit vorbei. Timo drückte den Joint aus und verzog die Lippen zu einem winzigen Lächeln.

»Ich geb's ja zu«, sagte er. »Die Sache hat schon was.«

»Aber erst einmal rummosern«, sagte Jarno und schnitt eine Grimasse. Timo zeigte ihm den Mittelfinger.

»Von mir aus tragt Engel das Ding auf«, sagte er. »Aber ich sag euch, wie es ist. Ich hab kein gutes Gefühl dabei. Denkt dran, wenn was schiefläuft.«

»Schiefgelaufen ist schon letztes Mal was«, sagte Jarno und zeigte erneut auf seinen Kopf, zog sogar das Cap herunter.

»Das wird wieder. Aber so was meine ich nicht.«

»Was denn dann?«, fragte Jarno, nahm sein Bier zwischen Zeige- und Mittelfinger und setzte den Flaschenhals an den Mund.

»Keine Ahnung«, sagte Timo. Sein Lächeln war wieder verschwunden. Vielleicht war es auch nie da gewesen.

4

Die Show stieg am ersten Samstag im Mai. Engel selbst hatte mal die Regel ins Spiel gebracht, dass die Aufgaben immer am ersten Samstag eines Monats gemacht werden sollten. Vielleicht, damit es einen festen Termin gab und sich keiner drücken konnte.

Seinen Auftrag hatte er mit unbeteiligter Miene entgegengenommen, aber ich blickte bei dem Kerl einfach nicht durch. Mal bekam man von ihm einen ganzen Abend lang dumme Sprüche, mal machte er auf besten Kumpel, lud zum Filmegucken bei sich ein und spendierte Schnaps. Wir waren schon irgendwie ein seltsames Gespann, Jarno, Timo, er und ich, Jungs aus dem Viertel, die vielleicht nur deshalb miteinander abhingen, weil sie schon immer miteinander abgehangen hatten (oder niemand anders mit ihnen abhängen wollte). Aber es schweißte wohl zusammen, dass man schon als Kind gemeinsam die Pioniernachmittage geschwänzt hatte und Engel, damals noch der zweimal sitzen gebliebene *Steve*, mit von seinem Vater geklauten Kippen an der Mauer hinter dem Spielplatz vorbei gekommen war.

Wir machten unser Ding, hatten wir schon immer gemacht, und wir hatten auch noch nie lang gefackelt, wenn jemand das Maul aufriss und uns dumm kam. Selbst die großkotzigen Glatzen, die mit ihren tiefergelegten Karren an der Tankstelle rumlungerten, sobald es dunkel wurde, und sich wie die Könige der Nacht vorkamen, hielten die Klappe, wenn wir dort unser Bier holten. Auf der Straße interessierte es auch keinen, dass wir sonst nicht viel auf die Kette bekamen – sei es in der Schule oder wie bei Engel mit seiner nach einem halben Jahr abgebrochenen Ausbildung zum Elektriker.

Die Bude von Salewski hatte zum Hof raus einen Balkon, auf den man locker mit einer Räuberleiter kam, das hatten wir schon gecheckt. Der Plan war, bis mindestens Mitternacht zu warten, also bis die meisten Leute schlafen gegangen waren. Wir hockten in unserer Bude, der Abend war warm und roch nach Sommer, aber vor so einer Aktion wollten wir uns lieber nicht in der Öffentlichkeit zeigen. Engel saß auf dem Fensterbrett, den Rücken am Rahmen, ein Bein draußen.

»Fall nicht runter«, kommentierte Jarno. »Hast heute noch was zu tun. Wär doch schade, wenn das nicht klappt.«

»Schön, wie du dir Sorgen machst«, antwortete Engel. »Um mich.« Er fuhr sich durch die gegelten Haare, mit denen er wohl seinem Idol van Damme nacheiferte.

»Immer«, sagte Jarno und grinste. Ich vermutete, dass ihn ärgerte, wie lässig sich Engel trotz seines Auftrags gab. »Hast du deine Hassi dabei?«

»Immer«, grinste Engel zurück. Er kramte eine zerknitterte Schachtel West aus seiner Gürteltasche, fluchte, weil eine der Fluppen zerbrochen war, schnippte sie nach draußen und nahm sich die nächste. »Was macht ihr drei eigentlich, während ich den Alten erschrecke?«

»Scouten natürlich«, sagte Jarno. »Wie die Weltmeister.«

Auch Timo und ich fanden Graffiti ziemlich cool, und wenn wir Knete für die guten Sparvar-Dosen über hatten, ging es nachts immer mal auf Tour. Zur Not taten es auch die Mistdinger aus dem Baumarkt, die konnte man wenigstens klauen. Jarno benutzte gern den dazugehörigen Szene-Slang, irgendwo aufgeschnappte Begriffe, was sich in seinen – wie er sagen würde – *Skills* nicht unbedingt widerspiegelte. Nicht, dass ich Besseres zustande brachte.

»Na klar«, sagte Engel. »Und wenn Stress im Anmarsch ist, was dann? Kommt ihr dann klingeln?« Jarno legte den Zeigefinger an die Unterlippe und sah aus, als wäre er tatsächlich etwas aus dem Konzept gebracht.

»Hm, stimmt eigentlich«, sagte er. »Darüber hab ich noch gar nicht nachgedacht.«

»Ehrlich?«, sagte Engel, die unangezündete Kippe im Mundwinkel. »Das überrascht mich jetzt aber.«

»Das Ganze muss halt schnell gehen«, sagte ich mit einem Seitenblick zu Timo, der quasi standesgemäß vor sich hinmuffelte.

»Äh, genau«, sagte Jarno. »Sollte kein Problem sein, ja?« Er nickte in Richtung Engel, der herausfordernd zurückstarrte. Für einen Moment lag Stress in der Luft und ich sah das Ding schon eskalieren. Dann winkte Engel ab.

»Ich verarsch euch nur«, sagte er. »Mir doch egal, was ihr währenddessen macht.« Er knipste sein Armeefeuerzeug an, das er zusammen mit anderem, nicht ganz so harmlosem Kram kurz nach der Wende den Russen aus der Kaserne abgekauft hatte.

»Wir kommen schon mit«, sagte Jarno. »Aber halten uns im Hintergrund.«

»Was, wenn der Typ nicht allein ist?«, fragte Timo und lehnte sich auf seinem Hocker zurück, was aussah, als könnte er jeden Moment hintenüberfallen. Jarno machte ein spöttisches Geräusch, es klang wie ein unterdrückter Rülpser.

»Wer soll bei *dem* schon sein? Ein Callboy?«

»Jung und knackig«, sagte ich, woraufhin Jarno kicherte wie bekifft.

»Schwachsinn«, sagte Timo. »Irgendjemand eben. Ein Saufkumpan, oder gleich mehrere.« Engel schwang sein Bein zurück ins Zimmer und zuckte mit den Schultern.

»Damit werde ich schon fertig«, sagte er. »Aber ehrlich gesagt sehe ich das wie Jörn. Da wird niemand sein.« Jarno bedachte Timo mit einem Blick, der wohl in etwa beinhaltete, dass er seine Schwarzmalerei sein lassen sollte.

Wir tranken Bier, quatschten über dieses und jenes und irgendwann war es dann so weit. Wir nahmen die Seitenstraßen, in denen die Laternen flackerten, als wären sie kurz davor, den Geist aufzugeben. Bis zum Haus von Salewski begegnete uns kein Mensch. Hinter den Fenstern im Erdgeschoss waren die Vorhänge zugezogen. Hier und da drang ein winziger Spalt trübes Licht nach draußen. Meine Armbanduhr, ein Geschenk meiner Mutter zum letzten Geburtstag, zeigte kurz nach halb eins.

»Okay«, sagte Jarno. »Wir hocken uns da drüben zwischen die Garagen. Komm da hin, wenn du fertig bist. Und dann verpissen wir uns.«

»Sonst noch was?«, sagte Engel in einem Ton, bei dem völlig unklar blieb, ob das eine ernst gemeinte Frage oder eher ein *Fick dich* war.

»Nicht, dass ich wüsste«, sagte Jarno.

»Na dann«, murmelte Engel. Ohne ein weiteres Wort zog er ab und verschwand um die Ecke, hinter der eine Mauer den Hof des Hauses begrenzte. Zu dritt blieben wir auf dem Fußweg zurück, irgendwie unschlüssig.

»Ich finde, wir sollten hinterhergehen«, sagte Timo. »Zur Sicherheit. Wenn doch was ist.«

»Gehst du mir auf die Eier mit der Sache hier«, sagte Jarno kopfschüttelnd. »Seit wann sind wir Engels Kindermädchen? Lass den ein Mal, ein einziges Mal selber ein bisschen schwitzen.«

»Na ja«, sagte ich. »Wirklich zu schwitzen scheint er nicht.« Jarno schnaubte.

»Der tut nur so.« Er rückte sein Basecap zurecht. »Na los. Wir legen uns auf die Lauer. Und gehen nicht hinterher, auf gar keinen Fall.«

Die Einfahrt zu den Garagen war mit Unkraut überwuchert. Ein Stück weiter hinten stand, nur noch auf den Felgen, ein ausgeschlachteter Wartburg. Sogar die Sitze fehlten. Alle drei lehnten wir uns an die Motorhaube, die Blicke Richtung Haus.

Wir warteten. Die Straße blieb still. Irgendwo, weit entfernt, knatterte eine Simson vorbei. Dann war nichts mehr zu hören. Neben mir öffnete Timo den Mund und klappte ihn wieder zu. Als hätte er etwas sagen wollen und es sich dann anders überlegt. Die Minuten verstrichen. An dem Haus vor uns weiter keine Bewegung. Es hätte auch eine Attrappe sein können, eine Kulisse in einem Film. Jarno trommelte mit den Fingern auf dem Blech.

»Ist der bei dem erst mal noch scheißen oder was«, brummte er vor sich hin und spuckte aus. »Na gut, auf das Stichwort. Ich geh mal pissen.«

»Da!«, sagte Timo und stieß ihn in die Schulter. In zwei Fenstern über der Wohnung von Salewski brannte plötzlich Licht. Timo schob sich von der Motorhaube und lief nach vorn, um besser sehen zu können.

»Und nun?«, zischte er uns zu.

»Cool bleiben«, zischte Jarno zurück.

»Zufall?«, fragte ich, selbst nicht überzeugt.

»Keine Ahnung, verdammt«, sagte Jarno. Wir eilten zu Timo, der schon halb dabei war, über die Straße zu machen. »Locker, Mensch!« Jarno fuchtelte mit der Hand vor Timos Gesicht. »Keine kopflose Action!«

Ich sah mich um. An der Kreuzung, vielleicht hundert Meter entfernt, bog ein Auto in unsere Richtung.

»Abgang, Leute!«, rief ich. Im Augenwinkel sah ich Jarno, wie er Timo am Arm packte und ihn zurück in die Dunkelheit zwischen den Garagen zog. Auf der Straße rauschte das Fahrzeug vorbei. Es war ein Golf mit getönten Scheiben, keine Zivikarre, das traute ich den Bullen nicht zu. Mittlerweile hatte ich ordentlich Adrenalin. Das Ganze fing jetzt doch an, etwas komisch zu laufen.

»Hat bestimmt jemand was gehört, in der Bude drüber«, sagte ich.

»Und wenn schon«, sagte Jarno. Er schien wild entschlossen, Engel seinem Schicksal zu überlassen – sofern es da drüben wirklich Probleme gab.

»Mann, der hat dich letztens auch rausgehauen«, sagte Timo.

»Pff. Zu spät«, sagte Jarno. Er kratzte an seiner Narbe, die nur noch ein bisschen durch die nachgewachsenen Stoppeln schimmerte.

»Okay, Leute«, sagte ich. »Machen wir da jetzt rein oder nicht? Wär cool, wenn wir uns mal einigen könnten.« Jarno sah zum Haus, zu Timo und dann wieder zu mir.

»Meine Fresse.« Er schüttelte den Kopf. »Gut, vielleicht habt ihr recht. Also los.« Wir huschten auf die andere Straßenseite und um das Haus herum. Wir kletterten über die Mauer. Ziegelstaub puderte meine Hände und ich hörte Jarno leise fluchen. Wir ließen uns ab. An der Rückseite des Hauses, unter den Balkonen, stand jemand und rauchte.

Für einen Moment erstarrte ich. Dann sah ich klar. Mit langen Schritten ging Jarno auf Engel zu, der uns nun auch gesehen hatte und irgendwie seltsam grinste, aber ganz genau konnte man das in dem schummrigen Hof nicht erkennen.

»Was macht ihr denn hier?«, raunte er, amüsiert und scheinbar ein bisschen verärgert zugleich.

»Wohl eher umgekehrt«, knurrte Jarno. »Was machst du denn hier? Stehst rum wie am Strand.« Engel zeigte seine Kippe und zuckte mit den Schultern.

»Die Zigarette danach.«

»Kommt jetzt, Leute«, sagte Timo und spähte nach links und nach rechts, als erwarte er, dass jeden Moment irgendwelche Typen aus den Büschen springen würden.

»Gleich«, sagte Jarno. Er maß Engel mit einem langen Blick. »Warst du drin?«

»Du hast sie wohl nicht mehr alle«, antwortete der. Es klang ehrlich entrüstet, aber wie gesagt – ich sah bei ihm nicht durch.

»Klärt das später! Tempo, verdammt noch mal!«, rief Timo in einem Ton, der die anderen zu überraschen schien. Engel schnippte seine Kippe weg, die durch die Dunkelheit flog, eine Miniaturleuchtspur.

»Alles klar, Abflug«, sagte er, als hätte er nichts anderes vorgehabt. Er eilte durch den Hof, Timo hinterher. Jarno und ich folgten. Ich hätte schwören können, dass eine Gestalt vom Balkon im Erdgeschoss zu uns rüberglotzte, als ich von der Mauer sprang, aber es ging alles zu schnell. Wir liefen durch die Gassen zurück zu unserer Bude, zügig, unsere Umgebung genau beobachtend, aber doch so unauffällig, wie es in dieser Situation möglich war. Von einem Eckhaus an der Hauptstraße drang Partylärm aus offen stehenden Fenstern, harter Techno der Sorte Thunderdome bollerte über die nächtliche Straße. An einem normalen Abend hätten wir da vielleicht mal geklingelt, aber das war gerade nicht drin. Wind kühlte mir den Nacken, mittlerweile war es doch deutlich frischer geworden. Noch immer fühlte ich das Adrenalin und die Anspannung, es lag nicht unbedingt an der Aktion, mehr an der Stimmung zwischen Jarno und Engel. Beide waren sauer, um das zu kapieren, brauchte man keine feinen Antennen, und beide waren Sturköpfe, selten genug zu irgendwelchen Kompromissen bereit.

Im Dunklen stapften wir die Stufen hoch. Timos Feuerzeug klickte und er öffnete das Zahlenschloss an der Rundstahlkette vor unserer Tür. Den ganzen Weg hatte niemand auch nur ein einziges Wort gesprochen. Im Zimmer zündeten wir ein paar Kerzen an, Engel haute sich wieder aufs Fensterbrett. Ich nahm mir einen der Hocker, öffnete ein Bier und wartete ab. Jarno tigerte herum, als ob er irgendwas suchen würde, und setzte sich schließlich auf die Lehne des Sessels.

»Also?«, fragte er, irgendwie ungeduldig, aber Engels demonstratives Schweigen ging auch mir auf die Nerven.

»Schon gut«, sagte Engel und streckte sich. »Ihr seid ja spitz wie die Klatschreporter.« Er fuhr sich durch die Haare. »Viel zu erzählen gibt's nicht. Die Balkontür stand offen, also war das schon mal kein Problem. Der Typ lag grunzend auf so einer Campingliege, mit aufgestelltem Kopfteil. War wohl sein Fernsehsessel. Die Glotze lief noch. In der Bude hat's vielleicht gestunken, meine Fresse. Seid froh, dass ihr nicht mit drin wart.« Jarno brummte, was das bedeuten sollte, war offensichtlich, aber Engel ignorierte ihn. Timo fing an, einen Dübel zu bauen, vielleicht wollte er sich ablenken.

»Wie ich noch so überlege«, fuhr Engel fort, »ob ich den Alten schlafen lasse und nur die Wohnung bisschen umkremple, fällt mein Blick auf die Flasche Korn neben ihm. Noch fast voll. Entweder er verträgt nix oder das war seine zweite. Vermutlich Letzteres. Also, jedenfalls nehme ich das Ding und schütte ihm den Fusel direkt ins Gesicht. Hab gar nicht groß drüber nachgedacht.« Er machte eine Pause. Jetzt schien er seinen Bericht doch zu genießen. Jarno wiegte den Kopf wie mein Mathelehrer beim mündlichen Test, wenn ich mal wieder nicht richtig, aber auch nicht ganz falsch lag.

»Hm«, sagte er. »Und dann?« Engel grinste, was bei ihm immer etwas Hinterhältiges hatte.

»Der wacht auf, japst rum wie so'n Fisch auf dem Trockenen. Guckt mich an wie den Teufel oder so. Als hätte sein letztes Stündchen geschlagen. Außer dem Gekeuche kam nix. Hat nix gesagt, nicht um Hilfe geschrien. Suff oder Schock, was weiß ich. Hab die

Flasche über ihm ausgeleert und den Auftritt mit dem hier abgerundet.« Er machte den Pioniergruß, flache Hand über den Kopf, den Daumen an der Stirn. »Hab ihm noch zugerufen: *Seid bereit! – Immer bereit!* Schön zackig.« Er ließ die Hand wieder sinken. »Tja, und dann bin ich raus.«

»Um dann erst mal eine zu paffen«, sagte Jarno. »Als wärste im Urlaub.« Engel stieg vom Fensterbrett, nahm ein Bier vom Tisch und lief zurück, ganz nah an Jarno vorbei.

»Wie gesagt. Außer dem Gejapse war der Typ stockstumm. Als ich draußen war, hab ich gar nichts mehr gehört. Also, warum stressen? Die Kippe danach gehört dazu.« Er grinste wieder, diesmal eher anzüglich.

»Und deine Hassi, die hattest du auf?«, fragte Jarno. »Dafür sitzt deine Frisur ja noch ziemlich gut.«

»Drei Wetter Taft, Junge«, sagte Engel. Er öffnete sein Bier mit dem Feuerzeug. Der Deckel flog durch den Raum und fiel klimpernd zu Boden. »Jetzt mal Klartext, Jörn. Was willst du von mir?«

»Können wir das jetzt sein lassen? Und vielleicht mal den Abend genießen?« Timo schwenkte seinen fertigen Joint wie eine Trophäe. Das Ding war fett wie ein Schlagstock.

»Ich bin vollkommen deiner Meinung«, sagte Engel theatralisch, ging zum Tisch, nahm eine Kerze und schickte sich an, Timo damit Feuer zu geben. Der winkte ab.

»Nee. Stirbt ein Seemann, von so was!«

»Ich weiß nicht«, sagte Jarno, während Engel die Kerze wieder abstellte und sein Feuerzeug hervorholte. »Irgendwas gefällt mir nicht.« An dem Dübel ziehend, schaute Timo Jarno bedeutungsvoll an.

»Mir gefällt auch manchmal *irgendwas* nicht«, sagte er. Jarno wiegte wieder den Kopf.

»Sascha?«, fragte er, als ob ich nun den Richter spielen sollte. Ich trank einen Schluck Bier, sah von Jarno zu Timo und Engel und wieder zurück. Der Bericht von Engel mochte authentisch geklungen haben, aber irgendwas an seinem Verhalten passte nicht, damit hatte Jarno schon recht. Andererseits sah ich keine Möglichkeit, seine Story zu überprüfen, ohne den Pilei noch einmal aufzusuchen – was ja nun wirklich niemand wollen konnte. Aus Gründen der Sicherheit nicht, und aus Gründen der Freundschaft erst recht nicht. Denn Freunde waren wir. Fand ich. Was auch immer das nun bedeutete.

»Lassen wir es gut sein«, sagte ich und hob mein Bier Richtung Jarno, dann Richtung Engel, dessen Mundwinkel zuckten. Nur für den Bruchteil einer Sekunde. Jarno seufzte.

»Okay, in Ordnung«, sagte er. »Aufgabe bestanden. Gut gemacht, Engel.« Es klang ironisch, so als ob Engel Timo und mich nur gut um den Finger gewickelt hätte. Der Joint begann zu kreisen und langsam, ganz langsam wurde die Runde dann doch noch entspannt.

Es war sauspät, als ich nach Hause kam. Jacky redete leise im Schlaf, als ich ins Zimmer schlich und mich in mein Bett legte. Eine ganze Weile dachte ich noch nach, vor allem darüber, was sich Engel und die anderen für mich überlegen würden. Ich war der Nächste.

5

Der Sandkasten war mit Zigarettenstummeln, Flaschen und Schnipseln übersät, offenbar hatten in der Nacht ein paar Leute auf dem Spielplatz Party gemacht. Maximal peinlich, sich für eine Sause so einen Ort auszusuchen, dachte ich genervt und pflügte mit meinen Schuhen durch den Sand, um Jacky wenigstens eine Ecke frei zu räumen. Ihre große Schaufel in der Hand, schaute sie mir mit gerunzelter Stirn zu.

»Gib mal her«, sagte ich, als ich auf Glasscherben stieß. Mit der Schaufel fand ich noch mehr. Schließlich grub ich den ganzen Sandkasten um.

»Eklig, oder?«, sagte Jacky zu ihrem Kuscheltier. Ocki lag platt auf der Bank und sah mir ebenfalls zu, die Augen glubschig und leer. Ich kam mir vor wie früher beim Subbotnik auf dem Schulhof, wenn wir Kinder den Platz hatten harken müssen und die Eltern und Lehrer nur Maulaffen feilgehalten hatten.

»Ja, eklig«, brummte ich. »Könntest ja auch helfen.«

»Nä«, sagte Jacky und verschränkte ihre Arme. »Nicht ohne Schaufel.«

»Hier«, sagte ich und hielt ihr die Schaufel hin, zog sie dann aber schnell wieder zurück. Es war nur ein Scherz. Eine Sechsjährige sollte sich nicht um Scherben auf einem Spielplatz kümmern müssen, fand ich.

»Okay, du kannst«, sagte ich schließlich. Die eine Ecke des Sandkastens sah jetzt aus wie eine Müllkippe, aber der Rest war ganz ordentlich. »Pass trotzdem auf.« Ich setzte mich neben Ocki, die Beine lang gestreckt. Die Sonne schien mir ins Gesicht. Jacky buddelte und fragte ihr Kuscheltier immer wieder, wie tief und wie lang die Tunnel werden sollten. Ich übernahm seine Rolle, antwortete mit verstellter Stimme, aber Jacky war nicht zufrieden und meinte, dass Ocki gar nicht sprechen könnte.

»Das ist ein Tintenfisch«, sagte sie wichtig. »Die reden nicht wie wir.«

»Ich übersetze ja nur«, sagte ich, aber das war auch nicht das Richtige. Jacky verdrehte ihre Augen.

»Quatsch«, sagte sie. »Das kann niemand.«

»Gut, ich halte die Klappe. Du musst es wissen. Ist ja dein Kuscheltier.« Jacky grub und nickte. So ein Nicken wie von jemandem, der froh ist, dass eine tausend Mal erklärte Sache endlich kapiert wurde. Unvermittelt schaute sie mich an.

»Hast du von deinem Papa auch mal was geschenkt bekommen?« Die Frage traf mich echt unvorbereitet. Es war kein Schock oder schlimmes Gefühl oder so was. Mir wurde nur schlagartig klar, dass wir zu dritt eigentlich nie über meinen Vater sprachen – Jacky aber dennoch bewusst war, dass ihr Vater nicht derselbe wie meiner war. Über ihre Gedanken dazu hatte ich noch nie nachgedacht.

»Ich weiß es nicht«, antwortete ich. »Ich kann mich nicht erinnern.« Jacky stützte die Hände auf den Schaufelgriff und legte ihr Kinn darauf ab.

»Warum?«, fragte sie.

»Warum ich mich nicht erinnern kann?« Jacky nickte. Ich zog die Beine an, setzte mich gerade.

»Weil das alles so lange her ist.«

»Wie lang denn?«

»Tja«, sagte ich. »Ungefähr doppelt so lang, wie du auf der Welt bist.« Ich wusste nicht, ob Jacky sich darunter irgendwas vorstellen konnte. Sie schien zu überlegen.

»Das ist eigentlich nicht so lang«, sagte sie dann. »Ich bin ja noch gar nicht so alt.« Darüber musste ich lächeln.

»Das stimmt, Jacky. Du bist noch gar nicht so alt.« Ich kratzte an meinem Ohr. »Aber weißt du, Erinnerungen, die verblassen. Werden weniger und verschwinden irgendwann. Gerade die Erinnerungen an die Dinge, die man erlebt hat, als man ganz klein war.«

»Wirklich?« Jacky schob die Unterlippe vor, als hätte ich ihr gesagt, dass wir jetzt schon nach Hause gehen müssten. »Ich, ich weiß noch alles.« Aus meinem Lächeln wurde ein Lachen.

»Warte ab«, sagte ich. »Ich glaube, niemand kann sich später an alles aus der Kindheit erinnern.« Vielleicht war das auch besser so. Aber das sagte ich nicht laut.

»Glaub ich nicht«, erwiderte Jacky. Als wäre es zwecklos, darüber weiter zu diskutieren. Sie grub die Tunnel fertig und zerstörte dann ihr gesamtes Werk, indem sie wild darauf herumhüpfte. Ich nahm mir vor, Jacky in zehn Jahren zu fragen, ob sie von diesem Gespräch hier noch wusste. Wenn ich selbst noch daran dachte, natürlich. Die Beerdigung mal ausgeklammert, hatte ich tatsächlich nur eine einzige, wirkliche Erinnerung an meinen Vater. Eine, die ein ganz bestimmtes Gefühl in mir hervorrief. Eine, die ich mit niemandem teilte.

Die Wohnung roch nach irgendeinem Braten, als wir zurückkamen. Sonntags gehörte was Richtiges auf den Tisch, sagte meine Mutter immer. Sie hatte es nicht so mit Kochen und überhaupt, aber an diesem Tag in der Woche war Feinkost angesagt und sie legte auch Wert darauf, dass wir die Mahlzeit würdigten. Pünktlich zum Essen kamen, ordentlich unser Besteck benutzten und so was. Ihr Kopf schaute aus der Küche in den Flur. Sie hatte ein Stirnband an, von der Sorte, wie sie bei den Fitness-Sendungen im Fernsehen getragen wurden. Timo, der Penner, fand solche Sendungen geil, wegen den knappen und engen Klamotten der Turnerinnen.

»Da seid ihr ja endlich«, sagte sie. »Essen ist fertig. Und bitte Hände waschen.«

»Bist du unter die Indianer gegangen?«, fragte ich.

»Sei nicht so frech, Sascha«, sagte sie gestresst. »Ich hab auf die Schnelle nichts anderes gefunden. Ich kann ja nicht kochen, wenn mir die Haare vor der Nase rumbaumeln. Jacky, hast du die Haargummis wieder irgendwo gebunkert?« Meine Schwester rutschte unbeteiligt auf dem Flurboden hin und her und tat, als erforderte das Ausziehen ihrer Schuhe all ihre Aufmerksamkeit.

»Jacky!«, rief meine Mutter in einem Ton, als würde jeden Moment ein Kochlöffel fliegen.

»Ja, Mama«, sagte Jacky und schaute hoch. »Ich such sie mal.« Der Kopf meiner Mutter verschwand aus dem Rahmen.

»Später«, rief sie aus der Küche. »Kommt jetzt. Wir essen.« Ihre Stimme klang anders als am Vormittag. Während der Mahlzeit spürte ich, wie sie sich zusammennahm, uns übertrieben interessiert über unseren Vormittag ausfragte (als wenn ein Gang zum Spielplatz nun so spannend wäre), mit dem Kopf aber ganz woanders war. Ich verkniff mir, nachzuhaken. Als sich Jacky nach dem Eis – auch das gab es nur am Sonntag – ins Zimmer verkrümelte, konnte ich allerdings nicht mehr warten. Ich stand an der Spüle, meine Mutter schüttete gerade die Reste vom Essen in einen Topf.

»Was ist los?«, fragte ich. »Du hast doch was.« Meine Mutter sah mich an, seufzte, eine Kartoffel platschte von der Ablage auf den Boden. Sie stellte die Sachen ab und schloss die Küchentür.

»Dir bleibt aber auch nichts verborgen«, sagte sie, während sie die Kartoffel aufhob und das Gesicht verzog. »Verdammter Rücken.« Sie öffnete das Fenster, blieb daneben stehen und steckte sich eine Zigarette an.

»Jackys Schulanfang«, sagte sie und versuchte, den Rauch nach draußen zu pusten, was mehr schlecht als recht gelang.

»Ja?«, sagte ich und drehte den Wasserhahn zu. Der Abwasch konnte warten.

»Also, Carsten hat vorhin angerufen. Wollte mit mir darüber reden, wie wir das nun alles machen wollen.«

»Ja?«, sagte ich noch einmal und zog das Wort dabei lang. Jackys Vater war ein falscher Fuffziger, immer scheißfreundlich zu Jacky und auch mir, wenn er sich mal blicken ließ, aber ansonsten gab es eigentlich nur Knatsch. Aus meiner Sicht kümmerte er sich einen Dreck um seine Tochter, stellte es aber gern so hin, als ginge es ihr bei uns nicht gut. Dass das eigentliche Problem darin lag, dass er weder Abmachungen einhielt noch pünktlich den Unterhalt zahlte und wir deshalb ständig Stress hatten, wischte er grundsätzlich mit irgendwelchen Ausflüchten weg.

»Ich hab ja schon alles geplant«, sagte meine Mutter. »Nicht so viele Leute, nur die engeren Freunde und Verwandten. Und dann zum Picknick in den Friedenspark. Alles ohne großen Aufriss.« Sie aschte gedankenverloren aus dem Fenster, worüber ich kurz schmunzeln musste. »Carsten und seine ... Sabine, die sollen natürlich dabei sein. Ich reiß mich da nicht drum, aber sie gehören ja dazu. Ist ja klar.«

»Klar«, sagte ich. »Und?«

»Carsten stellt sich das natürlich ganz anders vor«, sagte meine Mutter, holte den Aschenbecher aus dem Schrank und stellte ihn aufs Fensterbrett. »Will in ein Café oder ein Restaurant. In der Stadt. Oder am Clara-Park. Will richtig groß feiern. Dem Anlass entsprechend, wie er sagt. Hat angeblich schon irgendwelche Reservierungen. Seine Eltern und die von Sabine schon eingeladen. Und so weiter.«

»Aha«, sagte ich. »Und wer bezahlt den Spaß?«

»Genau das hab ich ihn auch gefragt. Ich kann mir so was nicht leisten. Das weiß er ganz genau. Die ganzen Schulsachen und was man da alles kaufen muss, das wird sowieso wieder schön reinhauen. Aber auch darauf hat er die passende Antwort gehabt.« Ich hob die Augenbrauen.

»Ja, na ja«, sagte meine Mutter. »Das will angeblich er bezahlen. Alles.« Ich pfiff durch die Zähne.

»Auf einmal die Spendierhosen an«, sagte ich. »Ist ja witzig.«

»Genau«, sagte meine Mutter. »Richtig zum Totlachen.« Sie drückte ihre noch nicht einmal zur Hälfte gerauchte Zigarette aus und wedelte den Rauch weg.

»Aber lass ihn doch«, sagte ich. »Also, ich weiß, dass dich das nervt, weil du das anders geplant hast. Aber möglich wäre es doch. Nur mal so als Vorschlag. Wenn er blechen will, bitte schön.« Meine Mutter sah mich mit ihrem *Ach-Sascha*-Blick an.

»Auf keinen Fall«, sagte sie. »Ich lass mich doch nicht verarschen. Jeden Monat dieser bescheuerte Tanz mit dem Unterhalt, und dann das? Damit er sich vor allen Leuten als Wohltäter aufspielen kann?«

»Hm«, sagte ich, noch nicht ganz überzeugt, aber ich verstand schon, was sie meinte.

»Der will mir doch nur eins auswischen«, sagte sie. »Mich doof dastehen lassen. Um was anderes geht es da doch nicht.«

»Vielleicht meint er es ja wirklich nur gut«, sagte ich. »Kann doch sein.«

»Das glaubst du doch wohl selbst nicht«, sagte meine Mutter, sah auf ihre Zigarettenschachtel auf dem Tisch, als überlegte sie, ob sie sich noch eine anstecken sollte, und dann wieder zu mir.

»Nee«, sagte ich. »Eigentlich nicht. Ich versuche nur, positiv zu denken.« Jetzt lächelte meine Mutter ein bisschen.

»Ich wünschte, das könnte ich auch.« Auf einmal sah sie ganz müde aus. Müde von allem. Ich wusste, dass den Menschen in den letzten zwei, drei Jahren viele Versprechungen gemacht worden waren. Die Zeitungen, Radio und Fernsehen waren voll davon gewesen. Versprechungen auf das, was kommen würde, wenn die Wiedervereinigung erst einmal geschafft wäre. Als ob sich vierzig Jahre Teilung einfach *wiedervereinigen* ließen. Das kapierte doch sogar ich, dass das nicht so leicht sein würde. Dieser Oberarzt aus dem Westen, dieser Pfeiffer, mit dem meine Mutter immer wieder aneinandergeriet, trug auch nicht gerade zur Verständigung bei.

Ich kannte das Land jenseits der ehemaligen Grenze bisher nicht, und auch wenn wir jetzt dazugehörten, kam es mir noch immer fremder vor als Polen oder die Tschechoslowakei. Über die hatten wir in der Schule wenigstens mal was gelernt. Meine Mutter rieb sich mit den Handflächen über die Augenlider.

»Du hast schon recht«, sagte sie dann. »Ich könnte ihn machen lassen. Meinen Stolz runterschlucken. Hatte den Gedanken auch schon. Hab das beim Kochen die ganze Zeit hin und her geschoben.« Sie lächelte wieder. »Ich hoffe, das Essen hat trotzdem geschmeckt.«

»War schon mal besser«, sagte ich. Meine Mutter seufzte verständnisvoll. Offenbar hatte sie meine Ironie überhört.

»Am Ende weiß ich aber, auf was das hinausläuft. Danach wird er sagen, dass sein Geld doch nicht reicht. *Tut mir leid, Anke, es war viel mehr, als ich dachte.*« Sie ahmte Carstens Stimme nach. »Und ich bleibe auf den Kosten sitzen.«

»Wäre tatsächlich nicht untypisch«, sagte ich. Die Küchentür flog auf und Jacky kam reingelaufen.

»Worüber redet ihr?«, fragte sie, stellte sich genau in die Mitte zwischen uns und stemmte die Fäuste in die Hüften. »Bäh, hier stinkt's.«

»Erwachsenenthemen«, sagte ich, weil ich wusste, dass sie das auf die Palme brachte.

»Über deinen Schulanfang«, sagte meine Mutter ruhig.

»Aha«, sagte Jacky. »Wie groß meine Zuckertüte wird?«

»So in der Art«, sagte ich. »Wir haben gerade besprochen, dass du *keine* Zuckertüte bekommst.« Jacky kniff die Augen zusammen und verzog ihren Mund zu einem winzigen Strich, was sie immer tat, wenn sie mir signalisieren wollte, dass sie keinen Bock auf Verarsche hatte.

»Haha. Spielt jemand was mit mir?«

»Wir haben gerade auch besprochen, dass in dieser Wohnung überhaupt nicht mehr gespielt wird«, sagte ich. Jetzt handelte ich mir einen Schlag gegen den Oberarm ein. Meine Mutter wollte etwas sagen, ich winkte ab.

»Nicht schlimm.« Ich wandte mich zu meiner Schwester. »Geh schon mal vor. Ich komme gleich.« Jacky schlurfte zurück ins Zimmer.

»Wir kriegen das schon geschaukelt, Mama«, sagte ich. »Ruh dich mal aus. Ich kümmere mich um Jacky.«

»Sascha?«, sagte sie, als ich schon fast aus der Küche war. Ich drehte mich um. Ihre Müdigkeit schien immer größer zu werden, in den Raum zu kriechen wie Nebel. »Ach, nicht wichtig«, sagte sie und massierte ihre Schläfen, als könne sie die schlechten Gedanken so aus dem Kopf bekommen. Ich blieb noch kurz. Als nichts mehr kam, folgte ich meiner Schwester, in Erwartung von einem Dutzend Partien Mau-Mau.

6

In der nächsten Woche machte sich Engel rar. *Dringende Geschäfte*, wie es hieß. Entweder drehte er im Alleingang ein krummes Ding oder er wollte Gras über die Sache mit dem Pilei wachsen lassen. Dafür bekam ich meine nächste Aufgabe ziemlich schnell. Wahrscheinlich hatten die drei anderen telefoniert oder sich zwischendurch mal ohne mich getroffen. Jedenfalls hatte Engel noch eine Rauchbombe von den Russen übrig, für irgendeinen besonderen Anlass, und dieser besondere Anlass war nun der, dass ich das Teil bei mir auf dem Schulhof hochgehen lassen sollte. Während der Hofpause. Die anderen würden sich die Vorstellung von der Straße aus angucken.

Der erste Samstag im Juni fiel damit natürlich flach, ich sollte die Sache am Freitag davor erledigen. Zugegeben, wir hatten alle vier schon Schlimmeres gemacht. Aber es war kurz vor den Zeugnissen, in einem Jahr würde die Schule vorbei sein. Meine Mutter meinte ja, dass ich vielleicht auch das Abitur machen könnte (»Du bist doch schlau, Sascha!«), und es war auch nicht so, dass ich irgendeinen Schimmer hatte, was ich mit dem Mittelschulabschluss anfangen sollte. Andererseits war mir der Gedanke an das Gymnasium völlig zuwider. Wenn ich die Schnösel vom Gymi am Park mit ihren Pullundern nur sah, wurde mir schon schlecht.

So oder so: Zweifellos stand und fiel die Sache mit der Frage, ob ich es schaffen würde, das Russending ohne Zeugen zu zünden. Gelang mir das nicht, war ich am Arsch. Der Direx hatte mich ohnehin auf dem Kieker und so eine Geschichte wäre mit Sicherheit ein willkommener Anlass, mich endlich rauszuwerfen. Ein Anlass, den er mit Kusshand nehmen würde. Dieses Problem ging mir wie ein schlechter Film durch den Kopf, als mir Jarno und Timo die Mission eröffneten und dabei so ein bisschen peinlich berührt guckten. Es schien so groß, dass ich tatsächlich kurz darüber nachdachte, das Ganze zu verweigern. Aber nur kurz. Jarno ahnte wohl meine Gedanken, denn er klopfte mir ungewöhnlich aufmunternd auf die Schulter.

»Der reinste Spaziergang«, sagte er. »Hau das Ding in einen Papierkorb und fertig.«

»Darauf wäre ich ja nie gekommen«, sagte ich. »Fällt der Aufsicht auch gar nicht auf, wenn es aus dem Papierkorb auf einmal brutal qualmt, nachdem ich da vorbeigelaufen bin.« Diesmal war es Timo, der kicherte. Jarno zuckte mit den Schultern, schnappte sich einen der Steine, die vor uns lagen, und schoss mit schneller Bewegung eine der Flaschen ab, die wir gegenüber an der Mauer aufgestellt hatten.

»Aber scheiß drauf«, sagte ich. »Ich überleg mir schon was.« Ein Schuss von mir folgte. Er verfehlte sein Ziel. »Wie sieht's eigentlich bei euch aus, mit den Zeugnissen? Kommt ihr durch?« Seit der siebten Klasse waren die beiden an einer anderen Schule als ich. Warum man uns nicht in dieselbe gesteckt hatte, hatten wir damals nicht wirklich kapiert, aber es war auch egal. Wir hingen ja weiter nur miteinander rum.

»Jörn auf jeden Fall«, sagte Timo. »Der ist voll der Streber geworden.« Jarno tippte sich an die Stirn.

»Blödsinn«, sagte er. »Glaub dem kein Wort.«

»Doch, na klar! Und wie du die Heinze immer umgarnst!« Timo spitzte die Lippen zu einem Kussmund. Frau Heinze war ihre Deutschlehrerin. Mit der rechten Hand machte Jarno den Scheibenwischer.

»Es wird schon passen«, sagte er. Er langte nach einem weiteren Stein und landete wieder einen Treffer. Klirrend zerplatzte die Flasche. »Ein bisschen zusammengerissen hab ich mich tatsächlich in letzter Zeit. Will mich im Herbst bewerben. Für 'ne Ausbildung. Maschinenbau. Industriemechanik. Damit kann man selbst hier was anfangen, heißt es.« Er streckte sich. »Und ich glaub, das Fach könnte mir liegen.«

»Okay«, sagte ich. »Da biste ja weiter als ich.« Jarno wich meinem Blick aus, was ich ein bisschen komisch fand, denn es war ja nun nichts Verwerfliches daran, sich zumindest mal ein paar Gedanken um später zu machen. Tatsächlich mogelte sich kurz ein Gefühl von Neid in meine Brust. Ich wusste wirklich nicht, was *mir* lag. Jeder Versuch, darüber nachzudenken, endete in einem großen Fragezeichen.

»Und du?«, fragte ich Richtung Timo, der in den Himmel schaute, als wären die Wölkchen da oben voll spannend.

»Keine Ahnung«, sagte er leise. »Irgendwann will ich auf jeden Fall auch raus. Mein eigenes Geld verdienen. Ausziehen. Weg von meinem Vater.« Er schien die Worte in seinem Mund hin und her zu schieben. »Aber dafür musst du ja auch irgendwie gut sein. Zumindest gut in irgendwas.« Er sah mir jetzt in die Augen.

Sein Blick war genauso müde wie der von meiner Mutter letzten Sonntag. »Also, ich hab keine Ahnung«, sagte er. »Ob ich durchkomme. Um deine Frage zu beantworten.«

»Okay«, sagte ich. Die Stimmung war auf einmal ganz komisch, und da ich keine Lust hatte, mich von so was runterziehen zu lassen, klatschte ich in die Hände. »Holen wir uns ein paar Hülsen?«

»Logisch«, sagte Jarno, auch er schien froh über diesen Vorschlag. Timo nickte nur. Zu dritt zogen wir durch die Straßen. Es wurde jetzt mit jedem Tag wärmer und aus den Autos mit heruntergelassenen Scheiben, die neben uns über den rissigen Asphalt holperten, dröhnten die *Böhsen Onkelz* oder irgendwelches Bumm-Bumm. Die Onkelz waren Engels Lieblingsband und die Diskussion darüber, ob das nun dumme Faschos oder doch irgendwie korrekte Typen waren, hatte eine Zeitlang zum täglichen Ritual zwischen Engel und Jarno gehört. Letztlich hatten sie sich nach dem immer gleichen Streit darauf geeinigt, dass es auf die Betrachtungsweise ankam. Ein so erwachsener wie bescheuerter Kompromiss.

»Ich bezahle«, sagte Timo, als wir vor dem Getränkemarkt standen, mehr ein umgebauter Schuppen als ein richtiger Laden. »Papa war gestern wieder auf Kneipentour.« Er holte einen zerknitterten Zehner aus der Tasche seiner Jeans.

»Die Firma dankt«, sagte ich. Wir kauften sechs Reudnitzer. Jeder eins in der Hand und eins auf dem Boden vor sich, hockten wir uns auf eine Bank neben einem Parkstück, in dem der Müll in den Sträuchern hing wie Lametta an Tannenbäumchen.

»Was denkt ihr«, begann Jarno und machte danach eine so lange Pause, dass ich dachte, er hätte vergessen, was er sagen wollte. »War Engel bei dem Pilei drin oder nicht?«

»War eine komische Nummer«, antwortete ich. »Wie er da so seelenruhig stand. Stimmt schon.« Timo brummte.

»Hab ja gleich gesagt, dass ich von der Sache nix halte.«

»Alter Meckersack«, sagte Jarno und spuckte aus, direkt neben sein zweites Bier. »Hattest Schiss, dass was passiert. Aber darum geht es ja jetzt gar nicht.«

»Ist wohl eine Vertrauensfrage«, sagte ich. »Entweder wir glauben ihm oder wir glauben ihm halt nicht. Aber wenn wir ihm nicht glauben ...« Ich ließ den Satz unbeendet. Egal, was wir für Probleme untereinander mit irgendwelchen Ansichten oder Verhaltensweisen hatten, Vertrauen war unsere Basis. Ohne das musste alles in Frage gestellt werden und das war den anderen beiden auf der Bank sicher klar.

»Hm«, sagte Jarno. »Tja. Irgendwie eine Sackgasse.«

»Hätten wir halt mal besser drüber nachgedacht«, sagte Timo. »Jetzt ist es zu spät. Oder willst du bei Salewski klingeln gehen? Ihn fragen, ob er in letzter Zeit zufällig mal einen Geist gesehen hat?« Jarno besah das Bier in seiner Hand.

»Der Gedanke kam mir durchaus.« Er trank einen langen Schluck und stellte dann die Flasche ab. »Aber ist Schwachsinn. Ich weiß schon.«

»Das nächste Mal machen wir einen besseren Plan«, sagte ich. »Okay?« Jarno nickte und drehte sein Basecap nach hinten.

»Okay«, sagte er schließlich. Timo kaute auf seiner Unterlippe. Für seine Verhältnisse hatte er heute schon ganz schön viel geredet und so verwunderte es mich nicht allzu sehr, dass der Rest des Nachmittags seinerseits ziemlich schweigsam verlief.

Meine Mutter hatte Nachtschicht, das bedeutete für die kommenden Tage zwei Sachen: mich abends um Jacky zu kümmern, was ich gewohnt war und mir nichts ausmachte, und sie morgens in den Kindergarten zu bringen. Das nervte mich schon etwas mehr, weil ich dann noch früher aufstehen musste als ohnehin.

Der Kindergarten befand sich in entgegengesetzter Richtung zu meiner Schule. Jackys winziges Fahrrad vom Flohmarkt war nicht mehr zu gebrauchen, hatte vorn eine derbe Acht, einen zerschlissenen Sattel und auch ansonsten war an dem Ding eigentlich alles kaputt, was an einem Fahrrad kaputt sein konnte. Ein neues war aus den üblichen Gründen noch nicht angeschafft und so blieb nichts anderes übrig, als den Weg zu Fuß zu gehen. Das Ganze verschob meinen morgendlichen Zeitplan locker um eine halbe Stunde nach vorn, kurz nach sechs mussten wir aus den Federn. Meine Mutter hatte angeboten, ihr quasi antikes Damenrad mit dem Kindersitz, auf dem schon ich durch die Gegend kutschiert worden war, zu benutzen, aber ich hatte dankend abgelehnt. Mit dieser Möhre würde ich mich nicht auf der Straße blicken lassen, ich war doch kein Archäologe. Oder wie diese Typen hießen, die alte Sachen ausbuddelten.

Am nächsten Morgen saßen wir verpennt in der Küche. Jacky hatte noch ihren Schlafanzug an und rührte mit ihrem Löffel in einer Schale milchgetränkter Cornflakes. Ich selbst hatte mir ein Brot geschmiert und kaute es mäßig begeistert. Es war einfach noch zu früh, um so eine Zeit bekam ja kein Mensch irgendwas herunter.

»Pass bitte auf, dass Jacky was isst«, hatte meine Mutter mir aufgetragen, als hätte sie hellseherische Fähigkeiten und uns in der morgendlichen Küche schon vor Augen gehabt.

»Zählst du die Dinger oder was ist los?«, fragte ich meine Schwester über den Tisch hinweg. Jacky rührte und rührte und ließ sich nicht beirren.

»Die müssen alle mit der Milch bedeckt sein«, antwortete sie irgendwann. Mittlerweile hatte ich mein halbes Brot geschafft. Ich musste jetzt doch etwas lachen. Sie hatte jedes einzelne der Flöckchen sicher schon hundertmal untergetaucht.

»Verstehe«, sagte ich. »Wir müssen aber trotzdem in zwanzig Minuten los.« Jacky sah von ihrer Schüssel auf die Uhr an meinem Handgelenk, wohl um sicherzugehen, dass ich sie nicht veralberte. Ich hielt ihr das Ziffernblatt unter die Nase.

»Ja, kapiert«, sagte sie, schob meine Hand weg und begann unwillig zu löffeln. Ich schüttelte den Kopf und kämpfte mit dem Rest meines Brotes. Während Jacky sich umzog, räumte ich den Tisch ab.

Noch einigermaßen pünktlich verließen wir das Haus. Jackys Beinchen flogen über den Fußweg, als wollte sie die Trödelei vom Frühstück wieder aufholen. Die frische Morgenluft hatte diesen typischen Geruch von Sommer, von feuchtem Gras und durchgemachten Nächten. Ich mochte das, dass es draußen nicht mehr nur nach verseuchten Flüssen und dem Smog aus dem Braunkohlekraftwerk vor der Stadt stank. Wie noch vor ein paar Jahren.

»Freust du dich eigentlich auf die Schule?«, fragte ich Jacky, während wir die Straße an einer Ampel überquerten.

»Ja«, sagte sie mit ihrer kleinen Stimme und pustete ihre Locken weg, mehrmals, weil der Wind sie ihr immer wieder ins Gesicht trieb. »Oder nein.«

»Hä?«, sagte ich. Jacky fing die widerspenstige Strähne mit ihrem Mund und kaute im Laufen darauf herum.

»Ich will nicht weg von meinen Freunden«, kam zwischen den Zähnen hervor.

»Du findest schon neue«, sagte ich. »Keine Sorge.«

»Nä. Ich will keine neuen.« Jacky setzte jetzt ihre trotzige Miene auf, was mich um diese Uhrzeit ein bisschen überforderte. Ich hatte ja nur plaudern wollen. Wir bogen in die Straße ein, in der der Kindergarten war.

»Hast du auch neue Freunde gefunden?«, fragte sie. »In der Schule?«

»Klar.«

»Und wieso bringst du nie jemanden mit?« Wieder so eine Jacky-Frage.

»Na ja«, sagte ich und kratzte mich am Kinn. »Bei uns ist doch so wenig Platz und so. Wir treffen uns woanders.« Es war wirklich ewig her, dass jemand von den Jungs bei mir zu Hause gewesen war. Von weiblichem Besuch ganz zu schweigen.

»Und wo?«, fragte Jacky. Wir waren fast da.

»Bei jemand anders halt«, sagte ich. »Sei nicht so neugierig.« Von unserer Bude in dem Abbruchhaus konnte und wollte ich meiner kleinen Schwester nicht erzählen. Am Ende verlangte sie noch, dass ich sie mal mitnahm. Sie streckte mir die Zunge raus.

»Selber«, sagte sie.

»Ja, ich hab dich auch lieb«, sagte ich. Eine Frau mit blondierten Haaren, nicht viel älter als Engel wahrscheinlich und ein Mädchen an der anderen Hand, hielt uns das Tor zum Kindergarten auf.

»Danke«, sagte ich und schloss die Pforte hinter mir. Die Angeln quietschten, der ganze Zaun hatte schon bessere Zeiten gesehen. Das Haus war so ein typischer Plattenbau aus der DDR, allerdings nicht so hoch wie die riesigen Klötze in den Neubausiedlungen. Es hatte nur Erdgeschoss und ersten Stock und machte so ein bisschen den Eindruck, als wäre damals einfach vergessen worden, den Rest obendrauf zu setzen.

Drinnen herrschte ein ganz schönes Gewusel, quasi der morgendliche Berufsverkehr von Mamas, ein paar Papas, Erzieherinnen und jeder Menge kreischender Kinder, die versuchten, sich gegenseitig zu übertönen. Jacky und ich zogen unsere Schuhe aus. Dann schoben wir uns durch die Menge zu ihrem Zimmer. Die Leiterin der Gruppe, Frau Herold, stand am Eingang und begrüßte Jacky freundlich. Mich musterte sie mit einem komischen Blick, irgendwie interessiert, aber irgendwie auch skeptisch, wie eine Katze, der man die Hand hinhält.

»Guten Morgen, Sascha«, sagte sie. »Geht es euch gut?« Ich zuckte mit den Schultern.

»Mutter hat Nachtschicht«, sagte ich.

»Ich weiß«, sagte Frau Herold. »Aber ob es euch gut geht, meinte ich. Ihr, dir ... Jacky?« Sie zeigte auf meine Schwester, die sich bereits ein Buch aus dem Regal genommen und sich aufs Sofa gesetzt hatte.

»Ist irgendwas?«, fragte ich. »Ist was passiert?« Frau Herold wiegte ihren Kopf. Sie hatte so eine Vogelnestfrisur, ein runder Haarberg mit irgendwelchen Klemmen drin.

»Nein«, sagte sie. »Jacky ist nur ziemlich still zurzeit. Aber vielleicht bespreche ich das lieber mit eurer Mama.«

»Aha. Ja, ist wohl besser. Ich hab's gerad ein bisschen eilig.« Zwei andere Kinder aus der Gruppe rannten zwischen uns hindurch in den Raum. Ich wandte mich um, rief Jacky noch mal und winkte ihr.

»Frau Herold?«, sagte ich dann. Die Angesprochene nickte. »Ich glaube, sie will nicht zur Schule«, sagte ich leise. »Vielleicht ist es das.« Frau Herold hob eine Augenbraue.

»Alle Kinder wollen doch zur Schule«, sagte sie. Für ein paar Sekunden schauten wir uns an.

»Das wissen Sie wohl besser«, sagte ich schließlich, eigentlich nur, um irgendwas zu sagen. »Also, bis morgen.«

Beim Gehen spürte ich ihren Blick in meinem Nacken, der eine Strenge hatte, die ich nicht deuten konnte. Frau Herold war schon in Ordnung, aber auch von diesem alten Schlag, wo hinter der freundlichen Fassade irgendetwas Kühles lauerte. Irgendwas, das auf jeden Fall der Meinung war, dass Kinder sicherlich Wärme und Zuwendung brauchten, letztlich aber zu funktionieren hatten. Vor Jahren, noch zu DDR-Zeiten, hatte ich wegen meiner ständigen Erkältungen mal zur Kur gemusst, an die Ostsee. Die Betreuer dort waren die reinsten Sadisten gewesen. Wer nicht spurte, wurde runtergemacht, nachts aus dem Bett geholt und kalt abgeduscht und so. Musste man nur die Klos putzen, hatte man es schon gut getroffen. Damals hatte ich zum ersten Mal gesehen, wie Erwachsene drauf sein konnten, auch wenn ich diesen Missbrauch von Macht als kleiner Junge natürlich nicht wirklich verstanden hatte. Es war halt irgendwie normal gewesen und dagegen tun konnte man ja sowieso nichts. Die Herold blieb mir immer ein bisschen suspekt, weil ich das Gefühl hatte, dass sie solche Erziehungsmethoden definitiv richtig gefunden hätte.

Auf dem Weg zur Schule wäre ich fast abgebogen zu Engel, der um diese Zeit sicher noch schlief, aber garantiert zu Hause war. Ich schwänzte selten, schon allein wegen meiner Mutter. Doch gerade schwappte die Abneigung gegen alles, was mit Pflicht zu tun hatte, über mir zusammen wie eine große Welle. Mir war plötzlich alles zuwider und ich konnte nicht einmal sagen, warum. Dann blitzte die Sache mit der Rauchbombe in meinem Kopf wieder auf und ich entschied, mich zusammenzureißen. Pünktlich zur ersten Stunde saß ich auf meinem Platz.

7

Der erste Freitag im Juni nahte. Ich war gut vorbereitet. Es gab so ein paar Halbstarke ein, zwei Klassen unter mir, die gerne mal Stress mit den Lehrern hatten – weil sie hinten an den Bänken heimlich rauchten, die Tischtennisplatten mit ihren Eddings vollkritzelten oder, wie letzten Winter, Schneebälle an die Köpfe von Jüngeren pfefferten wie beim Kugelstoßen. Einige Tage zuvor hatte ich die Typen gefragt, ob sie mir für eine Stange Kippen (nicht aus dem Laden, sondern vom Vietnamesen aus dem Park natürlich) einen Gefallen tun würden. Es war kein Problem gewesen, sie hatten nicht einmal dumme Fragen gestellt. Wirklich wasserdicht war der Plan nicht, den ich mir überlegt hatte, aber doch so gut, dass das Ganze eigentlich funktionieren sollte.

Als es zur Hofpause klingelte, kramte ich die Rauchbombe aus meinem Rucksack. Es war ein Pappzylinder, der aussah wie ein überdimensionierter Böller und den ich in einen Pullover eingewickelt hatte. Das Paket in der Hand, lief ich die Treppe runter. In der Nacht zuvor hatte ich nicht wirklich prall geschlafen. Das Adrenalin machte sich langsam breit, ein Gefühl, als ob sich der Magen nach oben stülpte und bei dem die Gliedmaßen ganz zittrig wurden.

»Dir ist wohl kalt?«, fragte Philip, der unerwartet neben mir auftauchte und den Pullover musterte, als hätte er Röntgenaugen. Eine Wolke von Männerparfüm kroch mir in die Nase.

»Man kann nie wissen«, sagte ich. Etwas Schlagfertigeres fiel mir nicht ein. Natürlich war es Schwachsinn, etwas Warmes dabeizuhaben, alle an der Schule rannten mittlerweile in Shorts oder kurzen Röcken herum. Es kursierten schon Wetten, wann das erste Hitzefrei kommen würde.

»Kennt man ja gar nicht von dir. So empfindlich.« Philips Schnöselgesicht grinste. Die Haut um seine Lippen und am Kinn war gereizt, voller kleiner roter Punkte. Als ob ein Rasierer bei seinem Flaum nötig war. Ich zuckte mit den Schultern.

»Sonst noch irgendwas?« Wir erreichten das Foyer. Ohne zu antworten, machte Philip sich davon.

Draußen checkte ich die Lage. Von Jarno, Timo und Engel keine Spur, sicher saßen sie auf irgendeinem versteckten Beobachtungsposten. Die Pausenaufsicht, Sportlehrer Jahn und Frau Steinke, die Biologielehrerin, wanderten mit geraden Rücken über den Schulhof. Es waren meistens nur zwei, manchmal aber auch mehr Lehrer unten. Ich schaute mich um. Einen weiteren Erwachsenen konnte ich im Gewimmel nicht entdecken. Die Typen, die ich beauftragt hatte, lungerten zwischen den Fahrradständern und Tischtennisplatten herum. Ich erwischte den Blick von Danilo, der so eine Art Wortführer war, tippte mir an die Schläfe und nickte ihm zu. Wie in einem Agentenfilm.

Am gegenüberliegenden Ende des Schulhofs gab es ein uraltes Klettergerüst, das dermaßen von Rost überzogen war, dass es niemand benutzte, daneben ein Papierkorb aus Stein. Ich lief los, die Hände in den Hosentaschen. Das Paket unter meinem Arm schien immer schwerer zu werden. Aus dem Augenwinkel beobachtete ich Danilo, der, den Kopf im Nacken, eine Cola-Dose exte, sie theatralisch zu Boden schmiss wie ein Bierglas in der Kneipe und dann schreiend auf mehrere seiner Leute losging. Die Jungs ließen sich nicht lumpen. Binnen Sekunden war da drüben die Hölle los. Das Ganze war natürlich nur Show, aber es sah ziemlich überzeugend aus. Der halbe Schulhof rannte in Richtung der bühnenreifen Vorstellung. Herr Jahn, der mit seiner Sportplatzstimme irgendwas brüllte, und Frau Steinke vorneweg. Auf mich achtete in diesem Moment kein Schwein.

Im Laufen nahm ich die Rauchbombe in die Hand und warf mir den Pullover über die Schulter. Der Papierkorb war jetzt nur noch ein paar Meter entfernt. Alle Geräusche waren plötzlich weit weg. Wie in der Badewanne, wenn man den Kopf unter Wasser taucht. Wieder sah ich mich um. Am Lehrerzimmer im ersten Stock ging ein Fenster auf. Ein paar lange Gesichter guckten, was da unten auf dem Hof los war, und jetzt musste ich mich beeilen, damit mein Ablenkungsmanöver nicht verpuffte.

Ich zog die kleine Schlinge am Ende des Zylinders heraus, nahm das runde Plättchen, das als Streichholz fungierte, und versuchte, den Zünder in Gang zu setzen. Es klappte nicht gleich und ich verfluchte meine zittrigen Finger und den Schweiß, der sich auf den Handflächen sammelte. Die Sekunden verrannen. Noch mal ein hektischer Blick. Nach wie vor schien niemand auf mich zu achten, aber es war natürlich unmöglich, bei so vielen Leuten ganz sicher zu sein. *Drauf gepfiffen* und *na komm schon*, dachte ich gleichzeitig. Dann brannte das Ding. Es knisterte leise. Zusammen mit dem Plättchen warf ich das Teil in den Papierkorb und machte mich zügig davon.

Hinter mir ging das Knistern in ein Zischen über, das schon

ziemlich bedrohlich klang, aber jetzt war ohnehin alles zu spät. Am anderen Ende des Schulhofs noch immer Trubel und Geschrei, ich nahm es kaum wahr. Ich erreichte das Gebäude. Zumindest vom Lehrerzimmer aus war ich nicht mehr zu sehen, daher wagte ich es, mich umzuschauen. Der Papierkorb qualmte wie verrückt. Fetter, weißer Rauch stieg meterweit nach oben, schien fast ein fester Körper zu sein, der sich immer weiter ausbreitete und binnen Sekunden einfach alles in Nebel tauchte.

Ach du Scheiße, formten meine Lippen. Ich hatte schon mit einem ordentlichen Spektakel gerechnet. Der Kram von den Russen war ja selten von schlechten Eltern, aber dieses Schauspiel übertraf dann doch meine Erwartungen. Jetzt fingen die ersten Schüler an zu rufen. Flüche hallten über den Platz, in die sich ängstliche Schreie mischten. Jemand lachte hysterisch und der weiße, teils gelbliche Qualm fegte über den Hof, vom Wind zu immer neuen Wirbeln verformt, die wie eine ganze Armee von Gespenstern wirkten. Gestalten rannten hin und her, ich konnte kaum noch etwas erkennen. Es war das absolute Chaos.

»Alle raus! Weg! Runter!«, hörte ich Herrn Jahn brüllen, der wie alle anderen sicher keinen Schimmer hatte, was hier gerade abging. Ich eilte zum Seiteneingang am Zaun, stürzte mich in den fliehenden Pulk und stand schließlich schweißgebadet außerhalb des Schulhofs. Die aufgeregten Stimmen um mich herum summten wie ein gigantischer Bienenschwarm.

»Ruft doch mal einer die Feuerwehr!« – »Was ist das?« – »Das gibt's doch einfach nicht!« – und Ähnliches sauste in meinen Ohren. Durch den Nebel, der sich langsam etwas verteilte, sah ich über ein paar Köpfe hinweg Philip, der panisch und irgendwie spöttisch zugleich guckte, ein Kunststück, das wohl nur er zustande brachte. Der Gedanke, dass er mehr als die anderen wusste, mich vielleicht durchschaut hatte, war plötzlich wie ein Pickel auf der Stirn – je angestrengter ich versuchte, ihn loszuwerden, umso größer wurde er. Mehr Lehrer kamen aus dem Schulhaus gerannt, versuchten, die Menge zu beruhigen, waren aber selber völlig von der Rolle.

Ich entfernte mich noch ein Stück – und dann entdeckte ich sie. Ich checkte nicht gleich, dass da in dem weinroten Kadett jemand saß. Außer der Frontscheibe waren alle Fenster getönt und die Sicht hier draußen noch schlecht. Aber, ganz klar: Hinter dem Lenkrad in dem Auto am Straßenrand grinste Engel. Auf dem Beifahrersitz hatte Jarno seine Faust erhoben wie ein Boxer beim Fotoshooting und nickte anerkennend.

Die Typen hatten echt Nerven, hier mitten am Tag in einer geklauten Karre aufzukreuzen. Ich warf ihnen einen Blick zu, der hoffentlich klar machte, dass sie sich jetzt gefälligst verpissen sollten. Wenn der Direx spitzbekam, wer hier im Publikum saß, war ich geliefert. Der Mann war vielleicht scheiße, aber nicht blöd. Jarno schien zu verstehen und begann, auf Engel einzureden.

»Alle Schüler sammeln! Alle Schüler bitte!« Die Stimme von Herrn Jahn hatte etwas von ihrer üblichen Kraft verloren, war aber immer noch lauter als alles andere. Ohne mich noch einmal umzudrehen, lief ich zurück zum Zaun, wo sich ein Halbkreis um Herrn Jahn, Frau Steinke, ein paar weitere Lehrer und den Hausmeister gebildet hatte. Weiter hinten auf dem Schulhof qualmte es nicht mehr so stark, die letzten Rauchschwaden wurden vom Wind auseinandergetrieben.

»Wir bleiben jetzt erst einmal zusammen«, rief Herr Jahn. »Kollege Mertens schaut sich die Sache an.« Der Hausmeister, ein kleiner Mann mit Fingern wie Bratwürste, watschelte mürrisch in Richtung des Papierkorbs. Einige Schüler kicherten. Die kurzzeitige allgemeine Panik schien der Erleichterung Platz zu machen, dass scheinbar nichts Dramatisches passiert war. Herr Mertens begutachtete den Ort des Geschehens, griff in den Papierkorb und kam dann zurück, die vor sich hin kokelnde Pappe in der Hand.

»Vorsicht, ist noch heiß«, sagte er und übergab das Teil Herrn Jahn. Das Geht-mich-nix-an-Gesicht, das er dabei aufgesetzt hatte, war eindeutig. »Ist wohl Feuerwerk, ein Böller oder so was.« Herr Jahn streckte die Rauchbombe in die Luft wie die Freiheitsstatue ihre Fackel.

»Wer war das?«, fragte er und schien jeden Einzelnen in der Menge mit seinen Blicken zu durchbohren. Ich senkte den Kopf und hielt den Atem an.

»So eine Schweinerei!«, rief Frau Reinhard, die Mathelehrerin, die den Spitznamen Reinhardstilzchen weghatte, weil sie sich immer so aufregte. »Was denkt ihr euch eigentlich dabei?« Wieder hier und da Gekicher, ansonsten Ratlosigkeit auf den Mienen um mich herum.

»Ich warte!«, sagte Herr Jahn drohend. »Oder will mir hier jemand weismachen, dass das Ding vom Himmel gefallen ist?« Ich schaute hoch. Herr Jahns Augen waren hart. Er hielt den nun leeren Zylinder nach links und nach rechts, damit ihn auch jeder gut sehen konnte. Ich weiß nicht, ob er wirklich mit einer Antwort rechnete, aber ich konnte verstehen, dass er den starken Mann markierte. Er hatte ja schließlich die Aufsicht und trug die Verantwortung. Irgendwo startete ein Motor und aus den Augenwinkeln sah ich, wie der weinrote Kadett auf der Straße davonfuhr. Ich atmete ein paar Mal tief durch und wischte mir den Schweiß von der Stirn. Ich befürchtete, dass nun eigentlich jeder Idiot bemerken müsste, wer sich hier am auffälligsten verhielt. Aber scheinbar war die Masse an Schülern groß genug.

»Gut«, sagte Herr Jahn und schob den Unterkiefer vor. »Wenn ihr nicht sofort zugebt, wer dafür verantwortlich ist, wird das Konsequenzen haben. Für alle!«

»So eine Schweinerei!«, wiederholte Frau Reinhard wie zur Bekräftigung.

»Wir meinen das ernst!«, fügte Frau Steinke an, wahrscheinlich, um auch mal irgendwas zu sagen. Weiter keine Regung in der Versammlung. Langsam fiel die Anspannung ein bisschen von mir ab. Wenn sich niemand meldete, hatte mich vielleicht wirklich niemand gesehen. Es gab natürlich noch die Möglichkeit, dass die Person nur zu viel Schiss hatte, mich öffentlich in die Pfanne zu hauen. In den nächsten Tagen würde ich wachsam sein müssen.

Die Lehrer flüsterten und berieten sich. Die Klingel zur nächsten Stunde hallte über den Schulhof.

»Können wir jetzt wieder rein?«, rief Doreen aus der Parallelklasse kaugummikauend. »Dieses Verhör nervt. Ich war's jedenfalls nicht.« Doreen und ihre Freundinnen waren mir nicht sonderlich sympathisch, vor allem, weil sie diese Typen aus der Zehnten mit ihren Markenklamotten anhimmelten. In diesem Moment aber hätte ich sie am liebsten geknutscht.

»Doreen Finke, benimm dich gefälligst!«, keifte Frau Reinhard.

»Für Sie immer noch *Sie*«, sagte Doreen. »Ich bin schon sechzehn.«

»Ich war's auch nicht« und »Vielleicht war's ja überhaupt niemand von uns«, maulte es auf einmal von allen Seiten, wie eine sich anbahnende Meuterei. Innerlich musste ich grinsen.

»Das reicht!«, rief Herr Jahn und sah aus, als würde er am liebsten ein paar Schellen verteilen. »Ja, die Pause ist beendet. Alles Weitere wird in Abstimmung mit dem Direktor entschieden. Das wird ein Nachspiel geben, so viel kann ich euch versprechen.«

Die Menge zerstreute sich, zurück auf den Schulhof und danach ins Gebäude. Keiner schien es sonderlich eilig zu haben. Auf dem Weg nach oben schob sich erneut Philip von der Seite heran.

»Man kann wirklich nie wissen, nicht wahr?«, sagte er im Plauderton, und ich checkte absolut nicht, wie er das jetzt meinte. »Tolle Show jedenfalls.« Wir liefen ins Klassenzimmer. Der Pullover baumelte in meiner Hand.

Für den Rest des Tages gab es nur ein einziges Thema, an normalen Unterricht war kaum zu denken. Nach Schulschluss übergab ich Danilo und seinen Jungs die versprochene Stange West und legte noch eine Schachtel obendrauf. Ihren neugierigen Fragen wich ich aus. Die Pfeifen wussten sowieso schon zu viel und sie sollten ja nicht denken, dass wir jetzt Kumpels waren.

Zu Hause putzte ich die Küche, wischte das Bad und hatte schon den Tisch fürs Abendbrot gedeckt, als meine Mutter und Jacky am späten Nachmittag heimkamen. Dieser spontane Anfall von Fleiß war natürlich ziemlich verdächtig, ein Hinweis, dass ich irgendwas ausgefressen hatte, aber das fiel mir erst auf, als die beiden eintrudelten. Meine Mutter bedankte sich und schien keinen Verdacht zu schöpfen. Nicht einmal, als ich beim Abendbrot von der Rauchbombe auf dem Schulhof berichtete, denn das musste ich, weil sich die Sache garantiert herumsprechen würde.

Es war wohl so, dass Eltern manche Dinge einfach nicht sehen wollten.

SOMMER

8

Der Neue kam kurz vor den Sommerferien. Eigentlich total bekloppt, am letzten Montag vor den Zeugnissen noch neu in der Klasse aufzukreuzen, dachte ich mir damals, aber in seiner alten Heimat hatten die Ferien schon begonnen, wie ich später erfuhr. Unsere Lehrer meinten wohl, es wäre eine schlaue Idee, ihn schon mal vorzustellen. Dass er dann schon mal Kontakte knüpfen konnte. Im Nachhinein betrachtet wäre für ihn wirklich alles andere besser gewesen, aber wer konnte schon in die Zukunft sehen.

»Ich möchte euch Marcel vorstellen, euren neuen Mitschüler.« Frau Reinhards Stimme klang ungewohnt sanft, fast mütterlich. »Marcel ist neu in der Stadt und wird euch in eurem letzten Schuljahr begleiten.« Der Vorgestellte, ein etwas schmächtiger Typ, stand vorn an der Tafel wie auf dem Präsentierteller, hatte die Lippen zusammengepresst und nickte kaum merklich in die Runde. Er trug abgelatschte Turnschuhe wie ich, Jeans und ein kurzes Karohemd von New Yorker oder so.

»Möchtest du vielleicht selbst etwas sagen?«, fragte Frau Reinhard, weiter ganz sanft, als redete sie mit jemandem, der deutlich jünger war. Dem Neuen schien das ziemlich unangenehm, aber so eine Situation war ohnehin Bockmist.

»Hi«, sagte er und zuckte mit den Schultern. Sein Rucksack

rutschte dabei fast herunter. »Ich bin Marcel.« Er sprach hoch, aber vielleicht war das auch die Aufregung.

»Bist du Junge oder Mädchen?«, fragte Philip in die Klasse hinein, woraufhin einige lachten.

»Philip Lindner!«, rief Frau Reinhard. »Das ist ja wohl jetzt nicht dein Ernst!« Philip grinste und ich dachte mir meinen Teil. Typisch, dass die größten Schnösel nicht einfach mal ihre Fresse halten konnten. Marcel presste die Lippen wieder zusammen und sah irgendwie aus, als hätte er genau so etwas erwartet.

»Ich bin ein Junge«, sagte er leise. Mehr kam nicht. Kein Kontra. Kein schlagfertiger Spruch. So was passierte halt nur im Film.

»Marcel, du kannst dich setzen«, sagte Frau Reinhard. »Und Philip, du kommst nach der Stunde zu mir!« Philip verschränkte die Arme hinter dem Kopf und nickte so ein *Rede-du-nur*-Nicken. Auf genau zweien der Bänke im Klassenzimmer war noch ein Platz frei. Neben Peggy, die sich umgehend breit machte und dem Neuen einen eisigen Blick zuwarf, und neben mir. Marcel schaute zu Frau Reinhard, scheinbar noch unsicher, ob er von ihr platziert werden sollte, doch die schrieb bereits etwas an die Tafel. Er schlurfte in meine Richtung, langsam wie ein zum Tode Verurteilter beim letzten Gang. Ehrlicherweise riss ich mich nicht um einen neuen Banknachbarn, aber wenn es die anderen ärgerte, war es mir gerade recht. Generell war ich ja der Meinung, dass man sich immer entscheiden konnte, ob man ein Arschloch sein wollte oder nicht.

Schweigend nahm ich meinen Rucksack vom Stuhl und rückte meine Federmappe ein Stück nach rechts. Marcel setzte sich übertrieben vorsichtig, als würde er mit sonst was rechnen.

»Sascha«, sagte ich. Einerseits, damit sich der Neue ein bisschen locker machte, andererseits, weil ich es Banane fand, dass jeder seinen Namen wusste, er aber nur den von Philip. An der Fensterreihe steckten der und ein paar andere die Köpfe zusammen. Ich konnte mir schon denken, was da drüben für Schwachsinn getuschelt wurde – der Sozialfall ist verknallt, Liebe auf den ersten Blick, haha – und ich nahm mir vor, demnächst mal ein Wörtchen unter vier Augen mit Philip zu reden. Die Milch in seinem Rucksack hatte offensichtlich nicht gereicht.

Marcel lud seine Federmappe und ein Heft auf den Tisch. Sein Kram sah noch abgeranzter aus als meiner und ich wusste echt nicht, ob ich das jetzt sympathisch oder traurig finden sollte. Für Frau Reinhard schien sein Fall jetzt erledigt. Uns beide mehr oder minder ignorierend, hielt sie die gesamte Doppelstunde ganz normalen Unterricht, obwohl die Zeugniskonferenz längst vorbei war. Mein Notendurchschnitt hatte sich über die Jahre bei einer Drei eingependelt, was ich okay fand, auch wenn meine Mutter das natürlich anders sah. Immerhin hatte ich noch jede Klasse geschafft – was man von Engel zum Beispiel nicht behaupten konnte.

Gefühlt war bereits der ganze Vormittag vergangen, als es endlich zur ersten Hofpause klingelte. Meine Lust, mich zu unterhalten, war mäßig, aber es war auch irgendwie logisch, dass ich den Neuen jetzt an der Backe hatte. Wirklich Besseres zu tun hatte ich zugegeben ja auch nicht.

»Kommst du?«, fragte ich Marcel, der in seinem Rucksack wühlte, was auch immer er da suchte. Er schien ein bisschen skeptisch.

»Na los. Ich gehöre nicht zu diesen Idioten«, fügte ich an und zeigte mit dem Kopf Richtung Lehrerpult, wo Frau Reinhard auf Philip und sein Gefolge einredete. Scheinbar war es nötig, das klarzustellen.

»Ja gut, okay«, sagte er, als hätte ich was voll Anstrengendes verlangt. Seine Stimme war wirklich ein bisschen mädchenhaft, aber für so was konnte man ja nichts. Wir liefen die Treppe runter. Ich wartete, ob Mister Schüchtern die Initiative ergriff und vielleicht von selbst etwas sagte. Er sagte nichts von selbst.

»In Ordnung, Marcel«, sagte dann ich. »In wenigen Worten zusammengefasst, habe ich eine gute und eine schlechte Nachricht für dich. Welche zuerst?« Er schaute mich an wie ein Auto und zuckte mit den Schultern. Ich seufzte.

»Also, die schlechte ist, dass die allermeisten hier Lackaffen sind. Schnösel, Schleimer. Such dir was aus. Die gute ist, dass du nur ein Jahr überstehen musst.« Wir liefen durchs Foyer und dann auf den Hof.

»Kann man hier rauchen?«, fragte Marcel, als hätte er mir gar nicht zugehört.

»Da drüben am Zaun. Draußen. Falls du sechzehn bist. Sonst gibt es Ärger mit den Sheriffs.«

»Fast«, sagte Marcel und schien auf irgendwas zu warten. Ich sah mich um. Frau Steinke und ein Lehrer der jüngeren Klassen, von dem ich den Namen nicht wusste, hatten Aufsicht.

»Na dann, einfach hinter mir her«, sagte ich. Wir verließen den Schulhof unbehelligt. In der Raucherecke lungerte die New-Balance-Bande, dazwischen Doreen und ein paar andere Mädchen. Ich zog Marcel ein Stück beiseite.

»Auch eine?«, fragte er und zog einen Tabakbeutel aus der Tasche, so ein richtiges Hippieding.

»Lass mal«, sagte ich. Marcel drehte, zündete sich die Kippe an und blies Rauch in die Luft, was mich an die Sache vor ein paar Wochen erinnerte. Tatsächlich hatte es in den Tagen danach Befragungen von jedem einzelnen Schüler gegeben, quasi groß angelegte Ermittlungen, was einerseits ziemlich hilflos gewirkt hatte, andererseits auch ein bisschen beeindruckend gewesen war. Am Anfang jeder Stunde hatten die Lehrer mit Listen hantiert und die Namen und Zeiten verkündet, zu denen man sich im Zimmer des Direktors einfinden sollte. Natürlich war ich besonders in die Mangel genommen worden, aber ich hatte mittlerweile so viel Übung in solchen Dingen, dass ich das Verhör auf einer Arschbacke absaß. Die ganze Aktion hatte sich bis in die Woche danach hingezogen. Ohne Ergebnis.

»Woher kommst du?«, fragte ich. Marcel kratzte sich an der Nase und aschte sich fast ins Gesicht.

»Niemeförden. Ist ein Nest in Meck-Pomm. Nicht der Rede wert.«

»Und gefällt dir die Großstadt?« Marcel zuckte mit den Schultern.

»Sind erst am Wochenende angekommen. Die ganze Bude steht noch voll mit Kartons.« Er zog den Rauch ein, formte den Mund zu einem Kreis und puffte dann ein paar Ringe aus, ein Kunststück, das Engel schon seit Jahren probierte und nie hinbekam. Er musterte mich, schien zu überlegen.

»Meine Mutter hat hier eine Stelle angenommen«, sagte er. »Vater war erst dagegen. Aber die waren beide fast drei Jahre arbeitslos.« Ich nickte. Ich konnte mir ganz gut vorstellen, was das bedeutete. Wie es bei den Leuten aus meiner Klasse hinter der Fassade aussah, wusste ich nicht. Aber auch der Vater von Timo hatte nach der Wende seinen Posten verloren, die Eltern von Jarno hangelten sich von Job zu Job und bei meiner Mutter auf Arbeit wurde alles immer beschissener. Engel sprach gleich gar nicht über dieses Thema.

»Also, keine Ahnung, wie das hier wird«, sagte Marcel. »Aber ich bin noch ganz froh, dass wir nicht in den Westen sind. Wie alle anderen.«

»Klar«, sagte ich. Marcel ließ seinen Blick über den Schulhof schweifen und dann sah ich sie wieder. Diese müden Augen, die die Leute hier zu erfassen schienen wie eine ansteckende Krankheit.

»Ist vielleicht Blödsinn«, sagte er. »Vielleicht ist ja drüben alles besser.«

»Vielleicht«, sagte ich.

»Na ja«, murmelte Marcel. »Meine Schwester will zum Studieren auf jeden Fall rüber. Wenn es mit dem Abi klappt.«

»Schwester?« Ich zog die Augenbrauen hoch.

»Miriam. Ist ein Jahr älter. Kommt in die Elfte.« Er kratzte sich erneut an der Nase. Seine Kippe war nur noch ein Stummel, aber er benutzte keinen Filter, weswegen sich das Teil rauchen ließ bis zum letzten Rest. »Hab vergessen, wie das Gymnasium heißt.«

»Humboldt?«, schlug ich vor.

»Ach ja, genau«, sagte Marcel.

»Ich hab auch eine Schwester«, sagte ich. »Halbschwester, um genau zu sein. Aber die ist fast zehn Jahre jünger.« Der Neue schaute mich an. Sein Gesicht hatte sich etwas aufgehellt, wie eine dunkle Landschaft, über der ein erster Sonnenstrahl durch die Wolken bricht. Ich hatte plötzlich das Gefühl, dass wir vielleicht Freunde werden könnten, dass ich ihn vielleicht sogar mitnehmen könnte zu den anderen. Dass es cool werden würde, zu fünft, aber wie gesagt – man konnte halt nicht in die Zukunft sehen.

9

Timo war als Nächster dran. Von seiner Aufgabe würden wir alle was haben, denn es ging um eine Simson, die Jarno auf dem Hof einer Autowerkstatt entdeckt hatte.

»Das Teil steht da schon seit Wochen«, hatte er gesagt. »Die vermisst bestimmt niemand. Wenn wir sie umlackieren, können wir schön durch die Gegend brettern.« Am Anfang gab es den Plan, das Ganze als Gemeinschaftsaktion durchzuziehen, aber da wir zu faul waren, uns für Timo was anderes zu überlegen, blieb es dabei, dass er das allein machen sollte.

Jarno, Engel und ich hingen zur verabredeten Zeit bei uns in der Bude ab. Kurz zuvor hatte es ein heftiges Gewitter gegeben. Die Gullys waren vollgelaufen und noch immer fiel Regen aus den schwarzen Wolkenklumpen, die den sommerlichen Abend in ein seltsames Zwielicht tauchten. In der Ferne grollte noch Donner.

»Der Timo wird doch wohl nicht kneifen?« Eine Kippe nach der anderen rauchend, saß Engel wie immer auf seinem Fensterplatz. Jarno und ich hatten die Campinghocker davorgestellt und schauten den Blitzen zu, die weit weg über den Dächern am Himmel zuckten. Äste aus Licht, die nur kurz zu sehen waren und sofort wieder verschwanden.

»Vielleicht wasserscheu«, sagte ich. Engel hielt sich am Rahmen fest, lehnte sich raus und spähte nach oben.

»Da wird er heute Pech haben«, brummte er.

»Der kommt schon noch«, sagte Jarno. »Ist doch selbst scharf auf die Simme.«

»Ob das Ding überhaupt anspringt?«, fragte ich. »Steht vielleicht nur noch als Schmuck rum. Wie so ein Gartenzwerg.« Jarno machte ein verächtliches Geräusch, es klang wie eine zischende Schlange.

»Willst mich wohl verklapsen, Sascha. Die Maschine ist tipptopp. So was sehe ich.«

»Der Jörn mit dem Kennerblick«, stellte Engel fest und blieb dabei so ernst, dass ich schmunzeln musste.

»Ihr seid bescheuert«, sagte Jarno, grinste aber selbst. »Werdet schon sehen.« Noch einmal lehnte sich Engel gefährlich weit nach draußen und schaute die Straße entlang.

»Tja. Wann auch immer«, sagte er, fuhr sich über die gegelten Haare und wischte die Hand an der Hose ab.

»Niemand zu sehen?«, fragte ich. Engel schüttelte den Kopf.

»Nichts.« Jarno stand auf, lief zu seinem Rucksack und kam mit einer Flasche Rum zurück. Er machte neuerdings so ein bisschen auf feinen Herrn.

»Na gut, Leute. Die hier war eigentlich für später gedacht, aber wenn es nun noch dauert …«

»Können wir ja schon mal einen heben«, ergänzte Engel und schwang seine Beine nach drinnen. »Sehr gut.« Er ging zu der Kiste neben dem Kachelofen, in der neben diversem Krimskrams auch kleine Plastikbecher lagen, so Partybedarf, und hielt Jarno dann drei davon unter die Nase.

»Geduld«, sagte der, zog den Verschluss ab und roch erst mal ausgiebig an der Flasche, bevor er einschenkte. Wir prosteten uns zu. Der Hochprozentige feuerte ordentlich im Magen.

»Es gibt da so einen neuen Typen in meiner Klasse«, sagte ich. »Marcel. Scheint echt in Ordnung zu sein. Bisschen seltsam vielleicht. Aber hundertpro kein Schnösel.«

»Marcel«, wiederholte Jarno, als könne er am Klang des Namens irgendwas abschmecken. Engel zog die Augenbrauen hoch.

»Und?«, fragte er. Ich zuckte mit den Schultern.

»Na ja. Ich könnte mir vorstellen, dass er zu uns passt.«

»Das wär ja mal was«, sagte Engel nach einer Pause, recht emotionslos, aber auch nicht unfreundlich.

»Als ob irgendjemand zu uns passt«, sagte Jarno. »Außer uns. Worauf willst du hinaus, Sascha?« Ich schnippte ein paar Mal gegen meinen Becher.

»Ich würde ihn mal mitbringen«, sagte ich. »Dann könnt ihr ja selbst entscheiden.« Jarno und Engel wechselten einen Blick und schienen zu überlegen. Vor dem Fenster tröpfelte der Regen. Langsam schlich die Nacht heran.

»Mir egal«, sagte Engel schließlich. Er steckte sich die nächste Kippe mit seinem Armeefeuerzeug an und blies den Rauch in den Raum. Das Gewitter hatte fast gar keine Abkühlung gebracht. Hier unter dem Dach war die drückende Schwüle kaum weniger geworden.

»Jörn?«, fragte ich, weil von ihm nichts kam. Er schenkte sich nach und ließ den Rum im Becher kreisen.

»Von mir aus«, sagte er. »Aber wir müssen noch Timo fragen.« Er schaute sich um, als hätte der sich irgendwo im Zimmer versteckt. »Wo bleibt der Kerl denn nur?«

»Langsam wird es komisch«, bestätigte ich. Wir tranken und warteten. Der Regen wurde weniger und hörte irgendwann ganz auf. Ich wollte gerade vorschlagen, mal zu Timo nach Hause zu gehen und nach dem Rechten zu sehen, als ich Schritte auf den Treppen vernahm. Dann klopfte es. Zweimal lang, zweimal kurz.

»Na endlich«, sagte Jarno. Er erhob sich, stieß beim Laufen an die Tischkante, was wohl am Rum lag, fluchte und wankte raus an die Tür. Das Nächste, was ich hörte, war ein erschrockener Schrei, und wenn Jarno schrie, musste wirklich was los sein. Rum hin oder her. Engel und ich sprangen auf und rannten in den Flur. Im Schummerlicht der Kerzen stand da Timo, mit blutigem Gesicht, die Augen zugeschwollen wie zwei Tennisbälle, gebeugt wie ein geprügeltes Tier.

»Wow«, sagte Engel.

»Scheiße, Mann«, sagte Jarno.

»Erzähl mir nicht, dass das dein Alter war«, sagte ich. Ohne zu antworten, schob sich Timo an uns vorbei. Er tigerte im Zimmer herum, fand eine halbe Rolle Klopapier und drückte sie sich, so wie sie war, unter die Nase. Den Kopf nach hinten gestreckt, setzte er sich auf den Sessel. Jarno füllte einen weiteren Becher und hielt ihn Timo hin.

»Später«, presste der hervor, es klang, als bereite ihm schon dieses einzelne Wort große Mühe. Wir setzten uns auch. Unschlüssige Blicke wanderten hin und her.

»Äh …«, fing Jarno an, brachte den Satz aber nicht zu Ende.

»Timo, Mensch«, sagte ich. »Kannst du sprechen?« Er hing auf dem Sessel, als käme er nie wieder hoch. Wir hatten alle schon einiges eingesteckt, bei den unterschiedlichsten Gelegenheiten, aber ein derartiges Bild hatte echt noch niemand abgegeben.

»Papa«, flüsterte Timo und es war mir ein Rätsel, wie er in diesem Moment diese zärtliche Bezeichnung verwenden konnte.

»Also doch«, sagte ich. »Was ist passiert?«

»Dem gehört echt selbst mal aufs Maul«, sagte Jarno, aber seine Stimme klang nicht fest oder entschlossen. Eher hilflos. Timo streckte die Hand nach dem Becher aus, den Jarno auf dem Tisch zwischengeparkt hatte. Ich schob ihn ein Stück in seine Richtung. Timo trank, schüttelte sich und betrachtete dann die Klopapierrolle in der anderen Hand, die sich dunkel eingefärbt hatte, als hätte man damit Rotwein aufgewischt.

»Ich bin selbst schuld«, sagte er langsam.

»Blödsinn«, sagte Engel. Dass sogar er protestierte, war schon beachtlich.

»Jetzt erzähl doch mal«, sagte ich. Timo stellte den Becher und die Rolle ab und versuchte, sich zumindest ein bisschen gerader hinzusetzen, was in dem Sessel schwierig war.

»Ich war schon seit Wochen blank«, sagte er. »Und das ging mir auf den Sack. Den Rest könnt ihr euch ja denken.« Er zuckte mit den Schultern, verzog bei dieser schnellen Bewegung aber sofort das Gesicht. »Hab ihn wieder beklaut. Hat er spitzgekriegt.«

Dabei blieb es, Timo schien nichts weiter sagen zu wollen. Eigentlich hatte ich tausend Fragen, vor allem, warum er sich so was gefallen ließ, aber dieses Thema hatten wir schon oft genug auf dem Tisch gehabt, immer ergebnislos. Engel und Jarno ging es wohl ähnlich, denn sie schauten beide ein bisschen stumpf vor sich hin. Wenn Timos Blick sie traf, versuchten sie, aufmunternd zu lächeln.

Ein paar Mal war ich Timos Vater begegnet. Hin und wieder hatte ich mit Timo allein abgehangen, und bevor wir unsere Bude hier eingerichtet hatten, war es sowieso noch normaler gewesen, bei jemandem von uns zu Hause zu sein, gerade in der kälteren Jahreszeit. Im Grunde war Timos Vater ein netter Typ, zumindest, wenn er nüchtern war. Ein dünner, aber drahtiger Mann, dem die grau werdenden Haare über die Schultern hingen, weil er aus Protest gegen die Wiedervereinigung seitdem nicht mehr beim Friseur gewesen war. Dafür konnte er alles reparieren und hatte immer einen schweinischen Witz auf Lager, was ich ziemlich cool fand, man konnte sie gut weitererzählen. Aber das entschuldigte natürlich nichts und machte das Ganze nicht besser. Im Gegenteil – es war nur noch schwerer, damit umzugehen, dass er seinen Sohn quasi gewohnheitsmäßig verprügelte. Timo schien sich mit dieser Tatsache abgefunden zu haben, es war praktisch unmöglich, mit ihm darüber zu sprechen.

Hätte ich mich entscheiden müssen, hätte ich sicher gesagt, dass Jarno mein besserer Freund war. Mit Jarno schien alles leichter. Er dachte positiver, war so der Typ Fels in der Brandung, auf den man sich verlassen konnte. Aber eigentlich hätte Timo mir näher sein müssen. Seine Mutter war ähnlich früh ums Leben gekommen wie mein Vater, gestorben nach kurzer, aber heftiger Krankheit. Timo war zwei Jahre alt gewesen, und da in seiner Familie damals niemand einen Fotoapparat besaß, hatte er nicht einmal ein Bild von ihr. Gewissermaßen war er selbst der einzig existierende Beweis, dass es seine Mutter überhaupt gegeben hatte, vielleicht erklärte das ja das eine oder andere. Ich fand jedenfalls, dass wir quasi Zwillinge im Geiste sein mussten, eigentlich, doch es fühlte sich nicht so an. Ich vermied, über diese Widersprüchlichkeit allzu viel nachzudenken, ich landete doch nur immer wieder in einer Sackgasse.

Ich schenkte Timo nach und versuchte, in diese Geste irgendwas Mitfühlendes zu legen.

»Die Aktion lassen wir mal platzen, ja?«, sagte ich dann. Es erschien mir absurd, ihn jetzt noch auf die Pirsch zu schicken, und wenn wir schon sonst nichts für ihn tun konnten, drückte das vielleicht ein bisschen Unterstützung aus. Ich hoffte, dass die anderen das auch so sahen.

»Auf jeden Fall«, sagte Jarno schnell. »Das versteht sich ja wohl von selbst. Es sei denn, du willst unbedingt.« Timo versuchte ein mattes Grinsen.

»Nee«, sagte er. Engel zündete sich die hundertste Zigarette an und rauchte. Er hatte seinen typischen lauernden Blick aufgesetzt.

»Gut, Timo, dann was ganz anderes«, lenkte ich ab. »Wir haben vorhin über den Neuen in meiner Klasse geredet, Marcel. Korrekter Kerl. Wärst du auch damit einverstanden, dass ich ihn mal mitbringe? Die anderen haben schon abgenickt.«

»Marcel«, sagte Timo, ähnlich wie Jarno. Er rückte in seinem Sessel herum. »Ist der von hier?« Ich schüttelte den Kopf.

»Aus Nieme… irgendwas. Irgendein Dorf.« Timo zwinkerte, was mit seinen geschwollenen Augen reichlich seltsam aussah, die dicken Lider bewegten sich wie in Zeitlupe.

»Dann kann er ja die Maschine holen«, sagte er. »Als Einstand.« Engel machte ein scharfes Geräusch, es klang wie ein kurzes Lachen.

»Das reicht nicht für eine Taufe. Da muss schon ein bisschen mehr her.«

»Was auch immer«, sagte ich, weil ich mich damit jetzt nicht befassen wollte. Zugegeben hatte ich noch gar nicht darüber nachgedacht, dass der Neue irgendwie mitziehen müsste. »Also, das wär okay?«

»Ja, klar«, sagte Timo. »Ich hab nichts gegen ein neues Gesicht.« Jarno grinste.

»Logisch, so scheiße, wie du gerade aussiehst.« Timo zeigte ihm den Mittelfinger.

»Penner«, sagte er. »Gibt's noch Rum?« Jarno stand auf und schenkte ihm nach. Die Stimmung löste sich, insgesamt wurde es doch noch ein netter Abend. Weit nach Mitternacht holte Engel Bier von der Tanke (*»Pils auf Rum, sonst wird man dumm«*), und wir soffen, bis sich die ersten, glitzernden Sonnenstrahlen über die schlafende Stadt schoben wie die Aussicht auf ein kleines Stück bessere Zukunft.

10

Eine Woche Urlaub auf irgendeinem Zeltplatz an irgendeinem See in der Pampa. Eine Woche. Das war alles gewesen, was meine Mutter in diesem letzten Sommer vor Jackys Einschulung angesichts der *Personaldecke* im Krankenhaus genehmigt bekommen hatte. Oberarzt Pfeiffer und die Stationsschwester (die wiederum Schiss hatte, vom Oberarzt eins auf den Deckel zu kriegen) hatten nicht mit sich reden lassen. Tagelang schimpfte meine Mutter vor sich hin, qualmte die Küche voll und ignorierte meine kleine Schwester, die darüber maulte, dass es bis in unser Zimmer stank.

»Scheiß drauf, Mama. Genießen wir wenigstens diese Woche«, hatte ich irgendwann gesagt und sie hatte mich mit dunklen Augen fixiert, ihre kupfernen Strähnchen mit den Fingern gekämmt und schließlich genickt. Ich fand sie schön in diesem Moment und das überraschte mich. Man machte sich schließlich keine Gedanken über so eine blödsinnige Frage – ob die eigene Mutter schön war oder nicht – und ich fand sie natürlich auch nicht schön, wie ich Romy hübsch fand, die Freundin von Doreen, oder Sandra aus der Klasse unter mir. Ihr Blick hatte nur plötzlich etwas Zufriedenes bekommen und mir war aufgefallen, dass ich sie seit einer Ewigkeit nicht mehr richtig glücklich gesehen hatte. Was diesen Moment umso kostbarer machte.

»Du hast recht, Sascha«, hatte sie gesagt. »Genießen wir, was wir haben.« Mit dem Auto ihrer Kollegin Steffi, ein lachsfarbener Skoda 105 mit Kofferraum vorn (*Der fährt ohne Motor* – ein toller Gag), waren wir Richtung Norden gebrettert, Jacky mit Ocki neben Mama, ich auf dem Rücksitz. Aus dem Radio dudelte Sommermusik, wir krümelten mit unseren Keksen den Innenraum voll. Hinter Berlin fuhren wir ab, durchquerten Örtchen mit viel Grün und Brücken und kleinen Türmen und erreichten schließlich unser Ziel.

Auf dem Zeltplatz schien die Zeit stehen geblieben. Von der Rezeption bröckelte der Putz, eine ausgefranste Markise bewegte sich im Wind. Davor parkte ein staubiger Trabi. Auf die Rennpappen hatte man in der DDR nach Bestellung jahrelang warten müssen, aber eigentlich konnte man sie kaum als Auto bezeichnen. In den Schaukästen neben der Tür hingen die Platzordnung und eine Liste mit Preisen. Es hätte mich nicht gewundert, wenn noch Ostmark darauf gestanden hätten.

»Bitte Mama, kaufst du ein Eis?«, fragte Jacky als Erstes, nachdem sie sich aus dem Auto geschält hatte. Das Fähnchen mit dem Langnese-Logo am Eingang war tatsächlich das Einzige, was nicht zum Rest passte. Wie bei einem Suchbild. Die Sonne knallte auf das sandige Gelände, weiter hinten lockten mächtige Bäume mit Schatten, dazwischen lugten ein paar Zelte hervor. Um den Papierkorb summten Fliegen. Kein Mensch war zu sehen. Vermutlich hatte sich Jacky nicht allzu große Chancen ausgerechnet, doch unsere Mutter nickte.

»Kriegst du. Ich muss nur erst mal gucken, ob hier zur Mittagsruhe überhaupt jemand ist.«

»Ich will ein Tschisi!«, plärrte Jacky. Dieser Emmentaler am Stiel mit Vanillegeschmack war ungefähr so cool wie 4You-Schulranzen, aber ich glaube, als Kind hätte ich den Quatsch auch gern gegessen.

»Jacky!«, mahnte Mama und schaute sich um, als würde gleich jemand kommen und sich über die Lautstärke beschweren. »Eins nach dem anderen.« Die Tür ließ sich öffnen, schwang mit einem Geräusch wie in einem billigen Gruselfilm nach außen. Die beiden gingen rein, ich studierte die Schaukästen. Ziemlich bald kam Jacky zurück, in der Hand tatsächlich das gewünschte Eis. Sie strahlte wie zu Weihnachten und streckte mir die Zunge raus.

»Du kriegst nix!«, sagte sie triumphierend. Ich zeigte ihr den Vogel.

»Von deinem Käse will ich auch gar nix.« Ich hatte eher Lust auf ein kaltes Bier, aber das würde wohl warten müssen. Jacky setzte sich mit ihrer Eroberung ins Auto, blieb aber auch dort nicht lang.

»Voll eklig warm«, sagte sie und stellte sich unter die Markise. Nur aus Spaß griff ich nach dem schon zur Hälfte abgenagten Eis. Jacky kreischte und rannte ein Stück Richtung Bäume. Dann trat Mama aus der Tür, in der Hand ihr Portemonnaie und einen Berechtigungszettel für unser Zelt, ihr Blick ähnlich zufrieden wie Jackys.

»Wunderbar, das ist hier noch günstiger als gedacht«, raunte sie mir zu. »Da können wir uns die Tage auch was gönnen.«

Der uns zugeteilte Platz befand sich direkt am See, der nur ein Stück die Wiese runter in der Landschaft lag wie gemalt. Die Sonne spiegelte sich auf der Oberfläche, große Büschel von irgendwelchen Gräsern zogen sich vom Ufer bis ins Wasser hinein. Nur vereinzelt lagen Leute auf ihren Decken und ließen sich in der Mittagshitze braten, dazwischen watschelten ein paar Enten. Vorn am Steg waren Ruderboote festgemacht, von denen die Farbe abblätterte. Auf der gegenüberliegenden Seite des Sees nur Wald, so weit das Auge reichte. Ich hätte schon gesagt, dass ich eher ein Stadtmensch war, aber, verdammt, hier war es schön. Keine Frage.

»So, dann helft mir mal«, sagte Mama. Wir luden diverse Taschen aus dem Auto, kämpften mit Gestänge und Heringen, es dauerte eine Weile. Jacky gab schon nach ein paar Minuten auf, beschwerte sich über die Hitze und meinte, dass sie jetzt sofort und unbedingt ins Wasser müsse. In anderen Situationen wäre unsere Mutter eher nach dem Grundsatz *Erst die Arbeit, dann das Vergnügen* verfahren, doch der Ort schien auch sie zu entspannen. Jacky hatte also Glück. Sie schlüpfte aus ihren Sachen, hinterließ ein Klamottenknäuel auf dem Gras und rannte zum See.

Die Sonne war schon ein ganzes Stück weitergewandert, als wir endlich die letzte Leine spannten. Unsere Behausung für die kommenden Tage war so ein typisches, altes Steilwandzelt mit Platz zum Sitzen drin und zwei abgetrennten Kabinen, quasi eine richtige kleine Hütte. Das Teil roch etwas modrig, wahrscheinlich, weil es seit Jahren in unserem Keller gelagert hatte, aber eigentlich unterstrich das nur seine Gemütlichkeit. Mit verschwitzten Gesichtern richteten wir noch die Schlafplätze her. Dann griffen wir uns die von der Fahrt übrig gebliebenen Brote und was zu trinken und gingen zu Jacky, die zwischendurch ihre Schaufel geholt hatte und im Sand unermüdlich Kanäle grub.

Nach und nach füllte sich der Strandbereich mit anderen

Menschen, die von ihrem Schläfchen kamen, aber es blieb doch sehr übersichtlich. Wahrscheinlich war so was einfach nicht mehr angesagt: Urlaub auf dem heimischen Zeltplatz. Heutzutage ging es auf die Balearen oder nach Italien oder gleich noch weiter weg. Wenn man es sich leisten konnte. Eine Handvoll Familien mit kleinen Kindern waren da, ansonsten hauptsächlich ältere Pärchen, die ihre sonnengegerbten, ledrigen Körper zur Schau trugen. Meine Mutter wusste, dass ich über das FKK-Ding motzte (ganz ehrlich, wer wollte seine Eltern nackt sehen?), daher hatte sie noch im Zelt ihren blauen Badeanzug übergestreift. Meine Hose hatte eine ähnliche Farbe, so waren wir im Partnerlook.

Wir planschten und schwammen, spielten am Ufer Mau-Mau, dösten vor uns hin und wunderten uns am Abend ein wenig, wo die Stunden geblieben waren. Von den Aushängen an der Rezeption wusste ich, dass der Kiosk nur bis achtzehn Uhr geöffnet hatte, ich war also kurz vor knapp mal losgetigert und hatte Bier für später besorgt. Offiziell war ich noch nicht alt genug, um Alkohol zu kaufen, aber zu Hause wurde ich nie nach meinem Ausweis gefragt und auch hier war das kein Problem.

Zum Abendbrot gab es Ravioli aus der Dose, direkt vom Campingkocher, und wir löffelten die wabbeligen Teigstücke von unseren Plastiktellern, während die Sonne auf der anderen Seite des Sees langsam hinter den Bäumen verschwand. Dann kamen die Mücken. Jacky, die den Geruch des Mückensprays nicht abkonnte und von dem Tag in der Sonne sowieso ziemlich fertig schien, verkrümelte sich ins Bett.

»Wenn was ist, wir sind vorn am Steg«, sagte Mama, ein bisschen fragend, aber Jacky murmelte unter ihrem Schlafsack nur noch etwas Undefinierbares. Wir nebelten uns ordentlich ein und zogen Pullover über.

»Ich kann übrigens auch mal bei Jacky schlafen«, sagte meine Mutter. »Und du bekommst deine eigene Kabine.«

»Ich bin's doch gewöhnt«, sagte ich und schnappte mir zwei der warm gewordenen Bierflaschen.

»Na ja. Eben deswegen«, sagte meine Mutter. »Vielleicht willst du mal deine Ruhe. Wir sind hier schließlich im Urlaub.« Sie hatte so einen komischen Blick, irgendwas zwischen anzüglich und bedauernd, und bevor vielleicht die Frage kam, wann und wo ich es mir eigentlich selbst machte (wo schon – auf dem Klo), winkte ich schnell ab.

»Nicht nötig«, sagte ich. Sie hatte ein paar Mal versucht, mit mir über Sex und solche Sachen zu reden, aber ich hatte immer abgeblockt. Vielleicht wäre mir das mit einem Vater leichter gefallen.

»Das Angebot steht«, sagte sie, nahm sich ebenfalls zwei Bier und zuckte mit den Schultern. Wir liefen runter zum Steg. Das Holz knarrte, hier und dort fehlte eine Strebe, in der Dunkelheit würde man hier richtig aufpassen müssen. Wir setzten uns. Die Ruderboote glucksten leise auf dem Wasser und die Mücken summten um uns herum, ohne sich wirklich ranzutrauen. Ich öffnete zwei der Flaschen. Wir prosteten uns zu und genossen die Stille.

»Hat dich die Herold eigentlich mal wegen Jacky angesprochen?«, fragte ich dann. Das merkwürdige kurze Gespräch mit der Kindergärtnerin hatte ich im Trubel der letzten Wochen vergessen. Meine Mutter schüttelte den Kopf.

»Nein«, sagte sie. »Warum?«

»Kann dir nicht sagen, worauf sie hinauswollte«, sagte ich. »Aber sie meinte letztens, dass Jacky so still geworden wäre. Und ob bei uns alles in Ordnung ist.« Meine Mutter schnaubte.

»Wie man es nimmt, nicht wahr?« Sie holte eine f6 aus ihrer Schachtel, zündete sie an und sog knisternd den Rauch ein.

»Ach, das ist typisch«, fuhr sie fort und blies den Rauch wieder aus. »Die Frau hat einfach keine Ahnung vom echten Leben. Die ist mir damals schon monatelang auf die Kette gegangen. Als ich Carsten den Laufpass gegeben habe. Wie schwer so was für die Trennungskinder ist, was für eine Katastrophe für die kleinen Herzen. Und so weiter.« Meine Mutter kaute auf ihren Fingernägeln, schien sich dann wieder an die Zigarette in ihrer anderen Hand zu erinnern und nahm ein paar schnelle Züge.

»Die hat gut reden. Hat ja nie einen Mann gehabt.« Sie zog die Augenbrauen hoch. »Soweit ich weiß, zumindest.« Ich zuckte mit den Schultern und wir schwiegen wieder. Meine Mutter drückte ihre Kippe auf einer der Holzplanken aus und legte dann ihre Hand auf meinen Unterarm.

»Ich hab sie irgendwann was gefragt, Sascha«, sagte sie. »Nämlich, was für einen Sinn es macht, seinem Kind eine Beziehung zuzumuten, die nur Streit bedeutet. Und ob sie weiß, was eine wirkliche Katastrophe ist.« In mir stieg etwas hoch, auf einmal hatte ich einen Kloß im Hals. Ich wusste sofort, wovon meine Mutter sprach, was sie meinte, und versuchte, binnen Sekunden zu entscheiden, ob ich bereit für das Thema war, das jetzt so ungeplant um die Ecke kam.

»Wenn der Vater stirbt«, hörte ich mich sagen, leise wie das Wasser, das unter dem Steg vor sich hin murmelte.

»Ganz genau«, sagte meine Mutter. Ich spürte ihren prüfenden Blick und trank einen Schluck Bier, der irgendwie schal schmeckte.

»Sascha, ich weiß, dass du dir nichts anmerken lässt«, sagte sie. »Aber ich weiß auch, dass es hart ist. Für dich, wie für mich. Umso mehr, weil es einfach keinen Ersatz gibt. Nie.« Sie zündete sich die Nächste an und schaute eine Weile auf den See. »Immerhin denke ich nicht mehr jeden Tag an ihn. Das hat lange gedauert.«

»Du weißt viel, Mama«, sagte ich. »Aber du weißt auch nicht alles.« Sie musterte mich wieder, und als ich fand, dass ich gefasst genug wäre, wandte ich mich zur Seite und sah sie an. Ihre Augen lächelten, der Rest des Gesichts war sehr ernst.

»Wahrscheinlich«, sagte sie. »Du aber auch nicht.« Sie löste den Schneidersitz und ließ ihre Beine den Steg runterhängen. »Es gibt da diese eine Sache. Etwas, das ich dir noch nie erzählt habe.« Ich wartete, ahnungslos, was jetzt kommen würde. Meine Mutter schien nach den richtigen Worten zu suchen.

»Der Mann, der den Unfall verursacht hat ...«

»Der Papa über den Haufen gefahren hat, meinst du?«, fragte ich.

»Ja«, sagte sie und dann noch mal: »Ja«, wie zur Bestätigung, dass es richtiger war, die Dinge beim Namen zu nennen.

»Der wurde ja gefasst und hat dann ein paar Jahre gesessen. Wegen ... fahrlässiger Tötung.«

»Ich weiß«, sagte ich, als erneut eine Pause entstand. »Und?« Meine Mutter holte tief Luft. Es schien sie wirklich einige Überwindung zu kosten, das zu sagen, was sie sagen wollte.

»Ich hätte das früher erzählen sollen«, kam dann, leise. »Verzeih. Vielleicht dachte ich, du wärst zu jung. Und würdest das nicht verstehen.«

»Du machst es ja spannend«, versuchte ich die Situation aufzulockern. Ich hatte echt keine Ahnung, was meine Mutter für eine Offenbarung im Ärmel hatte. Sie nahm den letzten Schluck von ihrem ersten Bier, ließ ihre Kippe in den Flaschenhals fallen, klaubte die andere vom Steg und warf sie hinterher.

»Vor ein paar Jahren, da hat abends das Telefon geklingelt«, begann sie. »War schon ziemlich spät. Nach zehn. Ich wollte erst gar nicht rangehen. Die Trennung von Carsten war gerade frisch und ich dachte, der will mich nur wieder nerven.«

»Es war nicht Carsten«, stellte ich fest.

»Nein«, sagte meine Mutter. »Sondern ... dieser Mann.« Trotz der Wärme des sommerlichen Abends überkam mich ein Schauer. *Dieser Mann* existierte für mich nicht als wirkliche Person. Er war nur ein Schatten, der nichts Lebendiges an sich hatte, ein dunkler Gedanke oder ein schlechter Traum, den ich zwar nicht abschütteln konnte, mit dem ich nach all der Zeit aber gelernt hatte umzugehen. Ihn als realen Menschen zu sehen hatte nie dazugehört.

»Wo hatte der denn die Nummer her?«, fragte ich, vielleicht, um noch ein bisschen aufzuschieben, was meine Mutter eigentlich erzählen wollte.

»Telefonbuch«, sagte sie knapp. »Er kannte ja meinen, unseren Namen.«

»Aha«, sagte ich. Logisch. Ich drehte mich um, weil ich hinter uns etwas hörte. Arm in Arm kam ein Pärchen in Richtung Steg. Die beiden tuschelten, dann liefen sie weiter, um sich eine andere Stelle zu suchen.

»Ich war jedenfalls erst mal ziemlich neben der Spur«, fuhr meine Mutter fort. »Hab den Hörer vom Ohr genommen, weil ich seine Stimme nicht ertragen konnte. Wollte auflegen. Aber irgendwas, frag mich nicht, was genau und warum, hat mich abgehalten. Und dann … hab ich mit ihm geredet.« Meine Hand tat mir plötzlich weh und ich stellte fest, dass ich eine der Streben umklammert hatte, als wollte ich sie aus dem Steg reißen.

»Über was geredet?«, fragte ich, so ruhig, wie es in dem Moment möglich war.

»Du bist wütend«, sagte meine Mutter leise. »Bin ich auch. Werde ich immer sein.« Eine Weile war es wieder still. Aus dem Waldstück gegenüber klang der Ruf einer Eule, fast so nah, als wäre sie direkt vor uns. Langsam ging die Dämmerung in die Nacht über, diese Zeit, die man die blaue Stunde nennt. Im Deutschunterricht hatten wir mal ein Gedicht von Gottfried Benn durchgenommen, mit genau diesem Titel. Die Interpretationen, die meine Lehrerin darüber zum Besten gegeben hatte, hatten mich wie üblich schwindlig werden lassen. Es war mir einfach unerklärlich, wie man aus diesen alten Versen so viel herauslesen konnte. Andererseits waren die düsteren und brutalen Gedichte von Benn mal eine willkommene Abwechslung zu dem bekannten Gesäusel der sogenannten Klassiker gewesen. Eine Zeit lang hatte ich im Unterricht sogar aufgepasst. Und auch wenn die *Blaue Stunde* eher in die melancholische Kerbe schlug, hatte ich auch dieses Gedicht irgendwie gemocht – ohne es wirklich zu verstehen.

»Es war ein Gespräch über Schuld, Sascha«, riss mich meine Mutter aus meinen Gedanken. »Der Mann hat viel gesagt, als ich ihn dann gelassen habe. Unter anderem, dass er mich, uns, nicht um Vergebung bitten kann. Aber dass er trotzdem hofft, dass wir ihn als Mensch annehmen können. Als einen Menschen, der sich seiner Schuld bewusst ist und sie trägt.« Ich fühlte mich ertappt. Genau das hatte ich nie geschafft. Wahrscheinlich nicht einmal versucht. So schnell konnte ich das jetzt nicht ordnen. Meine Wut. Meine Leere. Und diesen Kerl als Menschen zu sehen, der vielleicht auch alles verloren hatte.

»Vom Knast hat er auch erzählt«, sagte meine Mutter weiter. »Sehr sachlich. Ich glaube, er wollte nicht, dass es auch nur irgendwie so klingt, als wolle er mir ein schlechtes Gewissen machen. Oder irgendwie vermitteln, dass er die Verantwortung für seine Tat mit der Strafe abgesessen hat.«

»Hm«, sagte ich. Es war nur eine Bestätigung, dass ich noch zuhörte, keine Antwort. Da war zu viel in mir drin.

»Tja«, sagte meine Mutter. »Und dann meinte er noch, dass das unser erstes und gleichzeitig letztes Telefonat sein würde. Dass er hier alles aufgibt und irgendwo anders neu anfangen will. Wo ihn niemand kennt.« Wir schauten aufs Wasser, das ein aufkommender leichter Wind zu kleinen, dunklen Wellen kräuselte. Ich war einigermaßen ratlos, was ich von dieser Geschichte halten sollte. Das klang alles so reflektiert und nachvollziehbar, aber genau das machte mich fast noch wütender. Man pflegte ja seine Sicht und seine Meinung, gerade zu Dingen, die so schwer zu verstehen waren, und war nicht so schnell bereit, daran was zu verändern.

»Ich fand seinen Anruf sehr mutig«, sagte meine Mutter, als hätte sie meine Gedanken gelesen. »Aber ich habe mich bis heute nicht getraut, dir davon zu erzählen. Weil ich nicht wusste, was du dazu sagen würdest.« Sie öffnete ihr zweites Bier mit dem Feuerzeug, ziemlich gekonnt, und mit einem Mal stand da etwas in meinem Kopf, das mir vorher noch nie wirklich klar gewesen war: dass ich, egal was damals passiert war, verdammtes Glück hatte, sie als Mutter zu haben. Weil sie, obwohl sie jeden Grund gehabt hätte, niemals im Selbstmitleid zerflossen war. Weil sie stark blieb und für mich und auch Jacky da war. Natürlich war sie manchmal streng, maulte und motzte über ihren Chef, beschwerte sich über die fehlende Kohle und träumte, wie so viele andere, von einem besseren Leben. Aber sie gab uns nie das Gefühl, dass wir eine Last waren, dass irgendwas an uns lag, dass irgendetwas schwieriger wäre, weil es uns gab, oder dass sie deswegen etwas nicht schaffte.

»Ehrlich gesagt weiß ich das selbst nicht«, sagte ich. »Muss darüber nachdenken.« Die Umrisse meiner Mutter nickten. Sie zündete sich wieder eine an, die Zigarettenspitze glühte in der Dunkelheit.

»Aber danke, dass du es erzählt hast«, fügte ich hinzu. Und dann schwiegen wir erneut, lange, hingen unseren Gedanken nach und lauschten den Geräuschen der Nacht, die immer lauter zu werden schienen.

11

Am letzten Schultag, nach der Ausgabe der Zeugnisse und den mahnenden Worten der Lehrer, dass wir einen Teil der kommenden Wochen unbedingt nutzen sollten, um uns auf unser letztes Schuljahr vorzubereiten, hatte ich mit Marcel Telefonnummern ausgetauscht. Er selbst würde die Ferien komplett zu Hause verbringen. Die Familienkasse war nach dem Umzug leer, außerdem hatten sie wohl noch eine Menge in ihrer Bude zu tun. Ich hatte angekündigt, mich bei ihm zu melden, wenn ich wieder da war, und hatte ihm auch schon von den Jungs erzählt – ohne konkret zu äußern, dass ich ihn mal mitnehmen könnte.

Der Zelturlaub am See war schön, nur viel zu schnell vorbei gewesen, zumal es an zwei Tagen so geregnet hatte, dass wir praktisch nichts unternehmen konnten. Von Mau-Mau brauchte ich jetzt unbedingt eine Pause, aber immerhin hatte die Plane gehalten und wir waren nicht nass geworden. Die Geschichte, die meine Mutter mir erzählt hatte, hatte mich ziemlich beschäftigt, irgendwann in den Tagen danach hatte ich das Ganze in meinem Kopf dann erst einmal zwischengeparkt. Als Möglichkeit oder Chance, den Schatten auf meinem Herzen aufzulösen, oder ihn zumindest erst einmal anzunehmen. Das mit der Vergebung musste ich ja nicht jetzt entscheiden.

Jacky besuchte weiter den Kindergarten, ihre letzten Wochen.

Wie ihre Einschulung ablaufen sollte, war noch immer nicht ganz geklärt, aber mittlerweile schien mich meine Mutter da raushalten zu wollen, ich wartete also ab. Ich hing zu Hause rum und wählte irgendwann an einem Mittag Marcels Nummer.

»Fein«, meldete sich eine weibliche Stimme, irgendwie fragend, und ich brauchte einen Moment, um zu kapieren, dass das wohl der Nachname war.

»Äh, Marcel wollte ich sprechen«, sagte ich.

»Mein Bruder ist in der Badewanne«, sagte die Stimme. Es klang, als würde sie diese Tatsache amüsieren. »Wer ist denn dort?«

»Äh, Sascha«, sagte ich und biss mir auf die Zunge. Warum machte mich diese Stimme so nervös? »Aus der Schule.«

»Die neue Schule?« Die leichte Belustigung wich Überraschung. Ich schluckte ein drittes *Äh* runter, gerade so.

»Ja, klar«, sagte ich lässig.

»Okay«, kam am anderen Ende. »Kann ich was ausrichten?« Ich räusperte mich.

»Wollte nur wissen, ob er Zeit hat. Er kann mich ja zurückrufen.«

»Ach, komm doch einfach vorbei. Äh, Sascha. Der ist bald fertig. Und hat nix vor.«

»Okay … Miriam«, sagte ich nach einer kleinen Pause. Ich konnte buchstäblich hören, wie Marcels Schwester grinste.

»Ich brauch nur noch mal eure Adresse«, fragte ich, wieder gefasst. Sie gab das Gewünschte durch. Dann legte ich auf. Die Stimme klang noch eine Weile nach in meinem Ohr und ich sah mein Gesicht im Flurspiegel an, bis ich mir selbst eine Grimasse schnitt.

Die Wohnung befand sich in einem Neubaublock, dessen triste Fassade mit einem Muster aus Kacheln aufgelockert war. Hier hatte sich wohl ein DDR-Architekt mal so richtig ausgetobt. Mit einem grellen, knirschenden Ton ging unten am Haus der Summer, es klang wie irgendein Gerät, das gleich in die Luft fliegt. Ich stieg die Stufen hoch, fragte mich, wie man in diesem Treppenhaus etwas Größeres als eine Kommode in seine Bude bekam, und dann stand da schon Marcel in der Wohnungstür. Ein bisschen verlegen, als hätte ich ihn bei irgendwas ertappt.

»Hi«, sagte er und kratzte sich an seinen noch nassen Haaren. Er trug genau dasselbe Karohemd, das er an allen fünf Tagen in der Schule getragen hatte, darunter eine kurze Hose von der Sorte vielleicht auch Unterwäsche.

»Hi«, sagte ich.

»Sorry für die Unordnung«, murmelte Marcel und machte mir Platz. Ich betrat den schlauchigen Flur, in dem die Tapete an der Wand fehlte und eine Art Slalomstrecke aus Kartons aufgebaut war. »Mein Zimmer ist da hinten.« Er zeigte auf eine der Türen. Gegenüber ging eine andere auf. Über zwei Kartons hinweg sah mich ein Mädchen oder eher eine junge Frau an. Die linke Seite ihrer Haare trug sie kurz, sodass schon die Kopfhaut durchschimmerte, die rechte in etwa schulterlang.

»Tach«, sagte sie. »Du bist dann wohl Sascha.«

»Wenn du Miriam bist«, entgegnete ich, etwas Besseres fiel mir nicht ein. Sie nickte. Marcel war schon an ihr vorbei und ging in sein Zimmer.

»Schön«, sagte seine Schwester und streckte ihre Hand aus. »Ich freu mich, dass Marcel Besuch bekommt.«

»Äh, okay«, sagte ich, schlug ein und fragte mich erneut, warum ich ständig dieses Wort benutzte. Zugegeben, Miriam war ziemlich hübsch, sofern man das nach ein paar Sekunden beurteilen konnte. Aber es war wohl eher die Art, wie sie redete, die Wirkung ihrer Stimme, die durch ihr Auftreten noch unterstrichen wurde. Sie hatte so gar nichts von dem piepsigen Gekicher der Mädchen in meiner Klasse, war selbstbewusst, geradezu erwachsen, als wüsste sie ganz genau, was sie wollte, und auch, wie sie es bekam. Miriam drückte meine Hand, knackig und kurz, der Mundwinkel unter ihrer abrasierten Seite zuckte, und unbewusst streckte ich den Rücken, da sie fast so groß war wie ich.

»Viel Spaß«, sagte sie noch. Ich nickte, damit ich nicht wieder nur irgendwas stammelte, ließ ihre Hand los, zog Leine in das Zimmer neben mir und schloss die Tür. Marcel und ich schauten uns an, als ob jeder vom anderen irgendeinen Kommentar erwartete.

»Scheint ja korrekt zu sein, deine Schwester«, flüsterte ich. Marcel zuckte mit den Schultern.

»Versteht ihr euch gut?«, schob ich hinterher, da er keine weiteren Anstalten machte.

»So lala«, sagte er, ebenfalls leise. »Die tut gern, als wär sie meine Mutter. Weiß alles besser.«

»Hm«, raunte ich. »Klar, das kann natürlich nerven. Aber ein steiler Zahn ist sie, ich muss schon sagen.« Marcel zog ein Gesicht, als hätte ich Geschmacksverirrung.

»Kannst das ja gar nicht beurteilen, Keule«, sagte ich wie zur Rechtfertigung und schlenderte ein bisschen durch das Zimmer. Im Gegensatz zum Flur stand hier nichts mehr unordentlich herum. Schrank und Regale waren eingeräumt, Baukästen und Spiele und Bücher, über dem Schreibtisch hing ein Naturposter mit einem Bären, Alaska oder so was. Ich fand das Bild etwas schräg für einen Jungen in seinem Alter, aber das behielt ich für mich.

»Und? Schon eingelebt?«, fragte ich.

»Die Aussicht könnte besser sein«, sagte Marcel und zeigte mit dem Kopf Richtung Fenster. Man sah auf einen baugleichen Plattenblock, als wäre die Mitte der Straße ein riesiger Spiegel.

»Gab es bestimmt nicht in Nieme...dings, was?«

»Förden.« Marcel kramte in einer Schublade neben seinem Bett und begann, sich eine Kippe zu drehen. »Und nein«, sagte er, etwas verspätet.

»Darfst du hier drin etwa rauchen?«, fragte ich. Mein Gegenüber zuckte mit den Schultern. Dann öffnete er das Fenster, zündete sich die Zigarette an und pustete den Rauch nach draußen, was natürlich nicht wirklich was brachte.

»Meine Schwester pafft auch in ihrem Zimmer«, sagte er und hockte sich auf das Fensterbrett.

»Okay.« Ich setzte mich ebenfalls. »Na ja, und sonst? Was machste so den ganzen Tag?« Marcel zuckte wieder mit den Schultern und kniff ein Auge zu, wohl der Rauch.

»Haben ein paar An- und Verkäufe abgeklappert. Dies und das für die Wohnung besorgt. Gebaut und geräumt.« Er streckte sich. »Nicht so wirklich Ferien jedenfalls.«

»Dann wird es Zeit, oder?«, fragte ich. Marcel schaute ein bisschen belämmert, so als würde er null kapieren, was ich meinte oder worauf ich hinauswollte. Ich hatte mal was gelesen über Menschen, die im Kopf nicht so schnell waren. Die die

Sachen, die sie hörten, langsamer verarbeiteten als andere und die dann auch meistens Probleme in der Schule hatten. Vielleicht war er ja so jemand.

»Also, Marcel«, sagte ich. »Im Klartext soll das heißen, dass wir uns mal auf die Socken machen können. Wenn du Bock hast, gucken wir, wer bei uns in der Bude am Start ist. Haste nicht vergessen, oder? Und auf dem Weg holen wir uns noch ein paar Hülsen. Deal?«

»Bier?«, fragte Marcel.

»Nee, Orangensaft.« Ich stand auf und boxte ihm an die Schulter, damit er in die Gänge kam. »Natürlich Bier, Mensch.«

»Okay, klar«, sagte er plötzlich. »Wenn das deinen Kumpels wirklich recht ist?«

»Das lass mal meine Sorge sein«, sagte ich und checkte noch mal sein Zimmer ab. Auf dem Bett lagen eine Packung Taschentücher und ein Buch mit einem langen Titel, den ich nicht erkennen konnte. »Aber wenn es dich beruhigt, ich habe gefragt.« Ein bisschen schien sich Marcel noch immer überwinden zu müssen, aber dann drückte er seine Kippe auf dem äußeren Fensterbrett aus und schwang sich nach innen.

»Geht das so?«, fragte er und zeigte an sich herunter.

»Wenn das dein Style ist«, sagte ich. »So was ist uns eigentlich piepe.« Ich beäugte seine Shorts, noch immer nicht sicher, ob es nicht doch eher ein Schlüppi war. »Na ja, aber vielleicht hast du noch eine andere Hose.« Marcel lächelte schuldbewusst und öffnete seinen Schrank.

»Ich zieh mich noch um«, sagte er. »Geh du schon mal vor.« Ich verkniff mir erneut einen Kommentar und tat wie gewünscht.

Im Flur lief ich fast Miriam über den Haufen, die gerade aus der Küche kam, in der einen Hand einen großen, roten Teller mit Melonenstücken, in der anderen eine Kaffeetasse.

»Du gehst wohl schon wieder?«, fragte sie, ehrlich überrascht.

»Nee, also, ich meine, ja«, sagte ich. »Aber Marcel kommt mit.«

»Aha«, sagte sie und zog das Wort dabei in die Länge. Die Frage, wohin, und vor allem, was wir dort machen würden, lag in der Luft, aber das ignorierte ich. Marcels Schwester mochte mich ein bisschen nervös machen, aber das hieß noch lange nicht, dass ich ihr jetzt alles aufs Brot schmieren musste. Genau dieser Gedanke schien wohl in meinem Gesicht zu lesen zu sein, denn Miriam sah mich durchdringend an und ließ mich dann stehen.

»Wann bist du wieder da?«, fragte sie Marcel durch die geschlossene Zimmertür.

»Nicht so spät«, kam gedämpft zurück und das fand ich fast schon beruhigend. Die Nennung einer exakten Uhrzeit hätte mich auch nicht groß gewundert. Miriam nickte, wie zu sich selbst. Dann wieder, in meine Richtung.

»Macht keine Dummheiten«, sagte sie.

»Nie«, log ich. Das leicht spöttische, aber nicht unfreundliche Grinsen kam zurück.

»Da bin ich ja beruhigt. Bis bald, äh, Sascha.« Und schneller, als mir eine Antwort einfallen wollte, war sie in ihrem Zimmer verschwunden.

12

Flirrende Hitze lag auf den Straßen. Der Asphalt und die Häuser kühlten sich jetzt kaum noch ab, auch nicht über Nacht, und wir beeilten uns, vom Getränkemarkt zu unserem Ziel zu kommen. So richtig abgesprochen hatte ich es nicht, dass ich Marcel nun wirklich und gleich nach meinen Kurzurlaub mit ins Versteck nahm, aber das würde schon klargehen. Hoffte ich.

»Hat deine Schwester eigentlich einen Freund?«, fragte ich, während wir den Fußweg entlangschlurften, immer bemüht, möglichst im Schatten zu laufen. Zwischen den Platten Büschel von braunen Sträuchern und vertrocknetem Gras, in diesem Teil der Stadt war auch an den Wegen eine Ewigkeit nichts gemacht worden. An manchen Stellen wuchs das Unkraut bereits kniehoch und man musste aufpassen, sich nicht an den Disteln zu stechen.

»Wir sind doch gerade erst hergezogen«, sagte Marcel, als wäre er nicht sicher, ob ich das vielleicht vergessen hätte.

»Mach Sachen«, sagte ich. »Ich meinte ja auch eher, bei euch zu Hause. Also, das frühere Zuhause.«

»Sie hat immer mal jemanden mitgebracht«, sagte Marcel. »Weiß nicht, ob das ihre Freunde waren.«

»Aha«, sagte ich. Die Frage, was das denn so genau für Typen gewesen waren, lag mir auf der Zunge, aber ich dachte ein paar

Sekunden zu lang darüber nach. Dann entschied ich, dass ich das gar nicht wissen wollte.

Am Getränkemarkt deckten wir uns ein und liefen zu unserer Bude. Weil sich meine Kehle anfühlte wie die staubigen Brachen links und rechts an der Straße, trank ich das erste Bier schon auf dem Weg. Endlich angekommen, kletterten wir über das rostige Tor in den Hof, betraten das Haus und stiegen die Stufen hoch. Marcel fiel ein Stück zurück, studierte die vollgekritzelten Wände und ein schlechtes Graffiti im ersten Stock. In der Nacht, in der das Kunstwerk entstanden war, war Jarno völlig besoffen und zu faul gewesen, zu der Stelle zu gehen, die er dafür eigentlich geplant hatte. So hatte eben das Treppenhaus herhalten müssen.

Oben fehlte die Kette, es war also jemand da. Ich klopfte. Es dauerte ein bisschen und das gab Marcel Gelegenheit, wieder zu mir aufzuschließen. Er schaute wie jemand, dem gerade sein Taschengeld abgezogen worden war, und ich klopfte ihm auf die Schulter.

»Immer locker«, sagte ich. Die Tür ging auf. Im Flur stand Timo. Sein Gesicht sah deutlich besser aus als vorletzte Woche, war aber noch nicht komplett wiederhergestellt. Seine Nase schien irgendwie verschoben und beide Augenpartien hatten einen leichten Gelbstich. Das Brikett auf dem Kopf hatte er gegen eine Glatze eingetauscht, vielleicht als therapeutische Maßnahme oder so.

»Dein Frisör hat wohl Urlaub?«, fragte ich.

»Australien«, sagte Timo. Wir klatschten ab und hauten die Schultern aneinander.

»Marcel«, sagte ich und zeigte auf meine Begleitung. »Marcel, das ist Timo. Sieht aus wie ein Schläger, ist aber nur ein halber.«

»Am besten nicht hinhören«, sagte Timo und gab Marcel die Hand. »Der erzählt nur Müll.« Erste Hürde geschafft, dachte ich. Ich führte Marcel in der Wohnung rum, auch wenn es nicht wirklich viel zu sehen gab. Eingerichtet war ja nur das eine Zimmer. Es war etwas weniger kühl als erhofft in der Bude, da sie direkt unter dem Dachboden lag, aber besser als draußen in der Sonne war es allemal. Marcel stellte sich ans Fenster und schaute über die Häuser.

»Stark«, sagte er, »echt stark«, etwas übertrieben begeistert, aber vielleicht meinte er es ja wirklich so. »Ich wusste gar nicht, dass die Stadt so groß ist.« Timo warf mir einen Blick zu. Ich zuckte mit den Schultern.

»Kiffst du, Marcel?«, fragte er. Marcel drehte sich um und hatte wieder dieses etwas leere Gesicht, das ich nun schon kannte. Als liefe seine Maschine da oben nicht ganz rund.

»Weiß ich gar nicht«, kam verspätet seine Antwort. »Ich kann es ja mal probieren.« Jetzt war Timo in seinem Element. Er breitete seinen Kram auf dem Tisch aus, hielt einen Vortrag über die Vorteile von Gras gegenüber Piece, krümelte zärtlich eine fette Knolle in die Papers und legte Marcel dann noch nah, den Rauch beim Einatmen möglichst lang in der Lunge zu behalten.

»Langsam und tief reinziehen«, sagte er. »Stell dir vor, du tauchst unter Wasser.« Marcel nickte wie jemand, dem gerade ein Kartenspiel oder ähnlicher Kinderkram erklärt wird. Eine halbe Stunde später waren die beiden völlig breit, hingen auf ihren

Hockern wie besoffene Pandas und kicherten sich einen ab. Ich hatte nur ein paar Anstandszüge genommen, aber auch mir leierte es im Schädel, wobei das natürlich ebenso gut am mittlerweile dritten Bier liegen konnte.

»Was geht mit den anderen?«, fragte ich. »Kommen die noch?« Timo machte eine wegwerfende Geste, eine Bewegung wie ein zu langsam abgespulter Film.

»Die sind auf Spritztour«, sagte er. »Mit der Simme.«

»Ach nee«, sagte ich. Timo nickte wichtig.

»Haben wir letzte Woche besorgt. Jörn war ganz scharf drauf.«

»Na ja, ich weiß schon«, sagte ich. »Sonst noch irgendwas Neues?« Timo schob die Unterlippe vor, streckte seine Arme auf dem Tisch aus und legte sein Kinn an der Kante ab.

»Hmmm«, murmelte er. Dann hellte sich sein Gesicht auf. »Tatsächlich gibt es da was.« Er kam wieder nach oben, rückte an seinem Hocker herum und räusperte sich.

»Hat dir Sascha schon von den Bedingungen erzählt?«, fragte er Marcel, der erst vor sich hin lächelte, sich dann aber um eine aufmerksame Miene bemühte, als er kapierte, dass die Frage an ihn gegangen war.

»Bedingungen?«

»Bedingungen«, wiederholte Timo. »Um bei uns mitzumischen.« Auf einmal schien er ganz klar. Vielleicht fand er es cool, auch mal derjenige zu sein, der die Ansagen machte.

»Nein«, sagte Marcel nach einem fragenden Blick zu mir.

»Wir sind nämlich eine eingeschworene Gemeinschaft«, begann Timo und verschränkte die Arme. Ich zog die Augenbrauen hoch. Das fing ja gut an.

»Jeder von uns«, fuhr er fort, »muss sich einmal im Monat beweisen. Eine Art Prüfung. Ob man würdig ist, sozusagen.«

»Übertreib es mal nicht«, sagte ich, aber Timo ignorierte das. Marcel klebte an seinen Lippen, aber ich war mir sicher, dass er nur Bahnhof verstand.

»Das gilt natürlich auch für jemand Neuen. Also, ganz besonders für jemand Neuen.« Timo ließ seine Worte wirken. Ich trommelte mit den Fingern auf meiner Bierflasche.

»Jedenfalls«, sagte er, »haben wir uns schon etwas überlegt, was uns angemessen erscheint. Engel, um genau zu sein.« Der letzte Satz war in meine Richtung gegangen. »Wenn du es machst, dann bist du dabei. Wenn nicht ...« Timo zuckte mit den Schultern. Marcel schien zu warten, ob noch mehr kommen würde. Als das nicht der Fall war, nickte er.

»Ich will gern dabei sein.« Die Entschlossenheit in seiner Stimme überraschte mich. Andererseits hatte er auch keine Ahnung, worauf er sich einließ. Er grinste dann auch gleich wieder bekifft, so als ob das Ganze nur ein Witz wäre.

»Äh, was genau soll er denn machen?«, fragte ich. Heute war der Tag der Ähs, eindeutig. Timo löste die Arme von seiner Brust und lehnte sich zurück.

»Das wird noch nicht verraten.«

»Ach komm«, sagte ich, aber Timo schüttelte den Kopf.

»Dazu müssen alle anwesend sein.« Ich warf eine Papierkugel auf ihn, ein Stück Etikett, das ich von meiner Flasche gekratzt hatte. Timo bedachte mich mit dem trotzigen Blick, der sonst für die Situationen reserviert war, in denen es um seinen Vater ging.

»Okay«, sagte ich, weil ich mich deswegen nun auch nicht

streiten wollte. Im Normalfall redete Timo nie viel, und wenn er sich jetzt entschieden hatte, nicht konkreter zu werden, war wohl nichts zu machen. »Dann lassen wir uns mal überraschen.«

Wir saßen noch eine ganze Weile rum. Die Gespräche hielt vor allem ich in Gang, Marcel war jetzt nicht so die kommunikative Bombe. Immerhin erfuhr ich, dass er als Kind einen Hamster gehabt hatte und dann noch einen, weil der erste schon nach einem Jahr gestorben war. Später wollte er mal Arzthelfer beim Tierarzt werden. Zu diesem Thema hatte diesmal sogar Timo etwas beizutragen, er würde, falls ihm keine bessere Idee kam, sich bei Volljährigkeit dann eben zur Armee melden. Er meinte, um irgendetwas müsse man sich halt kümmern, der Staat würde das nicht für einen tun. Es wäre halt nicht mehr so wie früher in der DDR, wo jeder Arbeit gehabt, aber keiner was gemacht hätte. Heute riss man sich den Arsch auf, aber hatte trotzdem keine Arbeit, belehrte er uns mit wichtiger Kifferstimme.

Und da war es dann wieder: dieses Gefühl einer Sackgasse, das unaufhaltsam in mir hochstieg. Als ob ich die Mauer am Ende der Straße schon sehen konnte und trotzdem immer weiter darauf zulief. In der Hoffnung, dass sich doch noch irgendein Durchgang auftat. Wieso hatte eigentlich jeder einen Plan für die Zukunft, oder zumindest einen Traum, nur nicht ich? Es war einfach beschissen, Verantwortung übernehmen zu müssen, dachte ich. Wenn man nicht wusste, wie.

13

»Der Carsten kommt morgen früh und holt Jacky ab. Die machen einen Ausflug.« Meine Mutter packte in der Küche gerade ihre Einkäufe auf den Tisch. Ich goss mir ein Glas Cola ein, die es nur ganz ausnahmsweise gab, wenn Ferien waren oder es was zu feiern gab.

»Ich bin auf Arbeit«, sagte sie. »Beim Zurückbringen bin ich dann da. Kannst du ihm ausrichten, bitte. Und schöne Grüße.« Ich nickte, obwohl ich mir nicht sicher war, ob ich das mit den *schönen Grüßen* wirklich machen würde.

»Soll ich eigentlich noch mal mit ihm reden?«, fragte ich. »Über den Schulanfang?« Meine Mutter schaute überrascht, dann schien ihr einzufallen, dass meine letzten Informationen wohl nicht aktuell waren.

»Nee«, sagte sie. »Wir feiern jetzt eben im Café. Pfeif drauf.« Sie lud ein Netz Kartoffeln und eine Packung Eier neben den Herd, es sollte heute Kartoffeln in Senfsauce geben. »Und ich hab ihm gesagt, dass ich die Hälfte bezahle. Nicht mehr, nicht weniger.«

»Das klang ja letztens noch leicht anders«, sagte ich. »Hab ich irgendwas verpasst?« Meine Mutter seufzte.

»Du hast nichts verpasst, Sascha. Aber das ist die sicherste Variante, diesen Tag in Ruhe zu feiern. Sicherzustellen, dass es an diesem Tag nur um Jacky geht. Verstehst du?«

»Hm«, brummte ich. »Na ja.«

»Ich schlag mich auch nicht drum, ständig Kompromisse machen zu müssen.« Meine Mutter fuhr sich durch die Haare. Die Ansätze wuchsen langsam nach, eine undefinierbare Farbe zwischen braun und blond, und ich fragte mich, ob sie wegen dem Urlaub und dem Schulanfang nun auch auf den Friseur verzichtete. »Aber Jacky geht vor.«

»Hast du das Geld denn, Mama?«, fragte ich. »Du hast ja eigentlich ...«

»Ich weiß, was ich gesagt habe«, unterbrach sie mich. »Und daran hat sich nichts geändert. Wie auch. Ich werde eben versuchen, mir ein paar Überstunden auszahlen zu lassen.« Ich sollte jetzt besser die Klappe halten und nicht weiter nachbohren, das sah ich ihr an. Ich trank meine Cola und schaute aus dem Fenster. Irgendwo da draußen tuckerten die anderen bestimmt schon wieder auf der Simson herum. Bei irgendeinem Hehler war dafür vielleicht ein Fünfziger drin, aber eigentlich war es mir zu heiß, geklaute Ware zu verticken. Ganz abgesehen davon, dass Jarno sicher nicht auf sein neues Spielzeug verzichten würde.

Den Nachmittag verbrachte ich mit Jacky. Ich wusste, dass meine Mutter auch gern mal allein war, wenn sie frei hatte. Sie goss sich dann ein Glas Bier ein (es war so ein Klischee, dass Frauen lieber Wein tranken, aber meine Mutter trank nie welchen), setzte sich mit einem Buch in die Küche und rauchte ihre Kippenschachtel leer.

Es war kühl als diesem Tag, angenehmer als an den vorherigen, und ich war ganz dankbar dafür, nicht bei brütender Hitze im Sandkasten zu buddeln. Jacky und ich bauten an zwei Burgen, die mit einer Brücke verbunden werden sollten. Um an Sand zu gelangen, der feucht genug für diese Zwecke war, mussten wir uns erst einmal in tiefere Schichten vorarbeiten.

»Mir ist noch was eingefallen«, sagte ich. »Wegen deinen Freunden.« Über das Loch gebeugt, an dem sie grub, schaute mich Jacky durch einen Vorhang aus Locken an.

»Also, du bist doch nicht die Einzige, die jetzt Schulanfang hat«, sagte ich. »Kommt denn keiner an dieselbe Schule wie du? Von deinen Leuten?« Jacky pustete sich die Strähnen weg. Sie hatte den Gesichtsausdruck von Mama, wenn ich irgendeinen Vorschlag machte, den sie komplett Banane fand.

»Jana geht woanders hin, Tobi geht woanders hin«, zählte sie auf. »Und Melli wird jetzt erst sechs.« Sie zuckte mit den Schultern und grub weiter, die Schaufel noch etwas fester in der Hand als zuvor.

»Und das war's?«, fragte ich. »Gibt es nicht noch jemanden?«

»Die anderen sind alle doof«, sagte sie, diesmal, ohne mich anzusehen. Ich hätte gern noch etwas erwidert, irgendeine Beschwichtigung oder Ermutigung, aber mein Kopf blieb leer. Vielleicht, weil ich das ziemlich genau nachfühlen konnte. Und vielleicht würde es für Jacky nach dem Kindergarten ja wirklich so sein wie nach der Grundschule für mich: dass sie sich irgendwie fehl am Platz fühlte. So, als wäre sie falsch abgebogen. Gestrandet auf dem Nebengleis.

»Okay«, sagte ich schließlich. »Aber Jana und so weiter können ja trotzdem deine Freunde bleiben. Niemand zwingt dich, neue Freundschaften zu schließen. Das entscheidest nur du selbst. In Ordnung?« Jacky stoppte und schaute mich prüfend an.

»Stimmt«, sagte sie, als hätte ich jetzt doch etwas Schlaues beigetragen. Wir bauten weiter. Ein paar Halbstarke vom Typ keine Haare am Sack, aber Bier in der Hand, liefen vorbei, glotzten blöd und tuschelten irgendwas. Ich sah sie schon rüberkommen und auf der Burg herumtrampeln, wie man das eben so machte mit irgendeinem Depp, der mit seiner kleinen Schwester im Sandkasten spielte. Allerdings wären sie da bei mir an der falschen Adresse gewesen und entweder checkten sie das oder sie hatten mich schon mal gesehen und wussten, mit wem ich rumhing. So beschissen so vieles andere war: Einen gewissen Ruf zu haben hatte durchaus seine Vorteile. Jacky und ich beendeten unser Kunstwerk unbehelligt. Am Ende zerstörten wir es dann selbst. Wie man das eben so machte.

Am nächsten Morgen saßen wir noch am Frühstückstisch, als die Klingel schrillte. Jackys kleiner Rucksack für den Ausflug stand bereits im Flur, meine Mutter hatte Trinkflasche und Schnitte und Kekse eingepackt, wohl zur Sicherheit, damit sie auf jeden Fall versorgt war. Carsten würde Jacky nun bestimmt nicht verhungern lassen, dachte ich, aber man wusste ja nie.

»Papa ist da!«, rief Jacky, schüttete sich den Rest ihrer Cornflakes direkt aus der Schale in den Mund und sprang auf, das Kinn voller Milch. Sie lief zur Tür und drückte den Summer. *Grüße ausrichten, freundlich sein*, sagte ich zu mir selbst. Ich schob meinen Stuhl zurück und ging hinterher.

»Na, wo ist denn mein Herzblatt?«, hörte ich schon aus dem Treppenhaus. Carsten kam die Stufen hochgehechtet wie ein Bankräuber auf der Flucht, schloss Jacky in die Arme und wuschelte ihr dann über den Kopf. Mir hielt er die Hand hin. Ich schlug ein, maximal kurz. Er trug Jeans und ein weißes Hemd, dazu ein Basecap, sollte wohl lässig wirken.

»Was machen wir? Wo gehen wir hin? Ich bin schon fertig! Wir können gleich los!« Aus meiner Schwester sprudelte es nur so heraus und ich biss mir auf die Zunge, um keinen ironischen Kommentar abzulassen. Sie sollte sich ruhig freuen über ihren Vater. Meine eigene Meinung hatte an dieser Stelle nichts zu suchen, so viel hatte ich von meiner Mutter gelernt. Ich wollte mir auch auf gar keinen Fall vorwerfen lassen, dass ich im Grunde nur neidisch war.

»Wie wäre es denn mit Zoo?«, fragte Carsten, woraufhin Jacky begeistert in die Hände klatschte.

»Du hast da noch Milch«, sagte ich.

»Ach, das bisschen«, winkte Carsten ab und wischte ihr mit dem Hemdsärmel über das Kinn. Hätten wir mal was mit Tomatensoße gefrühstückt, dachte ich – ich konnte nicht anders.

»Na Großer, und du?«, fragte er. »Genießt du die Ferien?« Ich zuckte mit den Schultern.

»Passt schon.« Carsten nickte eifrig, holte sein Portemonnaie hervor und drückte mir zehn Mark in die Hand.

»Dann mach dir mal heute auch einen schönen Tag«, sagte er. Ich war so perplex, dass ich den Moment, das Geld auszuschlagen, verpasste.

»Danke«, murmelte ich. »Grüße von Mama, übrigens. Heute Abend ist sie zu Hause.«

»Super«, sagte Carsten. Dann standen wir uns etwas unschlüssig gegenüber. Es war so ein Moment, wo alle genau wussten, dass man sich eigentlich nichts zu sagen hatte, und noch am Überlegen waren, wie man am elegantesten aus der Situation herauskam. Jacky hatte sich inzwischen ihre Sandalen angezogen und war dabei, den Rucksack aufzusetzen. Carsten nahm ihn ihr mitten in der Bewegung ab.

»Den trage ich.« Er lächelte mir zu. »Tschüss dann, Sascha.«

»Tschüss dann, Sascha«, krähte Jacky. Die beiden polterten die Treppe runter. Ich schloss die Tür, ging zurück in die Küche und beendete mein Frühstück. Nachdem ich aufgeräumt hatte, setzte ich mich an den Schreibtisch, den ich mir mit meiner Schwester teilte und dessen Arbeitsfläche unter den zahlreichen Schichten aus Blättern, Stiften, Stempeln und sonstigem Bastelkram kaum zu erkennen war. Ich wühlte mir ein Stück frei, zog mein Skizzenbuch (das eigentlich nur ein Block war) aus der Schublade und malte in den nächsten Stunden insgesamt drei Schriftzüge, wobei mir der zweite eindeutig am besten gefiel. An der Wand war ich noch schwach, meine Styles zerliefen und sahen irgendwie immer anders aus als geplant. Eben wie von einem, der keine Ahnung hatte. Aber wenigstens auf dem Papier gelang mir mittlerweile ganz gutes Zeug.

Anfangs war es eine große Herausforderung gewesen, die Buchstaben in einem einheitlichen Stil zu malen, die Bildkomposition nicht allzu zusammengewürfelt wirken zu lassen. Nach und nach hatte ich jedoch Übung bekommen. Die Schriftzüge entwickelten sich nun besser, die Buchstaben passten zusammen und sahen auch nicht mehr aus wie das meiste andere auf den Straßen oder dem Bahngelände. Fand zumindest ich – von meinen neueren Sachen hatte ich Jarno und Timo lange nichts gezeigt.

Später zog ich mir den Rest der Kartoffeln vom Vortag rein, ich aß sie kalt aus dem Topf, mit Salz und Butter, und tigerte dann eine Weile um das Telefon herum. Unser Treffen zu fünft sollte erst morgen sein. Ich konnte nicht so recht sagen, warum, aber ich hatte keine Lust, vorher am Treffpunkt aufzukreuzen. So tat ich das einzig Naheliegende und wählte schließlich wieder Marcels Nummer. Diesmal ging er selbst ran, aber ich brauchte einen Moment, um das zu checken. Durch den Hörer klang er noch mehr wie ein Mädchen.

»Was geht ab?«, fragte ich. »Sascha hier.« Praktisch erwartungsgemäß entstand eine Pause, Marcel musste wohl erst einmal über seine Antwort nachdenken.

»Nicht so viel«, sagte er dann.

»Okay, cool«, sagte ich. »Wir könnten uns zu zweit langweilen. Wie wär's?«

»Ja, gut«, kam zurück. Es klang nicht so richtig begeistert, als hätte ich ihn gebeten, mir bei der Hausarbeit oder so was zu helfen, aber das kannte ich ja nun schon von ihm. »Ich komm gleich!«, sagte ich nur und legte auf.

Als ich an dem Neubaublock um die Ecke bog, hockte Marcel schon auf dem Bordstein. Ein bisschen hatte ich darauf gepokert, seiner Schwester zu begegnen. Ich ließ mir nichts anmerken und schluckte die kleine Enttäuschung schnell herunter.

»Bier holen?«, fragte er und das überraschte mich dann wieder positiv. Ich hatte eher erwartet, dass er jetzt erst einmal herumdrucksen würde.

»Na logisch, Keule«, sagte ich und wedelte mit dem lila Schein, den mir Jackys Vater zugesteckt hatte. Mit ein paar Flaschen im

Gepäck liefen wir vom Getränkemarkt in den Park. Den Mülleimer neben der ersten Bank roch man schon von Weitem, der typische Geruch von tagealten Essensresten im Sommer, und wir zogen zur nächsten.

»Was verdient man denn so als Arzthelfer?«, fragte ich, nachdem wir uns häuslich eingerichtet hatten: zwei Bier geöffnet, die anderen vor uns auf dem Weg, Marcels Rauchzeug neben ihm auf der Bank.

»Puh«, sagte Marcel. Er drehte sich eine Zigarette und schaute zu mir, fast ein wenig entschuldigend. »Darüber habe ich noch gar nicht nachgedacht.« Ich zuckte mit den Schultern.

»Ist doch nicht schlimm. Ich dachte nur, wenn du schon weißt, was du werden willst, weißt du vielleicht auch das.« Marcel zündete sich die Kippe an und puffte wieder seine Ringe in die Luft.

»Ist echt unterschiedlich, nicht?«, sagte er.

»Was?«

»Na ja. Was man verdient, meine ich.« Ich verschränkte die Arme. Das war ja nun wirklich allgemein bekannt.

»Auf jeden Fall«, sagte ich, darum bemüht, ernst zu bleiben. Marcel runzelte die Stirn und nickte wie jemand, dem gerade etwas Wichtiges klar wird.

»Tja«, sagte er. »Und du?«

»Was soll mit mir sein?« Ich trank einen Schluck Bier und beobachtete eine ältere Frau, die weiter vorn auf dem Weg entlangtippelte, stehen blieb und dann umkehrte.

»Gibt es nichts, was du gern machst?«, fragte Marcel. Ich musste wohl ziemlich doof geguckt haben, denn jetzt war er es, der die Arme verschränkte.

»Du hast doch gesagt, dass du nicht weißt, was du später machen willst. Aber wenn es etwas gibt, das dir Spaß macht, dann gibt es bestimmt auch irgendeine Idee. Oder? Irgendeine?« Marcel blinzelte und ich musste seine Sätze erst einmal ordnen. Was er sagte, lag ja schon irgendwie auf der Hand, aber das war einfach ein Thema, bei dem mein Kopf sofort auf Abwehr schaltete.

»Wahrscheinlich«, sagte ich. Marcel nickte zufrieden. Ein großes Stück Asche fiel auf sein Hemd und er klopfte es ab.

»Und?«, fragte er schließlich, weil von mir nichts weiter kam. Ich schluckte eine genervte Antwort herunter und gab ihm die einzige andere, die mir in diesem Moment einfiel.

»Ich zeichne ganz gern.«

»Siehst du«, sagte Marcel. »Das kann nicht jeder.«

»Ich hab nicht gesagt, dass ich es kann«, brummte ich.

»Selbst wenn«, sagte er. »Wenn du es gern machst, wirst du auch irgendwann gut.« Er nickte wieder, wie um das Gesagte noch einmal zu bekräftigen, und ich wusste nicht, was ich von dieser Weisheit halten sollte. Er war schon ein seltsamer Vogel, dieser Marcel. Irgendwie so voll naiv und irgendwie auch schlau. Mir kamen an diesem Nachmittag ein paar Zweifel an dem, was ich da zusammengerührt hatte. Ihn mitzunehmen zu den Jungs, zu denken, dass er einer von uns war oder werden könnte, begann ganz leise, sich falsch anzufühlen. Wie ein Bild, das man meinte zu kennen – das aber dann doch ganz anders aussah, wenn man es aus einem bestimmten Winkel betrachtete.

Aber es war zu spät. Und so nahm alles seinen Lauf.

14

Am Anfang funktionierte es eigentlich ganz gut. Engel und Jarno scherzten mit Marcel, als wären sie alte Bekannte, auch Timo zeigte sich entspannt und redselig. Wir aßen Döner, die Bude roch schwer nach Knobi und Kippendunst, das Bier floss in Strömen. Engel hatte einen Rucksack voller Literdosen Faxe mitgebracht, der scheinbar eine ganze Weile in der Sonne gestanden hatte. Der Inhalt der Hülsen hatte praktisch Suppentemperatur, aber wir alle fanden diese fetten Dinger witzig und sie wurden auch nicht unbedingt langsamer leer als welche von normaler Größe. Draußen braute sich mal wieder ein Gewitter zusammen, oder besser gesagt, der Himmel tat nur so. Die dunkelblauen Wolken über den Dächern schienen zum Greifen nah, aber kein Lüftchen regte sich. Es war, als stünde alles still, und man wusste nicht, ob das Unwetter noch kommen oder einfach weiterziehen würde. Irgendwann schaute Jarno mich fragend an. Da ich fand, dass sie jetzt tatsächlich mal mit der Sprache herausrücken konnten, nickte ich.

»Dann wollen wir mal«, sagte Jarno, drehte sein Basecap nach hinten und erhob sich aus dem Sessel.

»*Kling-kling*, alle herhören«, sagte Timo und grinste, als hätte er einen tollen Witz gemacht. Engel, der wie immer seinen Fensterplatz eingenommen hatte, rollte mit den Schultern wie ein

Sportler und fuhr sich mit beiden Händen über seine Gelfrisur. Erwartungsgemäß brauchte Marcel einen Moment, bis er begriff, dass alle Augen auf ihn gerichtet waren.

»Hiermit begrüße ich dich in unserer Runde«, sagte Jarno. »Willkommen und so. Ganz offiziell.« Marcel lächelte schüchtern und hob seine Bierdose, was ein bisschen so aussah, als ob er sich dahinter verstecken wollte. Jarno räusperte sich.

»Wie du vielleicht schon weißt, machen wir so was ja eigentlich nicht«, sagte er. »Jemand Neuen aufnehmen. Aber Sascha hat ein gutes Wort für dich eingelegt und Saschas Wort zählt.« Jetzt hätte ich mich am liebsten selbst hinter meinem Bier versteckt. Einerseits, weil das mit dem guten Wort so nicht wirklich stimmte, andererseits, weil mir diese Schmeichelei suspekt war.

»Das bedeutet aber auch, dass du ab jetzt Aufgaben bekommst«, fuhr Jarno fort. »Wie wir alle.«

»Um zu beweisen, dass ich würdig bin«, sagte Marcel eifrig. Jarno hob eine Augenbraue.

»Gewissermaßen«, bestätigte er. Auf dem Fensterbrett grinste Engel hämisch, was Marcel zum Glück nicht sah, da seine ganze Aufmerksamkeit Jarno galt.

»Fürs Erste begnügen wir uns mit einer Art Mutprobe«, sprach Jarno weiter. »Nix Weltbewegendes im Grunde. Aber man braucht schon Eier.« Engels Augen stellten mir die Frage, ob Marcel *Eier hatte*, und ich zeigte ihm den Mittelfinger. So, dass es niemand sonst sah. Jarno räusperte sich erneut.

»Also«, sagte er. »Von hier ein Stück die Stadt raus, hinter dem Rangierbahnhof, da gibt es so ein Gebäude. Wie ein Wärterturm sieht das aus. Davor steht eine Signalanlage. Dreißig, vierzig Meter entfernt, sag ich mal.« Eine gespannte Stille lag im Raum, und wie um die Bedeutsamkeit dieses Moments zu unterstreichen, gab es draußen ein Wetterleuchten.

»Um es kurz zu machen, Marcel: Wenn der Zug kommt, gehst du hinter dem Turm rauf aufs Gleis. Und bleibst. Mindestens, bis die Lok an dem Signalding vorbei ist.« Jarno nickte ihm zu. »Das ist schon alles.«

»Prost!«, sagte Timo, wie man *Amen* sagen würde in der Kirche oder so. Das Ganze klang nicht kompliziert, nicht wirklich schwierig. Engel hatte Ähnliches schon ein paar Mal abgezogen, nur zum Vergnügen. Fürs Adrenalin. Trotzdem, da war irgendwas faul an der Geschichte. Es gab irgendeinen Haken, und als ich Marcel ansah, wie er seine schmalen Schultern straffte und sagte, dass das kein Problem für ihn wäre, wusste ich es. Der Haken war er selbst.

»Willst du lieber noch mal drüber nachdenken?«, hörte ich mich sagen. »Du kannst auch ablehnen.« Timo verschluckte sich an seinem Bier und fing an, zu husten. Die anderen beiden sahen mich an, als würde ich plötzlich Chinesisch reden.

»Im Prinzip korrekt«, sagte Jarno, der als Erster seine Fassung wiederfand. »Aber wir werden uns keine andere Aufgabe überlegen.«

»Müsst ihr auch nicht«, sagte Marcel leise, aber bestimmt. Engel klatschte in die Hände.

»Siehst du, Sascha? Der Mann kann für sich allein sprechen.« Sein spöttischer Unterton war nicht zu überhören. Engels ganze Art ging mir in diesem Moment noch viel mehr auf den Sack als sonst, doch ich hielt die Klappe.

»Dann wäre das ja geklärt«, sagte Jarno. »Oder gibt es noch

weitere Einwände?« Er stand da wie ein Ringrichter, den Kopf vorgeschoben, sein Zeigefinger wanderte von mir zu Engel, dann zu Timo und zum Schluss zu Marcel.

»Gut«, sagte Jarno. Er setzte sich und damit war das Thema abgehakt. Der Gedanke daran, was eigentlich passieren würde, wenn sich einer von uns mal verweigerte, ließ mich den ganzen Abend nicht los. Eine Aufgabe ablehnen, so von vornherein ... Engels eventuelle Tricksereien bei der Sache mit dem Pilei zählten da nicht. In all den Jahren hatte es so etwas nie gegeben, aber die Frage, warum das so war, konnte ich im Grunde nicht beantworten. Jarnos prüfenden Blicken wich ich aus, er merkte wohl, dass ich grübelte, und wahrscheinlich war ihm auch klar, worüber.

Auf das Faxe obendrauf gab es später wieder Rum und wir löteten uns rekordverdächtig unsere Schädel zu. Marcel schien fröhlich. Geduldig erklärte er Timo, wie das mit den Ringen aus Tabakrauch funktionierte, irgendwann quatschten alle durcheinander, lachten und schrien. Wie sie da brüllten, im Halblicht dieses Sommerabends, der unsere erste und gleichzeitig letzte Nacht zu fünft einläutete, das sehe ich noch heute vor mir. Engel mit seiner van-Damme-Frisur, der sich mit seinem Zigarettenstummel gleich die Nächste anzündete. Jarno, der, völlig besoffen, Marcel sein Basecap aufsetzte. Timo mit seiner Bong, der darüber fluchte, dass wir kein Wasser am Start hatten, und Engel den Vogel zeigte, als der vorschlug, stattdessen Bier zu benutzen. Und schließlich Marcel, der mir über den Tisch hinweg zuprostete und von dem irgendwas abgefallen war, irgendein Schatten, und der dann, als wir in der Morgensonne nach Hause wankten, sagte, dass das der schönste Tag seines Lebens gewesen sei. Kurz bevor er auf den Bordstein kotzte.

Engel, Jarno, Timo, Marcel. Und wieder von vorn. Eine Aneinanderreihung ausgelassener Momente, die das Ende von allem waren, was wir kannten.

Der fehlende Schlaf stand jedem Einzelnen von uns im Gesicht, als wir uns am folgenden Nachmittag zum Bahngelände aufmachten. Ich hätte nichts gegen ein Auto gehabt, aber Engel hatte aus irgendwelchen Gründen keine Lust, eine Karre kurzzuschließen, und sicherer vor Stress war es so ohnehin. Einer nach dem anderen waren wir in unserer Bude eingetrudelt, hatten dann ein Stück die Straßenbahn genommen und liefen nun stadtauswärts. Jarno, der am fittesten schien, führte die Truppe an, vorbei an leer stehenden Häusern und verwilderten Brachen, auf denen alte Lauben im Unkraut hockten, als wollten sie sich verstecken. Schließlich überquerten wir ein Feld.

»Wir sind bald da«, sagte Jarno, weil Timo seit der Endhaltestelle rumjammerte. Er machte den Eindruck, als würde er jeden Moment zusammenklappen. Von oben brannte die Sonne, von unten stachen die rauen Halme von was auch immer für einem Getreide in unsere nackten Waden. Engel lachte und bückte sich, dann warf er eine völlig vertrocknete Maus in Jarnos Richtung.

»Penner«, brummte der, scheinbar nicht in der Stimmung, sich jetzt mit so etwas zu beschäftigen. Marcel, der hinter ihm lief, grub mit seinem Absatz ein Loch, schob den kleinen Kadaver hinein und schaufelte Erde darüber, eine Sache von nur ein paar Sekunden. Ich schaute ihn fragend an, aber er zuckte nur mit den Schultern. Engel feixte.

Über den Gleisen weiter vorn flirrte die Luft. Bis auf das gleichmäßige, entfernte Rauschen der Autobahn, die irgendwo links an den Feldern vorbeiführte, war alles still. Unser Ziel, ein Türmchen aus roten und schwarzen Klinkersteinen, stand neben dem Damm wie vergessen. Weiß der Himmel, was das Teil mal für eine Funktion gehabt hatte. Die wenigen Fenster waren eingeschlagen, zwischen Dach und Wand hatte sich die Regenrinne gelöst, das kaputte Stück baumelte in der Luft wie ein Kran.

»Endlich Schatten«, sagte Timo erleichtert, trat ein paar Brennnesseln platt, die um das Gebäude herum wuchsen, und setzte sich auf einen Geröllhaufen. Ich stellte mich an die Schienen und sah erst in die eine, dann in die andere Richtung.

»Jemand zufällig den Fahrplan dabei?«, fragte ich.

»Geduld, Geduld«, winkte Jarno ab. Er zog eine Cola aus der Hosentasche, nahm einen kräftigen Schluck und schnitt eine Grimasse. Die Brühe musste ordentlich durchgeschüttelt sein, außerdem war sie garantiert pisswarm. Wie das Faxe vom Vorabend. Wegen meiner Kopfschmerzen hatte ich mir eine Flasche Wasser mitgenommen, die nun einmal die Runde machte, weil von den Ködeln keiner an so was gedacht hatte. Zum Glück gehörte ich nicht zu den Leuten, die es eklig fanden, wenn andere aus demselben Behältnis tranken wie sie. Meine Mutter hatte mir mal erklärt, dass an den Händen im Zweifelsfall sowieso viel mehr Bakterien waren als an den Lippen. Dieses Wissen gab ich dann auch gleich mal weiter, als Timo über die Öffnung der Flasche wischte, nachdem er sie von Engel entgegengenommen hatte.

»Aha«, sagte er, einigermaßen desinteressiert. Jarno spähte in die Ferne und sah auf die Uhr.

»Noch eine Viertelstunde, schätze ich«, verkündete er. Seine

Cola-Dose landete in den Brennnesseln. Ich betrachtete weiter die Gleise, die das Sonnenlicht reflektierten. Die Schwellen darunter. Die Steine dazwischen. Tausende, Zehntausende. Wenn man darüberlief, war dieses klappernd-knirschende Geräusch zu hören, das, wie ich fand, immer ein bisschen nach Abenteuer klang. Nach nächtlichen Streifzügen auf dem Bahngelände oder anderen verbotenen Sachen.

»Ich muss mal«, sagte Marcel und verschwand hinter dem Gebäude. Engel zündete sich eine Zigarette an, ging neben den Schienen in die Hocke und klaubte ein paar der Steine auf. Dann versuchte er, die letzten Glasreste aus den Fenstern des Türmchens herauszuschießen. Die Kippe behielt er dabei im Mund, die Lider zusammengekniffen, weil ihm der Rauch in die Augen stieg.

Jarno ging die Strecke zu der Signalanlage ab, eine Art Mast mit einem schwarzen Ampelkasten obendrauf, und kam dann langsam wieder zurück. Ich hatte ein schlechtes Gefühl, irgendeine Ahnung, aber sie war nicht klar und laut genug. Das war ja generell das Blöde an Gefühlen oder Ahnungen: Man wurde sich zu spät ihrer Bedeutung bewusst. Timo schlurfte nun auch zu den Schienen und legte sein Ohr auf eins der Gleise. Jarno stieß mich in die Seite.

»Zu viele Indianerfilme geguckt«, raunte er. Unwillkürlich musste ich ein bisschen grinsen. Timo kam wieder hoch, reckte den Daumen und schaute bedeutungsvoll. Ich verkniff mir einen Kommentar.

Und dann kam der Zug. Nicht wie im Wilden Westen, nicht wie im Film, mit diesem hektischem Getucker und einem schrillen Pfeifen. Im Gegenteil. Er rollte fast lautlos heran, hätte zuerst fast ein Trugbild sein können. Eine Fata Morgana, entstanden durch die Wärme über den Feldern. Dann aber kam er schnell näher. Viel zu schnell. Die Lok wurde größer, ein Koloss aus Metall, der von vorn fast lebendig wirkte.

Wir eilten vom Gleis. Jarno rief Marcels Namen, weil er nicht zu sehen war, hinter dem Türmchen scheinbar noch sein Geschäft verrichtete oder sich versteckte, ich wusste es nicht. Die Kippe im Mundwinkel und einen Stein in der Hand, sah sich Engel fieberhaft um, rief dann gleichfalls nach Marcel und rannte an den Büschen vorbei um die Ecke. Ein durchdringender Ton schallte über die Szenerie, der Zug schien uns zuzubrüllen. Weiter vorn erhob sich eine Krähe von den Schienen, beschrieb in der Luft einen Halbkreis und landete auf dem Turmdach. Dann stand ich neben Timo. Der Zug kam heran und die Sonne spiegelte sich auf den Lokfenstern, zwei blitzenden Augen gleich.

15

Über das, was dann passierte, legte sich ein Schleier. Es war, als sähe ich auf verschwommene, verwackelte Fotos, die rasend schnell aufeinanderfolgten. Ein Schatten rannte von rechts auf die Schienen und der Lärm von tausend Tonnen fahrendem Metall hämmerte in meinen Ohren. Das Adrenalin in meinem Bauch war wie eine Explosion, die meinen Körper außer Gefecht setzte, statt Blut schien nur noch Entsetzen durch meine Adern zu jagen. Marcels Karohemd flatterte um seine Arme und ich konnte nicht sagen, ob er noch versuchte, wieder vom Gleis zu springen. Es musste ein Traum sein. Ein Alptraum. Es konnte nur ein Alptraum sein. Im Bruchteil einer Sekunde war die Lok an der Stelle, wo Marcel gestanden hatte, und dieses Bild war so grotesk, dass mein Gehirn einfach aussetzte. Alles löste sich auf. Es war, als wäre ich nur noch aus Papier und würde vom Luftzug der dröhnenden Waggons hinweggefegt.

Die Hand, die sich auf meine Lider legte und die Augäpfel in die Höhlen presste, schien jemand anderem zu gehören. Für eine Weile stand ich nur so da, vor mir nur flimmerndes Schwarz. Dann sackte ich zusammen. Ich hörte, wie Timo schrie, hörte, wie der Zug, schon ein ganzes Stück entfernt, anfing, zu bremsen. Hörte Jarnos Stimme, Worte in einer Sprache, die ich nicht mehr verstand. Etwas griff meinen Arm, versuchte, mir aufzuhelfen, aber ich schien wie der Boden unter mir zu sein, unfähig, mich zu bewegen, und überhaupt ohne irgendwas, das man einen Willen nennen konnte.

Die Welt schien wie verschoben, als ich es endlich schaffte, wenigstens meine Augen wieder zu öffnen. Rechts von mir der Himmel, neben mir Geröll und das Gleisbett, irgendwo stiefelte Engel mit geballten Fäusten über die Schienen. Nur ein paar Meter von mir weg kniete Timo, das Gesicht bleich und die Augen starr, seine Lippen bewegten sich wie bei einem stillen Gebet.

»Sascha«, rief es direkt in mein Ohr und ich erkannte Jarno, der noch immer an mir zerrte, mich irgendwie zurück in die Senkrechte bringen wollte, aber ich wusste nichts in diesem Moment. Auch nicht, ob ich je wieder aufstehen würde.

»Marcel«, hörte ich mich selbst sagen. Jarno schüttelte den Kopf. Auf einmal verzerrte sich seine Miene, auf eine Art, wie ich es noch nie gesehen hatte. Dann ließ er von mir ab. Er schrie und fluchte, schlug sich die Fingerknöchel an die Stirn, bis die Haut platzte und das Blut über seine Wangen floss.

Bei seinem Anblick kam etwas Leben in mich zurück. Genug, um zu erkennen, dass wir nicht durchdrehen durften. Nicht alle auf einmal. Ich stand auf, langsam. Meine Wahrnehmung war wie ein Puzzle, die einzelnen Teile zerstreut auf dem Boden. Unvorstellbar, sie wieder an ihren Platz zu bringen. Heraus brachte ich nichts, aber umso vehementer packte ich Jarnos Handgelenke und riss ihm die Fäuste aus dem Gesicht. Ich wusste, dass er stärker war als ich. Sein Blick war der eines wilden Tiers, und wäre er auf mich losgegangen, hätte ich definitiv den Kürzeren gezogen.

»*Fuck!*«, spuckte er aus, die Stimme dunkel und belegt. Dann erschlafften seine Muskeln. Ich ließ ihn stehen, wankte über das Gleis, stolperte. Engel kam mir entgegen, auch er fahl, ein Mensch wie aus Asche. Irgendwo, weit hinter ihm, lag etwas. Etwas, das ich nicht wahrnehmen konnte. Etwas, das ich nicht wahrnehmen wollte. Engel packte jetzt mich, seine Finger bohrten sich in meine Schultern, als wollte er meine Knochen zerdrücken wie ein paar dürre Zweige.

»Geh da nicht hin«, zischte er. Sein Speichel landete auf mir und er wiederholte und wiederholte die Worte, bis dieser Wahnsinn, den ich gerade mit angesehen hatte, aus meiner Brust in einem Schrei herausbrach, der nie enden wollte. Die Strahlen der Sonne waren wie Eis und ein Strudel aus Grauen zog mich hinab in die Dunkelheit.

Ich wusste nicht, wie viel Zeit vergangen war, als ich zum zweiten Mal wieder zu mir kam. Jarno, das Gesicht blutüberströmt, hatte die Hände in die Seiten gestemmt. Timos Augen hetzten panisch hin und her. Engels Blick dagegen war undurchdringlich, er schaute mich leer an, nur leer. Dann deutete er Richtung Horizont. Vielleicht einen halben Kilometer von uns entfernt war der Zug zum Stehen gekommen.

»Wir müssen weg!«, sagte er. Abhauen war das, was wir üblicherweise taten, wenn es zu brenzlig wurde. Andererseits hatte sich gerade einfach alles auf den Kopf gestellt. Nichts, aber auch gar nichts war noch gültig. Unfähig, das Geschehene zu verstehen, unfähig, eine Entscheidung zu treffen oder auch nur ansatzweise meine Gedanken zu formulieren, starrte ich genauso leer zurück.

»Wir müssen einen Plan machen!«, ergänzte er. »Uns beraten, verdammt! Jörn?« Er stieß Jarno an. Der schnitt eine Grimasse, was zusammen mit dem ganzen Blut aussah wie in einem Horrorfilm.

»*Fuck*«, war seine geflüsterte Antwort. »*Fuck, Fuck, Fuck.*«

»Ja, *Fuck*!«, rief Engel. »Was hat der da gemacht? Was? Was ist dieser Typ so gottverdammt bescheuert?« Er brüllte das letzte Wort regelrecht. Mein Mund öffnete und schloss sich wieder. Timo schluchzte auf, ein wirklich herzzerreißender Laut, und Engel boxte ihm in den Oberarm.

»Jetzt reiß dich zusammen, Mensch!« Er schaute in die Runde. »Abflug! Wir verpissen uns!« Noch immer rührte sich niemand, was Engel endgültig zu überfordern schien. Er fuhr sich durch die Haare, wackelte mit dem Kopf, biss sich auf die Lippen, fuhr sich wieder über die Haare und nickte dann.

»Okay«, sagte er. »Macht, was ihr wollt. Aber ich bleibe nicht hier und halte verdammte Maulaffen feil, bis die Bullen kommen. Der Typ ist hin. Dem kann niemand mehr helfen. Aber ich selbst lass mich deswegen nicht ficken. Nicht ich!«

»Engel hat recht«, sagte Jarno plötzlich. »Lasst uns abhauen.« Er atmete ein paar Mal tief durch und wischte sich das Blut aus den Augen. »Was für eine unfassbare Scheiße.« Er spuckte auf den Boden.

»Wir …«, begann ich, die Stimme war heiser, gar nicht meine. »Wir lassen ihn liegen?«

»Sascha, Herrgott!«, schrie Engel. »Hier ist alles bald vollgeschissen mit Polizei und Krankenwagen und dem ganzen Dreck! Was verdammt noch mal willst du? Was sollen wir tun?«

»Wichser«, sagte ich. Engel funkelte mich an. Er war kurz

vorm Überkochen. Auch meine Nerven lagen blank, aufgerissen wie mit einem stumpfen Messer.

»Typisch«, zischte er durch die Zähne. »Jetzt bin ich der Wichser. Dabei bin ich der Einzige, der hier gerade vernünftig bleibt. Außerdem, wer hat den Idioten denn angeschleppt, hä?« Das war zu viel. Ich griff Engel an, mit einem Faustschlag direkt in sein großes Maul, mir der völligen Sinnlosigkeit bewusst, aber der Schock und die Wut und die Überforderung mussten irgendwo hin. Engel war ein asozialer Schläger, kämpfte grundsätzlich dreckig, und nachdem wir uns kurz ineinander verkeilt hatten, stampfte er mir seine Hacke auf den Fußrücken und drosch mir seine Stirn auf die Nase. Ein Ellenbogen vor die Brust beendete das Ganze und ich schlug mit dem Arsch auf die Steine. Zum Glück, für wen auch immer, hatten wir auf einmal Jarno zwischen uns.

»Schluss damit! Alle beide!«, rief er. »Seid ihr jetzt total beschissen, oder was? Habt ihr keine anderen Probleme?« Ich rappelte mich auf, schmeckte nun ebenfalls Blut, schüttelte mich. Engel warf mir einen Blick zu, der zu sagen schien, dass das hier ein Nachspiel haben würde, dass wir definitiv noch was zu klären hatten. Dann trat er einen Schritt zurück und steckte seine Hände demonstrativ in die Hosentaschen.

»Jede Menge«, nickte er. »Kommt ihr nun mit oder nicht? Ich, ich mach mich jedenfalls vom Acker hier.« Er wandte sich zum Gehen.

»Okay«, sagte ich. Schon allein, weil ich schlicht und ergreifend keine bessere Idee hatte. Schweigend stapfte auch Jarno los und zog Timo am Arm, der sich, apathisch und mit tränennassem Gesicht, mitschleifen ließ. Ich ging als Letzter über das Gleis, darum bemüht, nicht noch mal zur Seite zu sehen. Alles tat weh, mein Körper, mein Kopf, meine Gedanken, im nächsten Moment war wieder alles taub und ich fühlte überhaupt nichts. Mit schnellen Schritten überquerten wir das Feld, über das wir gekommen waren. In einer anderen Zeit. In einem anderen Leben.

16

Die folgenden Stunden waren ein einziges schwarzes Loch. Im Physikunterricht hatten wir mal über diese schwarzen Löcher im Weltall geredet, die alles verschlangen, was um sie herum war. Ich hatte keine Ahnung, wie das funktionieren sollte, aber genauso fühlte es sich an, als wir uns schließlich irgendwo in eine verfallene Laube hockten und warteten. Auf alten Farbeimern saßen, zwischen morschen, von Spinnweben wie mit Vorhängen überzogenen Regalen. Als wären Zeit und Raum verschluckt. Als kämen wir nie wieder heraus.

Ein paar Mal waren von weit weg Sirenen zu hören, dann etwas, das wie ein Hubschrauber klang, aber ich war mir nicht sicher. Es war Timo, der irgendwann in unserer schweigsamen Runde die Initiative ergriff, die Feststellung machte, dass wir uns der Polizei stellen mussten, weil die sowieso vor unseren Türen stehen würde, früher oder später. Engel wollte davon nichts wissen. Er war überzeugt davon, dass sich uns nichts nachweisen ließ, meinte, dass Marcel doch allein zu unserem Treffpunkt gekommen war und die Verbindung überhaupt nicht klar wäre. Ich protestierte, fand, er machte sich da was vor, doch insgesamt schien es in diesen Stunden einfach unmöglich, auch nur einen klaren Gedanken zu fassen. Je näher der Abend heranrückte, desto gelähmter schienen wir alle zu werden. Als ob wir darauf hofften, dass alles eben doch nur ein Traum gewesen war, dass wir uns alles nur eingebildet hatten und Marcel jeden Moment in die Laube spaziert kam. Je mehr Zeit verging, umso unfähiger wurden wir, uns zu einigen. Geschweige denn, zu handeln.

Und dann fiel mir ein, dass meine Mutter Nachtschicht hatte. Ich musste dringend nach Hause, das hatte ich ihr versprochen. Mir war klar, dass sie Jacky nicht allein lassen würde, wenn ich nicht kam, und ich glaube, das war auch der Grund, weswegen ich dann doch wieder ein kleines bisschen funktionierte. Es würde keine Entscheidung zustande kommen, nicht in dieser Runde hier. So schlug ich schließlich vor, sie auf den nächsten Morgen zu verschieben. Jarno und Timo stimmten mir zu. Engel zuckte nur mit den Schultern. Nachdem wir uns für den folgenden Tag verabredet hatten, bekamen wir zumindest noch eine Sache hin: Wir verständigten uns darauf, dass jeder von uns allein gehen würde.

Ich verließ als Erster unser Versteck. Die Sonne stand bereits tief über der Stadt. Während ich lief, mit schnellen Schritten und flauem Magen, überkam mich ein Gefühl, das ich kannte, das ich aber erst nicht einordnen konnte. Dann wusste ich es. Die Beerdigung meines Vaters, das, was mir davon in Erinnerung geblieben war. Und dieses eine große Gefühl, die Ohnmacht in meinem kleinen Herz – es war dasselbe, was ich jetzt fühlte. Zorn auf die Welt, weil ihr alles egal war. Weil die Sonne immer schien. Auch über der schlimmsten Katastrophe.

Es war wohl ein bisschen Glück dabei, dass ich zu spät bei uns in der Wohnungstür stand. So fiel meiner Mutter mein Gesichtsausdruck nicht auf, der Schatten, der mich umgab und den ich nur mühsam verbergen konnte. Im Normalfall war es kein Problem für mich, meiner Mutter bestimmte Dinge zu verschweigen, irgendwas zu flunkern, wenn sie mich nach meinem Tag mit den Jungs ausfragte, oder bestimmte Geschichten so zu erzählen, dass sie sich nicht zu sehr darüber aufregte. Heute hätte ich das nicht geschafft, aber der Ärger über meine Unpünktlichkeit und der Ärger, der sie auf Arbeit erwartete, lenkten meine Mutter ab. Sie bemerkte auch nicht die Schrammen an meinen Händen. Das Blut aus meiner Nase hatte ich weggewischt.

»Schön, dass du auch schon kommst«, war ihr einziger Kommentar, dann schnappte sie sich ihre Tasche und verschwand. Jacky, schon im Schlafanzug, dem Sommerschlafanzug mit den kurzen Ärmeln und den Sternchen drauf, der ihr eigentlich längst zu klein war, kam in den Flur und hielt mir ein Buch unter die Nase.

»Liest du mir vor?«, fragte sie, ohne *Hallo* oder *Wo warst du denn?* oder irgendwas anderes in der Richtung, und ich war in diesem Moment unglaublich dankbar dafür. Das Oberteil reichte Jacky kaum noch über den Bauchnabel, aber sie wollte den Pyjama tragen, bis sie erwachsen war. Jedenfalls behauptete sie das. Dieses Stück Alltag und überhaupt die Gegenwart meiner Schwester beruhigten mich ein bisschen und ich las ihr die Geschichte von einem Piratenkapitän vor, der nicht mehr böse sein wollte und sich zusammen mit dem Schiffskoch auf einer einsamen Insel absetzen ließ, um von nun an dort zu leben. Im Einklang mit sich und der Natur.

Das Buch war aus der Bibliothek, der Einband war speckig, und an jedem anderen Abend hätte mich die Geschichte wohl auf die Palme gebracht, dieselbe Palme, unter der der Pirat und der Koch am Ende saßen – ein bisschen blöde, aber glücklich auf das Meer schauend. Heute las ich sie Jacky gleich noch ein zweites Mal vor. Weil die sich so freute, und vor allem, weil ich mich so nicht mit ihr unterhalten musste.

»Bleiben wir immer zusammen?«, fragte sie vor dem Einschlafen, die Decke hochgezogen und Ocki neben sich, der in unserem Urlaub ganz schön dreckig geworden war (gewaschen werden durfte er natürlich nicht). »Wie die beiden Piraten?« Ich erschrak ein wenig. Natürlich stand diese Frage in keinem Zusammenhang zu den Geschehnissen am Nachmittag. Jacky konnte ja nichts davon wissen. Aber vielleicht spürte sie, dass etwas nicht in Ordnung war. Ganz und gar nicht in Ordnung.

»Ach, du«, antwortete ich und ich merkte, wie die Worte auf einmal ganz rau aus meiner Kehle kamen, als würde mir jemand den Hals zusammendrücken. »Natürlich bleiben wir immer zusammen.« Ich wollte noch irgendwas hinzufügen, einen lockeren Spruch wie *Auch, wenn du mal deinen ersten Freund hast*, aber ich war plötzlich wie stumm. Jacky tastete nach meiner Hand, was sie schon lange nicht mehr gemacht hatte, und ich hielt sie fest, bis ihr Atmen in einen langsamen und tiefen Rhythmus übergegangen war.

Später lief ich eine Weile durch die Wohnung. Betrachtete die Fotografien von Jacky und mir im Schlafzimmer meiner Mutter, die verstreuten Sachen auf ihrem Bett, den Spiegel im Flur, aus dem mich ein Gesicht ansah, das mir so fremd war wie noch nie, die Reste des Abendessens in der Küche. Ich war unendlich erschöpft, im Kopf aber gleichzeitig so wach, als hätte ich irgendwas genommen. An Schlaf war nicht zu denken.

Ich öffnete ein Fenster und schaute auf die Straße. Bis auf ein paar neue Autos, die an den Rändern parkten, Opel oder VW oder Ford, hatte sich dort nichts getan in den letzten Jahren. Das Kopfsteinpflaster war eingesunken, die Platten auf dem Gehweg voller Risse und Stolperfallen, in den Löchern wuchs Gras. Ich fragte mich, ob es einen Unterschied machte, in welcher Zeit und in welcher Gesellschaft so etwas wie das passierte, was heute passiert war. Für mich und die anderen und vor allem für Marcel. Auf ihn bezogen war die Antwort vermutlich Nein. *Die Toten brauchen uns nicht*, klang Jarnos Stimme vom Südfriedhof mir im Ohr, und ja, sie brauchten überhaupt nichts mehr. Alles, was geschah und was man tat, wenn jemand starb, hatte nur mit den Lebenden zu tun.

Es gab ja Leute, die daran glaubten, dass es nach dem Tod irgendwie weitergehen würde, aber was sollte da schon sein? Das waren doch nur Sehnsüchte. Falsche Vorstellungen, die ein wenig Trost spendeten oder Hoffnung. Dann dachte ich wieder an das Gefühl, das ich hatte, wenn ich am Grab meines Vaters stand. Dieses Gefühl, das es nur dort gab, und da war ich mir nicht mehr so sicher. Doch letztlich waren all diese Gedanken Schwachsinn. Marcel war tot. Wir waren schuld. Nichts, aber auch gar nichts, konnte diese Tatsache ändern.

Lange nach Mitternacht legte ich mich in mein Bett. Vorher zog ich Jacky die Decke hoch, die sie sich im Schlaf einmal komplett heruntergestrampelt hatte, und setzte Ocki, der auf den Boden gefallen war, wieder in ihre Armbeuge. Dann schloss ich die Augen. Eigentlich erwartete ich, dass die Szene vom Nachmittag vor mir auftauchen würde. Stattdessen war es Miriam, die auf einmal mittendrin in meinem Kopf stand, ihren Blick auf mich geheftet, ansonsten stumm und regungslos wie eine Statue. Egal, wie sehr ich es versuchte, ich konnte das Bild nicht abschütteln. Irgendwann träumte ich, und Marcels Schwester saß ganz oben auf dem Wärterturm neben dem Gleis, direkt über der kaputten Regenrinne. Wie eine Krähe.

17

»Ich lass den Turm jetzt einstürzen. Willst du zugucken?« Jackys Gesicht hing ganz nah vor meinem, ihre Haut roch noch nach Schlaf. Ich brauchte ein paar verklebte Sekunden für einen Realitätscheck. Meine Schwester, unser Zimmer, übereinandergestapelte Bausteine in der Mitte. Der neue Tag, der durch die heruntergelassenen Jalousien hereinschien. Und die Geschehnisse von gestern. Sie waren Wirklichkeit. Kein Traum. Diese Erkenntnis saß auf meiner Brust wie ein Sack Blei. Wenn man schlecht träumte, war das Aufwachen ja meistens eine Erleichterung. Heute war es das Gegenteil.

Ich stützte mich auf den Ellenbogen, rieb mir über die Augen, nickte. Jacky klatschte in die Hände, lief zu ihrem Bauwerk, schaute noch mal, ob ich auch wirklich hinsah, und zog dann einen der unteren Steine heraus. Mit einem Krachen fiel der Turm in sich zusammen. Ein plötzliches Gefühl der Wut schnürte mir die Kehle zu. Selbst die kleinste Handlung konnte die größten Folgen haben, eine falsche Bewegung alles kaputtmachen.

»Den bau ich gleich noch mal«, rief meine Schwester begeistert und ich dachte, wenn das nur im echten Leben auch so einfach wäre. Kurz sank ich zurück auf mein Kissen, aber meine Gedanken begannen sich sofort und so schnell zu drehen, dass ich etwas tun musste, irgendwas. Um unsere Mutter nicht zu stören, ging ich so leise wie möglich in die Küche, schmierte ein paar Brote und brachte sie Jacky. Ich selbst bekam nichts herunter. Ich zog die Jalousien nach oben, machte mein Bett und dann noch das meiner Schwester, während die auf dem Boden hockte, ihr Frühstück mit der einen Hand aß und mit der anderen Holzklötze übereinanderstapelte.

»Fertig!«, krähte sie. Ich zuckte zusammen, als sie den Turm ohne Vorwarnung ein zweites Mal einstürzen ließ. Das Geräusch erinnerte mich an den Lärm des Zuges vom Vortag. Wie ein Roboter erledigte ich alles, was sonst noch zu tun war, brachte Jacky zum Kindergarten, ignorierte Frau Herold, die mich wieder mit ihren skeptischen Blicken bedachte, und machte mich dann auf den Weg zum Treffpunkt.

Die Tür stand offen. Trotz der frühen Stunde war ich der Letzte. Timo sah aus, als hätte er keine einzige Sekunde geschlafen. Die Augen unter seiner Glatze lagen tief in den Höhlen, er machte den Eindruck, als wäre er um Jahre gealtert. Daran änderte auch die Dose Red Bull nichts, die er fest umklammert hielt und aus der er in kleinen Schlucken trank. Auch Jarnos Anspannung war nicht zu übersehen, er tippte zum Gruß nur an das Schild seines Basecaps und schaute dann wieder an die Wand. Auf der Stirn hatte er ein paar üble Beulen.

Engel dagegen wirkte wie immer. Selbst unsere Schlägerei schien vergessen. Er saß auf dem Fensterbrett, rauchte und witzelte, dass wir jetzt ja endlich mit der *Beratung* beginnen könnten. Als stünde das Ergebnis sowieso schon fest.

»Okay«, sagte ich, setzte mich auf einen der Hocker und ließ die Frage, wie die Nacht verlaufen war und was allen jetzt so durch den Kopf ging, unausgesprochen im Raum hängen.

»Okay«, wiederholte Engel. »Ich hab es den anderen schon gesagt. Meinerseits gibt es nichts Neues. Abwarten und Bier trinken heißt die Devise. Falls Fragen kommen, wissen wir von nix.« Er streckte sich und deutete einen Klimmzug am Fensterrahmen an. »Keine Frage, das Ding ist scheiße gelaufen. Aber schuld daran sind nicht wir. Und ich hab null Bock, mir von den Bullen was in die Schuhe schieben zu lassen. Da bin ich echt raus.«

»Scheiße gelaufen«, wiederholte nun ich und kämpfte gegen die Wut, die erneut in mir hochkochte.

»Ja, Sascha«, sagte Engel lehrerhaft und zuckte mit den Schultern. »Genauso ist es doch. Oder hat irgendjemand von dem Typ verlangt, sich vor den beschissenen Zug zu werfen? Weiß doch der Geier, was der für Probleme hatte. Geht mich nichts an.«

»Klar hat das niemand verlangt«, sagte Jarno. »Und bevor ihr euch wieder in die Haare bekommt, das ist auch gar nicht der Punkt.« Er drehte sein Basecap nach hinten. »Der Punkt ist, dass die Bullen nicht blöd sind. Und du bist auch nicht blöd, Engel. Obwohl ich mir, zugegeben, manchmal nicht sicher bin.« Er grinste, allerdings etwas matter als sonst. Engel schaute Jarno eine Weile prüfend an.

»Und was heißt das?«, fragte er. Jarno trommelte mit den Fingern auf der Lehne des Sessels.

»Das heißt, dass du ganz genau weißt, wie wir in die Mangel genommen werden. Wenn die Bullen erst mal spitzbekommen, mit wem … Marcel als Letztes rumgehangen hat.«

»Dafür gibt es doch überhaupt keine Beweise«, zischte Engel von seinem Fensterplatz herunter. »Wir streiten das ab.«

»Natürlich gibt es dafür Beweise«, sagte ich. »Ich war bei ihm zu Hause.« Für ein paar Momente war es still im Zimmer. Engel nagelte mich mit einem verächtlichen Blick unter die Decke, Timo schien jeden Augenblick wieder losheulen zu wollen.

»Hat dich dort jemand gesehen?«, fragte Jarno.

»Ja klar hat mich dort jemand gesehen, Schlaumeier. Sonst würde ich es doch nicht so sagen.« Ich machte eine Pause. »Seine Schwester«, sagte ich dann. Engel zog die Nase hoch und rotzte raus auf die Straße.

»Tja«, sagte er. »Das beweist doch gar nichts.« Jarno rieb sich mit dem Handballen über seine Stirn und schüttelte den Kopf.

»Ich wiederhole mich«, sagte er. »Die Bullen sind nicht blöd. Und es ist auch völlig wumpe, ob Sascha da jetzt war oder nicht.« Jarno schaute mich aufmunternd an, aber darauf konnte ich gerade verzichten.

»Also«, fuhr er fort. »Dem Lokführer, der übrigens auch ein armes Schwein ist, dem wird mit Sicherheit aufgefallen sein, dass der Typ nicht allein war, den er da über den Haufen gefahren hat.« Jarno stand auf und stemmte die Fäuste in die Seiten. »Überleg doch mal, Steve. Den Zusammenhang haben die ruckzuck raus.«

Engel schnaubte. Ob das daran lag, dass Jarno ihn gerade zum ersten Mal seit Jahren mit seinem richtigen Namen angesprochen hatte oder dass er Jarnos Argumentation nicht nachvollziehen konnte, ich wusste es nicht.

»Und es geht weiter«, sagte Jarno und begann, im Zimmer auf und ab zu laufen. »Wenn die Bullen einen ordentlichen Job machen, finden sie meine Cola-Dose im Gebüsch, deine Kippen auf den Gleisen und was weiß ich noch.« Engel wippte unruhig auf seinem Platz.

»Dann lassen wir den Scheiß verschwinden«, sagte er.

»Zu spät, Mensch«, sagte Jarno. »Wir hatten in den letzten Jahren immer Glück. Mehr oder weniger.« Er kratzte sich am Kopf. »Diesmal müssen wir uns ein bisschen mehr Mühe geben.« Er setzte sich wieder. Dann sah er jedem von uns ins Gesicht. Er hatte auf einmal diesen Jarno-Blick, diesen typischen Ausdruck zwischen Augen und Wangen, den er immer dann bekam, wenn er kurz davor war, die Lösung für ein schwieriges Problem zu präsentieren.

»Ich hab eine Idee«, sagte er langsam, jedes einzelne Wort betonend. »Eine Idee, wie wir sauber aus der Sache rauskommen.« Timo straffte sich ein wenig und stellte sein Getränk ab. Engel nahm die Zigarette, die er sich schon in den Mund gesteckt und noch nicht angezündet hatte, wieder heraus und hob die Augenbrauen.

»Es ist ganz einfach«, sagte Jarno, sichtlich zufrieden, dass alle ganz Ohr waren. »Um eine Aussage kommen wir nicht rum. Auch nicht um die Tatsache, dass wir dort gewesen sind. Aber wir können zu Protokoll geben, dass Marcel einfach so auf die Schienen gerannt ist. Und sagen, dass wir den Grund dafür nicht kennen.« Die Arme verschränkt, lehnte er sich im Sessel zurück. »Genau genommen kennen wir ihn ja wirklich nicht.«

»Blödsinn«, sagte ich. Jarno zuckte mit den Schultern.

»Lass gut sein, Sascha«, sagte er. »Wenn du ehrlich bist, weißt du es genauso wenig wie wir. Oder?« Jetzt war sein Blick eher herausfordernd, und es waren einfach zu viele, auch widersprüchliche Gedanken in meinem Kopf, als dass ich antworten konnte.

»Also, warum freiwillig in die Scheiße setzen?«, fragte Jarno.

»Auf einem Feld rumzulaufen ist ja nicht verboten. Es könnte uns maximal jemand was wegen Gefährdung vorwerfen, wegen gefährlichem Eingriff in den Bahnverkehr, oder wie so was heißt. Aber selbst dafür müsste uns erst einmal nachgewiesen werden, dass wir wirklich nah an den Schienen dran waren.«

»Und vergiss nicht, es war deine Idee«, sagte Engel. Er lächelte mich an, das Lächeln eines Raubtiers, das seine Beute in die Falle getrieben hat.

»Es war verdammt noch mal *nicht* meine Idee, so eine beschissen gefährliche Aufgabe zu stellen«, sagte ich leise. »Marcel ist für diese verdammte Scheiße nicht verantwortlich. Wir sind es.«

»Nein«, sagte Timo plötzlich, einfach nur dieses eine Wort, aber es klang so unerwartet fest und so endgültig, dass ich schon im Nachhall wusste, dass ich überstimmt war. Und dann redeten sie auf mich ein, diskutierten, schmeichelten, drohten und das war alles so dermaßen zu viel, weil ich den donnernden Zug nicht aus meinem Kopf bekam, aber den gleichen Schiss wie alle anderen vor den Konsequenzen und auch nicht die Kraft für einen Alleingang hatte, dass ich schließlich einlenkte. Vielleicht hatten meine Freunde ja recht. Vielleicht war es besser so. Letztlich gab der Gedanke an meine Mutter den Ausschlag. Ich hielt den Gedanken nicht aus, wie enttäuscht sie von der Wahrheit wäre. Nichts würde mehr so sein wie vorher und das war es sowieso nicht mehr, aber ich konnte ja wenigstens die Illusion aufrechterhalten.

18

Und so machten wir es dann auch. Noch am selben Vormittag gingen wir zur Polizeiwache in der Innenstadt. Eine seltsame Premiere – freiwillig zu den Bullen zu gehen. Jarno lief voran. Er öffnete die schwere Tür zu dem großen Gebäude und ließ uns nacheinander eintreten, damit auch ja niemand im letzten Moment kniff. Am Empfang saß ein älterer Mann, der eher einem Schaffner glich als einem echten Polizisten. Er musterte uns über seinen dicken Schnauzbart hinweg und fragte, ob wir uns verlaufen hätten.

»Wir würden gern eine Aussage machen«, sagte Jarno einigermaßen professionell und erklärte die Sache. Der Schaffner wurde etwas wacher, als er hörte, worum es ging. Der Vorfall schien bekannt zu sein. Er notierte unsere Namen (Engel behauptete, seinen Ausweis nicht dabeizuhaben, wir anderen besaßen noch keinen) und kramte auf seinem Schreibtisch. Von irgendwo zog er eine Liste hervor, studierte sie eine Weile und griff zum Telefon.

»Ja, Telling hier«, raunte er in den Hörer, als würde er nicht wollen, dass wir ihn verstanden, aber das war natürlich Quatsch. Wir waren ja keine zwei Meter entfernt. »Von unten.« Er stützte das Kinn auf den Handballen und schwieg eine Weile. Offenbar hatte der Mensch am anderen Ende einigen Redebedarf, beschwerte sich über die Störung oder was auch immer.

»Ich weiß«, sagte der Polizist schließlich. »Aber ich habe hier vier junge Männer. Die behaupten, etwas über gestern Abend zu wissen. Über den Jungen. An der Bahnstrecke.«

Nur wenig später führte uns ein weiterer Schnauzbart in den ersten Stock. Er wirkte dabei etwas nervös, als hätte er Schiss, dass wir ihm auf der Treppe die Mütze klauten und uns dann davonmachten. Dafür war der Polizist, der uns am Ende des Flurs in einem Büro erwartete, von ganz anderem Kaliber. Er war drahtig wie ein alt gewordener ehemaliger Sprinter und seine rahmenlose Brille unterstrich noch den durchdringenden Blick, mit dem er uns musterte. Ich schätzte ihn auf Ende fünfzig. Der Händedruck, mit dem er jeden von uns begrüßte, ließ mich zusammenzucken.

»Zetsche«, sagte er und wir nannten alle noch mal unsere Namen, weil man das wahrscheinlich so machte. »Nehmt Platz«, fügte er an, ging um seinen Tisch herum und setzte sich auf einen hölzernen Drehstuhl, der irgendwie unbequem aussah. Etwas unsicher verteilten wir uns im Raum. Die zwei Stühle gegenüber Zetsche übernahmen Jarno und Engel, Timo hockte sich auf einen Sessel in der Ecke. Ich selbst zog mir einen anderen Drehstuhl heran, einen mit Polster, und postierte mich rechts vom Schreibtisch.

»Also, was habt ihr für mich?«, fragte der Mann, faltete seine Hände und legte sie vor sich ab. Mein Magen rebellierte schon wieder. Ich hatte den Eindruck, dass das hier genau die Sorte Polizist war, der sich keinen Bären aufbinden ließ, die Sorte Polizist, der uns mit schlauen Fragen so lange löchern würde, bis wirklich sämtliche Widersprüchlichkeiten in unseren Aussagen herausgefiltert waren. Und dann vor uns ausgebreitet wurden wie auf einem Frühstücksbüfett.

Jarno hingegen blieb cool. Einschließlich vieler Details erzählte er von den Geschehnissen, verschwieg eben nur das mit der Mutprobe, und es war wohl diese Ausführlichkeit, die den Polizisten so interessiert zuhören ließ. Seine Gesichtszüge gingen von neutraler Skepsis über in etwas, das schon fast wie Mitgefühl aussah. Engel schien die Chance zu wittern, dass Jarnos Plan funktionieren würde, schaltete sich hin und wieder ein, bestätigte und ergänzte. Irgendwann war die Reihe an mir. Ich berichtete, wie ich Marcel kennengelernt und mich entschlossen hatte, ihn den anderen vorzustellen, damit er in der neuen Stadt unter Leute kam. Auch ich bemühte mich um viele Einzelheiten, erwähnte dabei aber das Entscheidende mit keinem Wort. Seltsamerweise war es auf einmal ganz einfach, zu lügen, und ich drückte regelrecht auf die Tränendrüse, als ich erzählte, wie geschockt mich Marcels Tat zurückgelassen hatte. Natürlich war das irgendwie die Wahrheit, aber eben nur die halbe. Das Gefühl von Scham kam erst später.

»Fehlt noch etwas?«, fragte Zetsche schließlich in Timos Richtung, nachdem er sich einige Notizen gemacht hatte.

»Nein«, antwortete Timo und seine Stimme klang kühl, er war definitiv nicht mehr derselbe wie noch gestern. »Das ist alles.« Es gab noch einen kurzen Moment der Unsicherheit, der Polizist fragte nach Jarnos aufgerissener Stirn und was da passiert wäre. Mein Freund wiegte den Kopf. Mir war klar, dass er überlegte, was er Zetsche für eine Geschichte auftischen konnte, doch für Außenstehende musste es so aussehen, als ob er sich einfach nur genierte. Konsequenterweise gestand Jarno dann, dass er sich quasi selbst in die Fresse gehauen hatte – aus Schock über das Geschehene.

»In Ordnung, Jungs«, sagte der Polizist. »Stark von euch, dass ihr gekommen seid. Keine Ahnung, was ich an eurer Stelle gemacht hätte. In eurem Alter.« Er schaute uns ernst, aber wohlwollend an. »Ich muss nur noch eure Daten aufnehmen, Routinesache.« Er lächelte, so ein Lächeln wie von einem Vertrauenslehrer, der sich darum bemüht, einen guten Draht zu den Schülern zu finden. »Kaffee?« Wir bekamen Kaffee in braunen Plastikbechern, die so wabbelig waren, dass man aufpassen musste, sie beim Ansetzen an den Mund nicht zu zerdrücken. Dann ließ sich Zetsche unsere Adressen und unsere Geburtstage ansagen, hämmerte sie in seine Tastatur und schrieb zusätzlich noch irgendwas auf seinen Block. Als er fertig war, durften wir gehen.

»Meine Anteilnahme«, sagte er genau vier Mal, jedem von uns fest die Hand drückend. Ich verfluchte mein Bedürfnis, dem Mann den bislang verschwiegenen Rest der Geschichte zu erzählen oder vielleicht einfach nur zu heulen. »Kann sein, dass wir uns noch mal melden«, sagte er zum Schluss. »Aber jetzt macht euch erst einmal nach Hause.«

Wieder draußen überquerten wir die Straße und bogen um eine Ecke. Dann lachte Engel los wie plötzlich irregeworden. Er klatschte sich auf die Schenkel und haute Jarno auf die Schulter.

»Geil, was für eine geile Verarsche«, wieherte er.

»Haltung«, sagte Jarno, aber auch er sah zufrieden aus. »Vielleicht beobachtet uns noch jemand.« Engel hielt sich die Pranke vor den Mund und kicherte weiter in sich hinein. Am nächstbesten Kiosk kaufte er vier Bier und wir hockten uns auf eine wurmstichige Bank unweit des alten Bowlingtreffs am Wilhelm-Leuschner-Platz. Der Lärm der Autos und Straßenbahnen, der vom Ring zu uns rüberdrang, klang genauso gedämpft wie alles andere in meiner Wahrnehmung. Mir war so gar nicht zum Feiern zumute, aber ich prostete Jarno, Timo und Engel zu, wie sie es untereinander eben auch machten.

»Zuckt euch eigentlich überhaupt nicht, dass Marcel verreckt ist? Wegen uns?«, fragte ich plötzlich. Dass die anderen so taten, als wäre die Sache jetzt abgehakt, als wäre nun alles wie immer und wir einfach vier Jungs, die auf der Parkbank Bier tranken, brachte mich auf. Irgendwas in mir sagte, dass ich wohl zu weich wäre, doch ich fühlte mich überhaupt nicht weich. Eher stinksauer.

»Müssen wir das ernsthaft noch mal durchkauen?«, fragte Engel und streckte seine Beine aus. »Jeden Tag verrecken Menschen. Überall auf der Welt.« Er zuckte mit den Schultern. »Ist nicht schön. Aber ist so.«

»Marcel war in Saschas Klasse«, sagte Jarno. »Kannst es ja zur Abwechslung mal mit ein bisschen Verständnis probieren.« Ich wusste, dass Jarno es gut meinte, aber ich wollte kein Verständnis, ich brauchte kein Verständnis. Zumindest nicht für mich.

»Das heißt, du würdest hier genauso sitzen, wenn es mich getroffen hätte?«, fragte ich. Engel trank einen langen Schluck und verdrehte die Augen.

»Alter, du bist schlimmer als meine Ex«, sagte er.

»Lasst es gut sein, ihr beiden«, sagte Jarno. »Wir müssen damit klarkommen. Etwas anderes bleibt uns doch nicht übrig.« Er nickte mir zu. Ich trank mein Bier und schwieg. Am Himmel formten sich die Wolken zu immer neuen Formationen und eine ganze Weile waren es nur diese sich stetig verändernden Bilder am Himmel, an denen ich mitbekam, dass die Zeit nicht stehen geblieben war.

19

In den folgenden Tagen war ich mit meinen Gedanken allein. Das war nicht unbedingt etwas Neues, aber im Normalfall konnte ich mich mit irgendwelchen Sachen, die ich mit den Jungs unternahm, ganz gut ablenken. Meine übliche Freizeitgestaltung fiel jedoch erst einmal weg, denn die Gleichgültigkeit der anderen war mir so sehr auf den Sack gegangen, dass ich unsere gemeinsame Bude vorerst mied. Einmal klingelte es an der Tür, Jarno vielleicht – ich machte nicht auf. Es war ein ganz schöner Spagat, auch meiner Mutter so viel wie möglich aus dem Weg zu gehen, ohne etwas auch nur halbwegs Sinnvolles zu tun zu haben. Zeitweise schleppten sich die Stunden so sehr dahin, dass ich die Ferien verfluchte.

Noch beschissener waren die Nächte. Zwei Tage nach den Geschehnissen waren Carsten und Sabine zu einer spontanen *Sommerfrische* mit Jacky aufgebrochen, was bedeutete, dass ich nicht einmal Zeit mit meiner Schwester verbringen konnte. Die wie immer superkurzfristige Anfrage von Jackys Vater hatte meine Mutter wie immer ziemlich verärgert, aber natürlich hatte sie zugestimmt. So war ich also im allerwahrsten Wortsinn auf mich gestellt, allein mit allem, und meine nächtlichen Träume waren immer dieselben: immer wieder Miriam, die oben auf dem Turm neben den Gleisen saß. Wenn ich aufwachte, war da nicht einmal das gleichmäßige Atmen von Jacky. *Zeit heilt alle Wunden*, hieß es ja und ich wartete praktisch ununterbrochen darauf, dass sich das irgendwie bewahrheitete.

Irgendwann hatte ich die Schnauze voll. Die Idee, meine Mutter einzuweihen, hatte ich bereits ausgiebig hin und her gewälzt. Ich konnte mich einfach nicht dazu entschließen, ihr alles zu erzählen, aus Angst oder vielleicht aus einem Gefühl der Verantwortung meinen Freunden gegenüber – es war schließlich klar, worauf es hinauslaufen würde, wenn ein Erwachsener die komplette Geschichte erfuhr – aber ich musste mit jemandem reden.

»Mama, hast du eigentlich schon mal richtig Scheiße gebaut?«, fragte ich eines Abends nach dem Essen. Meine Mutter hatte sich eine Zigarette angezündet und blätterte in einer Zeitschrift von der Sorte, die kostenlos im Krankenhaus rumlag: *Ehekrach beim Pärchen XYZ* oder *So klappt's mit der Bikinifigur.* Sie lachte kurz auf, es war eher ein Bellen. Dann sah sie an meinem Gesicht, dass die Frage ernst gemeint war. Sie legte die Zeitschrift weg.

»Du stellst Fragen«, sagte sie. »Was heißt schon Scheiße gebaut?« Sie zuckte mit den Schultern. »Bestimmt habe ich das.«

»Okay«, sagte ich. »Und was hast du dann gemacht?« Meine Mutter nahm einen langen, knisternden Zug von ihrer f6, die Glut fraß sich ihren Weg.

»Versucht, die Scheiße geradezurücken, denke ich«, kam zusammen mit dem Rauch aus ihrem Mund.

»Und wenn das nicht ging?«

»Weiß nicht«, sagte sie. »Damit gelebt.« Sie runzelte die Stirn. »Worauf willst du hinaus, Sascha? Hast du Scheiße gebaut?« Ich hielt ihren dunklen Augen stand. Diese Augen, die so müde waren. Und so stolz.

»Ich weiß nicht. Es fühlt sich so an«, sagte ich. Wieder zog meine Mutter an ihrer Zigarette, diesmal kam der Rauch aus ihrer Nase.

»Gefühle können täuschen. Aber das meine ich eher in Bezug auf was anderes.« Sie lächelte säuerlich. »Dagegen ist an einem schlechten Gewissen meistens was dran.« Mich traf ein prüfender Blick und ich straffte die Schultern. »Ist was passiert?«, fragte sie. »Mit den Jungs?« Ich atmete tief durch. Dann sprudelte dieselbe Geschichte, die wir dem Polizisten Zetsche erzählt hatten, wie ein Wasserfall in den Raum. Das Gesicht meiner Mutter wurde fahl, sie steckte sich noch eine Zigarette an der letzten an, rauchte und blieb stumm, bis meine Worte schließlich versiegten. Unser Küchenlicht schien mit einem Mal dunkler geworden zu sein. Als hätte jemand ein Tuch über die Lampe gelegt.

»Wie geht es dir damit?«, war das Erste, was sie fragte, und der Knoten in meiner Brust wurde noch dicker.

»Leer«, sagte ich. Meine Mutter nickte wissend.

»Wart ihr bei der Polizei?« Ich bejahte.

»Und bei der Familie?« Ich schluckte. Auch wenn ich jede verdammte Nacht von Miriam träumte, daran hatte ich noch nicht gedacht. Ich schüttelte den Kopf. Meine Mutter fixierte irgendeinen Punkt hinter mir, bis ich schließlich überzeugt war, dass sie mit ihrem Blick ein Loch in die Wand gebohrt hatte.

»Geht hin«, sagte sie. »Wenn ihr so weit seid.« Sie stand auf, ganz plötzlich, und das Scharren ihres Stuhls ließ mich zusammenzucken. Dann drückte sie mich. So, als wollte sie mich nie wieder loslassen. Ich hätte weinen müssen, wann, wenn nicht jetzt, aber da war nichts. Wie eine dritte Person in der Küche schaute ich auf den Jungen, der da von seiner Mutter umarmt wurde.

»Es tut mir so leid«, flüsterte sie mir ins Ohr, aber auch das löste nichts in mir aus. Wo ich mir Erleichterung erhofft hatte oder vielleicht einen Rat, war einfach nur das Gefühl, gar nicht beteiligt zu sein.

»Sascha?«, sagte meine Mutter, als sie nach endlos langer Zeit von mir abließ. »Red mit mir, wenn du reden willst. Immer. Ja? Und mach dir keine Vorwürfe.« Ich nickte und verschloss in diesem Augenblick alles Nichtgesagte irgendwo tief in mir drin. An einem Ort, den ich versuchen wollte zu vergessen.

Noch am selben Abend ging ich wieder zum Treffpunkt. Schon im Treppenhaus war laute Musik zu hören, oben musste ich erst eine Weile gegen die Tür hämmern, bis mir jemand aufmachte.

»Ach, du bist das«, sagte Timo, den Baseballschläger in der Hand wie einen Spazierstock, hinter ihm Engel, der doof grinste.

»Na, hast du dich beruhigt?«, fragte er. Ich zeigte ihm den Mittelfinger, klatschte ab und schob mich an den beiden vorbei ins Zimmer. Einen Kassettenrekorder auf der Schulter, pflügte Jarno durch den Raum wie in einem Rapvideo auf MTV. Als er mich sah, brüllte er irgendwas Begeistertes, haute seine Schulter gegen meine, sodass ich fast umfiel, und boxte mir dann noch mal gegen den Oberarm. Er roch nach Rum.

»Da biste ja«, sagte er. »Haben uns schon Sorgen gemacht.«

»Um was genau?«, fragte ich, nur um gleich darauf abzuwinken. Jarno schien mich gar nicht gehört zu haben. Er stellte den Kassettenrekorder ab, drehte ihn leiser und schenkte mir einen Becher Rum ein, den ich auf ex trank. Ich bekam gleich einen zweiten und spülte den allerletzten Rest meiner Gedanken an Marcel herunter. Wie eine Fliege, die mir nur versehentlich in den Hals gekommen war.

»Als Nächster ist dann jetzt wohl wieder Jörn dran, was?«, sagte Engel, nachdem wir uns alle gesetzt hatten. »Haste ’ne Idee, Sascha?« Ich zuckte mit den Schultern.

»So langsam haben wir ja alles durch«, sagte ich. Das Hochprozentige brannte in meinem Magen. »Vielleicht mal ’ne Bullenkarre. Das wäre zumindest neu.« Timo pfiff durch die Zähne.

»Hört, hört«, sagte Engel und fuhr sich über die Haare. »Dir wird wohl langweilig?« Wieder zuckte ich mit den Schultern.

»Du hast gefragt«, sagte ich. Engel grinste und wandte sich zu Jarno.

»Eure Entscheidung«, sagte der. »Aber, die haben doch bestimmt Funkzeug, Sender und so.«

»Quatsch«, sagte Timo. »Als ob sich die Bullen das leisten könnten. An jeder Karre!« Er tippte sich an die Stirn. Seine Glatze wuchs langsam wieder raus. Ich fragte mich, warum er nicht protestierte, vor ein paar Wochen war die Aufgabe mit dem Pilei ja noch voll das Problem gewesen.

»Kannst den Toni ja gleich an die nächste Straßenlaterne setzen«, sagte ich zu Jarno. »Müssen ja nicht damit in den Urlaub fahren.« Ich beugte mich vor und drehte die Mucke wieder hoch. »*O. G. Original Gangster*«, wiederholte und wiederholte Ice-T den Refrain seines Songs, mein Nacken bewegte sich wie von selbst dazu im Takt.

»Alles klar, drauf geschissen«, rief Jarno über die Musik hinweg. Er räusperte sich. »Die nächsten zwei Wochen mach ich mich aber 'n bisschen rar, Leute. Ferienpraktikum.«

»Bitte was?« Timo schaute Jarno an, als hätte der einen fahren lassen.

»Ferienpraktikum«, wiederholte Jarno. »Schon mal gehört?« Er lehnte sich in seinem Sessel zurück.

»Karriere, Karriere«, rief Engel.

»Laber nicht«, sagte Jarno. »Ich hab einfach nur keinen Bock, irgendwas anzufangen, was mir nicht liegt. Also baue ich vor, kapiert?« Engel ignorierte die Anspielung.

»Wo denn?«, fragte ich. Die Kassette spielte das nächste Lied:

You know the house down the street
Where the kids are
And every day
They seem to have a new scar

»Firma Haubold.« Jarno nahm sein Basecap ab und knetete das Schild. »Wo wir nachts mal mit dem Gabelstapler rumgegurkt sind.« Er schien jetzt doch ein bisschen peinlich berührt. »Die machen Teile für Fahrstühle und so Kram. Und bilden auch aus. Ich schau einfach mal.« Er setzte das Basecap wieder auf, ging zum Fenster und spuckte nach draußen. »Wenn es da kacke ist, bin ich wieder weg.«

»Können dich ja mal abholen«, sagte Engel von dem zweiten Fenster. »Und fragen, ob wir mit dem Hub fahren dürfen.« Er grinste.

»Mach doch«, sagte Jarno und tat, als würde er Engel die Kippe klauen wollen.

»Habt ihr es jemandem erzählt?«, fragte ich.

»Was?«, fragte Jarno und runzelte die Stirn. »Ach so. Nee.« Ich sah zu den anderen. Timo schüttelte den Kopf, oder besser, er bewegte ihn genau einmal zur Seite.

»Und du?«, fragte Engel lauernd.

»Wem denn«, antwortete ich. Engel zuckte mit den Schultern und hielt Jarno die Schachtel hin, damit er sich eine eigene nehmen konnte.

»Wollt ihr später mal zum Bund?«, wechselte Timo plötzlich das Thema. »Oder lieber Zivildienst? Omas den Arsch abwischen und so?«

»Würdest uns wohl gern rumkommandieren, bei der Truppe?« Jarno grinste, die Zigarette zwischen den Zähnen wie der Anführer vom A-Team seine Zigarre (die Serie durfte ich nur gucken, wenn Jacky nicht da war – also fast nie). »Du musst doch selbst erst mal zur Grundausbildung, wenn ich daran erinnern darf. Sobald du was zu sagen hast, sind wir längst wieder weg.« Er wandte sich zu Engel. »Bei dir ist es doch jetzt bald so weit, oder? Schon den Musterungsbescheid bekommen?«

»Jep«, sagte Engel – so knapp, wie man das Wort nur sagen konnte.

»Und?«

»Ich geh nicht hin.«

»Wie, du *gehst nicht hin?*«, fragte Timo stirnrunzelnd. »Sollen hier die Feldjäger vor der Bude stehen?«

»Davon träumst du.« Engel reckte das Kinn und blies Rauch in die Luft. »Mach dich locker. Die müssen das Ding noch mindestens zweimal schicken, bevor irgendwas passiert. Ich hab Zeit.« Timos trotziger Blick von früher, der immer ein bisschen ausgesehen hatte, als hätte man einem kleinen Kind was verboten, war jetzt eher kühl.

»Na dann«, kam aus seinem Mund.

»Gibt auch ganz coole Stellen, als Zivi«, lenkte Jarno ab. »In einem Jugendclub zum Beispiel. Den ganzen Tag angebrüllt zu werden, darauf hab ich eigentlich keinen Bock.«

»Hippie«, sagte Timo leise, kaum hörbar durch die Musik. Jarno verschränkte die Arme und kaute an seiner Kippe wie an einem Bleistift.

»Alles klar, Rambo.«

»Sieht die Schwester von diesem Marcel eigentlich gut aus?«, fragte Engel. Er saß auf seinem Fensterbrett und blies den Rauch seiner Zigarette in Ringen in die Luft, was ihm ganz gut gelang – auch wenn es bei Marcel besser ausgesehen hatte. Er grinste.

»Dumme Frage«, sagte ich.

»Berechtigte Frage!« Engel zwinkerte mir zu. »Vielleicht braucht sie jemanden zum Trösten. Und vielleicht noch ein bisschen mehr?«

»Dir hat man doch echt ins Gehirn geschissen«, sagte ich.

»Okay, okay.« Engel hob abwehrend die Hände. »Du meldest Eigenbedarf an. Versteh ich.«

»Könnten wir vielleicht aufhören, von diesem Typen zu reden?«, maulte Timo, bevor ich reagieren konnte.

»Richtig«, sagte Jarno schnell. »Fresse jetzt. Das ist durch.« Er fixierte Engel und da war irgendwas in seinem Blick, das keine

Widerworte zuließ. Engel schwieg, nahm dafür aber die Flasche Rum vom Tisch und trank den gesamten Rest auf ex, was wiederum Jarno nur schweigend zur Kenntnis nahm.

Ich blieb an diesem Abend lange im Treffpunkt, noch länger als sonst, blieb sogar, als sich die anderen auf den Weg nach Hause machten. Allein sah ich dem Morgen über der Stadt zu, einem Morgen, der nach Herbst roch und die Dächer in einen trüben Dunst tauchte. Am Himmel fast golden, unten grau.

20

Der Tag von Jackys Schulanfang begann einigermaßen nervös. Meine Schwester hatte darauf bestanden, das extra für diesen Anlass gekaufte Kleid schon beim Frühstück zu tragen, und hatte es trotz aller Ermahnungen, ja vorsichtig zu sein, geschafft, es zu bekleckern. Die Cornflakespampe an ihrem Bauch sah aus wie ein Vogelschiss. Meine Mutter, schon seit dem Vortag angespannt, schluckte eine Schimpftirade herunter, schrubbte den Fleck mit einem Schwamm und zündete sich dann eine Zigarette an, was sie morgens sonst nie tat.

»Bäh«, maulte Jacky, wie üblich, wenn Mama anfing, neben ihr zu rauchen. Dann eilte sie aus der Küche. So wie ich die Sache einschätzte, war sie selbst ein bisschen verärgert über ihre Schusseligkeit. Schon seit Tagen hatte sie von dem Kleid geschwärmt.

»Müssen wir nicht los?«, fragte ich mit einem Blick auf meine Uhr. Die Feier in der Schule sollte in einer halben Stunde beginnen, ein mindestens zehnminütiger Fußweg lag noch vor uns und mit Sicherheit würden sich in der Aula bereits die Leute stapeln.

»Ich habe Carsten gebeten, Plätze zu besetzen. Falls wir zu spät kommen.« Der Zweifel in der Stimme meiner Mutter, ob Jackys Vater mit diesem überaus komplizierten Auftrag zurechtkam, war nicht zu überhören.

»Ja«, sagte ich. »Deswegen ja.« Über ihr Gesicht huschte ein Lächeln. Die Kippe wanderte in den Aschenbecher, bäumte sich noch einmal auf und kokelte dann vor sich hin.

»Start frei«, sagte meine Mutter. »Jacky! Schuhe!«

»Schon fertig!«, krähte Jacky aus dem Flur, scheinbar darauf bedacht, wieder Pluspunkte zu sammeln. Wie die Hasen hetzten wir los. Meine Mutter umklammerte Jackys in zwei riesigen Plastikbeuteln »versteckte« Zuckertüte vor ihrer Brust wie ein überdimensioniertes Baby.

Die Menschenansammlung vor der Schule beruhigte mich ein wenig, sie bedeutete, dass noch nicht alle drin waren. Wir eilten durch das Gewusel, das sich am Eingang zur Aula etwas staute, aber dann waren wir drin. Vor der Tribüne waren ein paar Dutzend Bänke aufgereiht, auf denen sich die Familien hin und her schoben und schnatterten wie die Hühner auf der Stange. Die Luft war bereits zum Schneiden, die Geräuschkulisse enorm. Von ganz vorn, zweite oder dritte Reihe rechts, winkte Carsten. Er grinste über die Köpfe hinweg, als wäre das hier der glücklichste Tag seines Lebens. *Freundlich sein*, sagte ich mir wieder und winkte zurück.

»Von mir verteidigt«, rief er stolz und zeigte auf ein freies Stück Bank. Zwei Augen zugedrückt, hatten darauf ebenso viele Personen Platz. Neben Carsten saßen Sabine und seine Eltern, dazu noch seine Brüder nebst Anhängen und Kindern.

»Gut siehst du aus!«, »Tolles Kleid«, und »Ach, schön«, säuselte es hin und her. Carstens große Brüder, Heiko und Ralf, ehemalige NVA-Offiziere, drückten mir die Hand, dass die Knochen knackten. Ihre Karrieren hatten nach der Wende ein jähes Ende gefunden. Weil sie für die Aufklärung gearbeitet hatten (was auch immer das bedeutete), waren sie von der Bundeswehr nicht übernommen worden. Wenn er davon erzählte, war in Carstens Stimme immer ein wenig Spott zu hören gewesen.

Meine Mutter und ich quetschten uns in die Lücke, Jacky setzte sich auf Mamas Schoß. Für die Schulanfänger waren ein paar Matten ausgelegt, direkt vor der Tribüne, aber dazu ließ sich meine Schwester nicht überreden.

»Ich bleibe hier«, sagte sie. Ein Schwall von Überredungsversuchen seitens ihrer Tanten und Onkel folgte, was natürlich gar nichts brachte.

»Ich hatte ja gehofft, dass sie vielleicht doch noch kommen«, murmelte meine Mutter, während sie sich umschaute. *Sie*, das waren meine Oma und mein Opa väterlicherseits. Der Kontakt war äußerst sporadisch. Ich hatte mal ein Telefonat belauscht, in dem meine Mutter sie daran erinnerte, mir zum Geburtstag was zu schicken. Besuche fanden nur sehr selten statt. Ich riss mich ehrlich gesagt auch nicht um ihre Gesellschaft. Über ihnen lag eine Schwere, die vielleicht verständlich, aber darum nicht weniger unerträglich war. Nicht einmal Mamas selbstgebackene Torte schmeckte, wenn die beiden mit am Tisch saßen. Sie waren irgendwie grau, nur noch Abziehbilder echter Menschen.

Oma Doris, die Mutter meiner Mutter, war ebenfalls nicht aufgetaucht, doch da lag die Sache anders. Angeblich machte sie sich nichts aus so vielen Leuten. Der wirkliche Grund war allerdings eher, dass sie sich nichts aus Jacky machte. Auch ihr Mann war früh verstorben und im Gegensatz zu Mama hatte sie sich danach nie mit jemand Neuem eingelassen. So etwas schickte sich wohl nicht und damit schickte sich quasi auch Jacky nicht.

Jedenfalls saßen wir drei da nun zwischen den ganzen anderen und ich war froh, dass die Veranstaltung recht schnell über die Bühne ging. Der übliche Quark aus musikalischen Darbietungen von Schülern (bei der schiefen Blockflöte musste ich mir tatsächlich kurz die Ohren zuhalten) und einer Handvoll Ansprachen, begleitet von permanentem Geflüster im Publikum. Scheinbar gab es um uns herum viel Mitteilungsbedarf.

»Jaqueline Naumann!«, hieß es am Ende, als die Schulanfänger nach vorn gerufen wurden und ein Heft und einen Füller geschenkt bekamen, Jacky schaute schüchtern und auch ein bisschen stolz. Carsten applaudierte, dafür bekam er einen Ellenbogen in die Seite. Von Sabine. Mamas Mundwinkel zuckten.

Frischer Wind fegte über den Platz und zerrte an den festlichen Frisuren, als die Menge raus auf den Schulhof kleckerte. Mit den Ferien schien nun urplötzlich auch der Sommer vorbei. Einige Eltern trieben die Kinder zu einem Gruppenfoto zusammen, die Blicke sorgenvoll in den Himmel gerichtet, als würde jede Sekunde ein Regenguss kommen und das Motiv zunichtemachen.

»Sollen wir euch mitnehmen?«, fragte Sabine. Ihr buntes Kleid flatterte. Carsten hantierte mit seiner Kamera.

»Ja klar«, sagte meine Mutter und räusperte sich. »Gern.«

»Mama!«, kam eine ungeduldige Stimme von der Seite. Jacky hatte beide Hände ausgebreitet und deutete mit ihrem Kopf auf die anderen Erstklässler. Alle hielten bereits ihre Zuckertüten fest und guckten argwöhnisch nach links und nach rechts, welche größer war.

»Ich dachte, dass wir erst nachher …«, fing meine Mutter an, aber der Satz versiegte praktisch schon beim ersten Wort. Seufzend schälte sie das Gewünschte aus den Beuteln. Jacky strahlte.

»Das Wichtigste an diesem Tag, was?« Sabine lächelte. Meine Mutter räusperte sich noch einmal. Dann nickte sie.

Es dauerte eine Weile, bis die um die Kinder herumschwirrenden Paparazzi zufrieden waren. Irgendeins hatte dann doch immer wieder die Zuckertüte vorm Gesicht oder den Finger in der Nase oder fing an, zu heulen.

»Fertig«, sagte Carsten schließlich. »Die werden schön. Ich schick euch dann ein paar Abzüge.« Es klang, als wäre das sonst was für ein Präsent, ein Urlaub in Übersee oder neue Möbel. Meine Mutter nickte wieder.

»Danke.« Dann gingen wir zum Auto. Die beiden fuhren einen Passat Kombi von undefinierbarer Farbe, näherungsweise zwischen beige und gelb, ein bisschen wie Senfsauce vielleicht. Ich wusste, dass der Wagen eigentlich Sabine gehörte.

»Na, immer rein in die Goldkutsche«, sagte Carsten, natürlich hatte er die Schlüssel. Jacky versuchte, mit ihrer Zuckertüte im Arm einzusteigen, was an einen Hund mit einem Stock im Maul erinnerte, der zu groß für den Türrahmen ist.

»Kofferraum?«, sagte meine Mutter. Jacky schüttelte den Kopf, dass die Locken flogen. Irgendwie schaffte sie es, sich selbst und das sperrige Ding auf den Rücksitz zu hieven. Wir nahmen links und rechts von ihr Platz. Das Radio startete mit dem Motor und zu Popmusik ging es los Richtung Café am Park. Der Rest der Verwandtschaft folgte in den Autos hinter uns. Ich beobachtete Jacky, die ihre Zuckertüte festhielt wie einen Schatz. Sie wirkte glücklich und ich war froh, dass sie Mamas Angespanntheit nicht zu spüren schien.

Die Luft blieb kühl, aber die Mittagssonne wärmte und spiegelte sich in den Fenstern des Cafés. Auf dem Spielplatz daneben tobten Kinder, der lang gezogene Freisitz war gut gefüllt, da und dort standen andere Zuckertüten. Wir waren ganz offensichtlich nicht die Einzigen, die hier den Schulanfang feierten.

»Wir sitzen drin?«, fragte Carsten mit einem Blick zu meiner Mutter.

»Weißt du doch«, sagte sie. »Hab ich doch erzählt.«

»Draußen wäre aber auch schön gewesen«, schnaufte Ralf, so nach dem Motto Hauptsache irgendein Kommentar. Meine Mutter klemmte sich eine Zigarette zwischen ihre Zähne.

»Reserviert hab ich vor Wochen«, sagte sie beim Anzünden. »Da war es hier schon knapp. Und den Wetterbericht hatte ich leider auch nicht parat.«

»Ach, alles wunderbar«, sagte Carsten und wuschelte Jacky durch die Haare. »Na, mein Liebling, bestellen wir uns jetzt Pommes? Oder Kuchen? Oder beides?« Er schaute verschwörerisch. »Eine Cola ist bestimmt auch drin, was?«

»Jacky trinkt nur Leitungswasser«, sagte ich und bekam mal wieder einen Schlag gegen den Oberarm.

Mit der für uns frei gehaltenen Ecke konnte man ganz zufrieden sein. Ein paar Tische direkt am Ausgang zur Terrasse, quer über die Lampen war eine bunte Girlande gespannt, die Servietten in Zuckertütenform gefaltet, auf den Tischmitten standen kleine Blumensträuße. Die Stimme meiner Mutter klang mir im Ohr, dass es an diesem Tag nur um Jacky ging, gehen sollte, und so schaltete ich in den neutralen Lächelmodus. Auch, als Carsten seine Rede über das tolle Verhältnis unserer Familien hielt.

Nach dem Essen veranstaltete Kirsten, Heikos Frau, mit den Kindern ein Quiz. Ich begleitete Mama, die nach draußen schlich, ihre Handtasche unter dem Arm und ein Glas Bier in der Hand. Wir liefen ein Stück um die Ecke. Auf dem Freisitz war es mittlerweile sehr laut, angetrunkene Familienväter diskutierten über Politik und ein paar der Schulanfänger, bei denen die Euphorie des Tages wohl schon verflogen war, maulten herum.

»Halt mal kurz«, sagte meine Mutter, gab mir ihr Glas und zündete sich eine an. Die Blätter in den Baumkronen über uns rauschten. An den Stämmen zwei, drei Eichhörnchen, die immer wieder innehielten, schnupperten und guckten und dann weiterrannten.

»Ist doch scheiße, oder?«, sagte ich. »Dass Oma und Opa nicht da sind. Ich find's blöd. Für Jacky, meine ich.« Die Sätze waren nur häppchenweise gekommen. Meine Mutter streckte ihre Hand aus, eins der Eichhörnchen witterte gerade in unsere Richtung. Ich versuchte es mit einem lockenden Geräusch. Das Tier huschte davon.

»Warum können die sich nicht zusammenreißen?«, fragte ich. »Einfach ein paar Stunden normal sein?« Meine Mutter seufzte.

»Ich weiß es nicht, Sascha. Nicht wirklich.« Ihre Zunge suchte zwischen ihren Zähnen, als würde sich die richtige Antwort irgendwo in den Kuchenkrümeln verstecken. »Manche Menschen schaffen es, mit so was zu leben«, sagte sie nach einer Weile. »Die Trauer als Teil des, hm, eigenen Lebens zu akzeptieren. Und das muss man ja. Ich denke, vergessen oder wirklich überwinden kann man so einen Schmerz nicht.« Sie zog an ihrer Zigarette und schien weiter nach Worten zu suchen. »Aber es gibt Menschen, die werden irgendwie von der Trauer aufgefressen«, fuhr sie fort. »Bei ihnen ist sie nicht Teil des Lebens, sondern bestimmt es. Sie lähmt diese Menschen, nimmt ihnen alles, allen Sinn. Und dann kann es sogar passieren, dass sie selbst nicht mehr weiterleben wollen. Und du siehst sie, bist mit ihnen zusammen und hast das Gefühl, die Menschen, die du kanntest, sind verschwunden. Wie tot, auch wenn ihr Körper noch da ist.« Sie nahm einen langen Schluck aus ihrem Glas. »Tja. Blablabla. Irgendwie so halt.« Sie lächelte schief und wir schwiegen ein bisschen.

»Ich glaube, dass das niemand verstehen kann, der so was nicht auch durchgemacht hat«, sagte sie dann. »Deshalb fühlen sie sich auch so allein. Und das macht es dann noch schwerer.« Ein Blick traf mich. »Gibt es was Neues von der Familie von Marcel?« Ich schluckte und schüttelte den Kopf. Meine Mutter schien noch etwas sagen oder fragen zu wollen, doch die Stimme von Carsten riss uns aus unserem Gespräch.

»Hallo!«, kam vom Eingang des Cafés, der Kopf dazu lugte über eine Hecke. »Kommt ihr? Jacky macht jetzt ihre Zuckertüte auf.«

»Wir kommen«, rief meine Mutter zurück. Sie tippte mir noch einmal an den Arm.

»Red mit mir«, sagte sie. »Wenn wir nicht reden, ist alles für'n Arsch.«

»Ja, Mama«, sagte ich.

Am Abend war ich müde, viel fertiger als Jacky, die den ganzen Tag kaum stillgesessen hatte. Eigentlich wollte ich noch mal zum Treffpunkt. Am Vortag hatte Jarno für sein Praktikum viel Lob bekommen, die schriftliche Beurteilung war einmal durch jede

Hand gewandert. Wir hatten unsere Kommentare abgelassen, aber natürlich trotzdem gefeiert. Die Überbleibsel standen sicherlich noch rum und ein paar Mixgetränke wären jetzt genau das Richtige gewesen, dazu hätte ich über die arschkriecherische Verwandtschaft lästern können. Allerdings musste meine Mutter noch auf Nachtschicht, und was das hieß, war ja klar.

Jacky und ich zogen uns abends noch eine Komödie rein, zur Feier des Tages quasi, allerdings musste sie hoch und heilig schwören, Mama ja nichts davon zu erzählen. Zum Ausgleich bekam ich Gummibärchen und Schokolade aus ihrer Zuckertüte. Um die Sache rund zu machen, ließ ich Jacky ebenfalls noch naschen – auch wenn sie bereits ihre Zähne geputzt hatte.

Als ich später anfing, in unserem Zimmer nach Ocki zu suchen, winkte sie ab. Sie sei jetzt groß, sagte sie, und brauche kein Kuscheltier mehr.

HERBST

21

Die Sommerferien hatten ein Jahr gedauert. Ich war im Exil gewesen, in einem Traum, in einem anderen Leben. Ungefähr so fühlte es sich an, als ich am Montag wieder zur Schule lief, die gehetzten Gesichter auf den Fußwegen sah und die genervten in den Autoschlangen vor den Ampeln. Als ich das Rumoren der Motoren hörte, das Hupen, als ob dadurch schneller Grün werden würde und die Leute schneller auf ihre Arbeit kämen, dazwischen das Gezeter der Spatzen in den Büschen am Straßenrand. Hätte mir jemand vor den Ferien erzählt, dass ich mich mal auf die Schule freuen würde, ich hätte ihn ausgelacht.

Am Himmel zuckerwattige Wolkentupfer, von unten gelb beschienen durch die aufgehende Sonne am Horizont. Stadtmensch oder nicht, so ein Anblick hatte einfach was. Die Häuser darunter mit ihren verfallenen Fassaden und den Figuren aus Stuck über den Fenstern, bei denen wie bei dem Löwen an unserer Bude alles Mögliche fehlte, wirkten in diesem Licht fast wie Ruinen.

Eine Straßenbahn bog um die Ecke. Ihre Räder quietschten im Schienenlauf, ein durchdringendes, metallisches Geräusch. Und dann war es, als wäre da plötzlich ein Loch vor mir auf dem Weg. Ein Riss in der Wirklichkeit. Die Normalität, ich selbst, stürzte nach unten wie durch eine Falltür. Das Gefühl totaler Lähmung zog vom Nacken in den Rest meines Körpers. Ich war wie erstarrt, als hätte eine unsichtbare, riesige Hand mich umklammert wie einen Stock. Die Bahn fuhr direkt auf mich zu – was nicht stimmen konnte, da das Gleis meterweit entfernt auf der Mitte der Straße verlief – und ihre Front verzog sich zu einer Fratze. Riesenhaft, Tonnen über Tonnen schwer. Brausender Lärm, der in den Ohren schmerzte und im nächsten Moment nur noch gedämpft zu hören war, als hätte sich unbeschreiblicher Druck auf mein Trommelfell gelegt.

Wie lange ich da auf dem Fußweg gestanden hatte, wusste ich nicht. Ich zitterte wie blöd, war kurz davor, mich direkt auf die Betonplatten zu setzen, egal, was die Leute dachten. Schließlich sank ich auf die Fensterbank eines Friseurgeschäfts.

»Ist was mit dir?«, hörte ich jemanden sagen. »Kann ich helfen?« Hände, die vor meinem Gesicht wedelten. Der Kopf einer Frau.

»Brauchst du Hilfe? Hallo?« Ich sah die sich bewegenden Lippen, hörte die Worte, aber mein Verstand funktionierte nur zäh. Es dauerte, bis ich reagieren konnte.

»Nein«, sagte ich, und noch mal: »Nein«, aber sicher war ich mir nicht. Die Augen der Frau waren groß. Sie mochte ein wenig älter als meine Mutter sein.

»Bist du krank?«, fragte sie.

»Gehen Sie weiter«, sagte ich. Die Frau spitzte die Lippen, sah mich prüfend an. Um ihren Hals baumelte ein bunter Schal, so ein Ding, das nur hübsch aussah und im Winter nichts taugte.

»Ich brauche nichts«, sagte ich mit Nachdruck. »Alles gut.« Die Frau schüttelte den Kopf. Dann schwang sie das eine Ende ihres Schals über die Schulter und stapfte davon. Ich versuchte es mit Aufstehen. Meine Beine waren irgendwie nur Teig, es fühlte sich an, als würden sie mir jeden Moment wegsacken. Wie bei einem frisch geborenen Fohlen vielleicht.

Es dauerte noch eine Weile, bis ich wieder halbwegs klarkam. Ich nahm einen Umweg durch den Park, lief vorsichtig, immer auf der Hut, ob mein Körper mitspielte. Der Kies knirschte in einem langsamen Rhythmus unter meinen Sohlen, einem trägen Herzschlag gleich. Die Freude auf die Schule war verflogen. Ich kapierte nicht, was gerade passiert war.

Natürlich schaffte ich es nicht rechtzeitig zur ersten Stunde. Drauf geschissen, sagte ich mir. Ich erzählte Frau Reinhard irgendeine Story über einen Typen, dem ich auf der Straße hatte helfen müssen, und lief nach hinten. Meine Bank war leer. Ich setzte mich. Eine trübe Stimmung lag über der Klasse und ich spürte, dass die Ursache nicht nur die allgemein schlechte Laune über das beginnende Schuljahr sein konnte. Von der Fensterreihe glotzte Philip mit seinem Forscherblick. Ich glotzte zurück. Er hielt stand und schließlich war ich es, der wegschaute, was mich total ärgerte.

In der Pause kam er dann an. Er machte auf unbeteiligt, aber seine Schleicherei hatte was von einer Katze, die gleich einen Fang machen will.

»Na?«, fragte er mit hochgezogenen Augenbrauen, darunter sein blödes Grinsen, in dem noch irgendwas anderes mitschwang. Ich zuckte mit den Schultern.

»Was willst du, Philip?«

»Ach«, sagte er und pausierte. »Nur mal fragen, was du so in den Ferien gemacht hast.«

»Wüsste nicht, was dich das angeht«, sagte ich.

»Stimmt.« Philip tat freundlich und lächelte. Gleich darauf war da wieder sein Schnöselgesicht.

»Frau Reinhard hat vorhin erzählt, dass Marcel nicht mehr wiederkommt«, sagte er. »Dass er verunglückt ist.« Er ließ die Worte wirken, beobachtete mich. Zuerst wollte ich Überraschung vortäuschen, das war irgendein Reflex, aber dann entschied ich mich um. Schon allein, weil ich vor Philip ganz bestimmt nicht den Schwanz einziehen wollte.

»Jep«, sagte ich. »Noch was?«

»Mensch, ist doch voll krass!« Philip schob sich mit einer Arschbacke vorn auf meine Bank und verschränkte die Arme. »Weißt du mehr? Wir waren alle voll geschockt.« Er schaute sich um. »Sind wir immer noch.« Ein paar andere hatten bereits ihre Ohren gespitzt.

»Verpiss dich«, sagte ich. Ich flüsterte die zwei Worte nur. Philip rieb sich die Nase, als hätte er gerade was gezogen.

»Mensch Sascha, sei doch nicht so.« Sein linker Mundwinkel zog sich nach oben, ein halbes, hämisches Grinsen, das an einen zähnefletschenden Hund erinnerte. »Ich hab doch keine Ahnung von dir oder von euch. Was passiert ist, das kannst du doch trotzdem erzählen.« Im Normalfall hätte ich Philip jetzt eins in die Schnauze gegeben oder ihn wenigstens von meiner Bank gewischt. Ich hätte auch drauf gepfiffen, mir gleich am ersten Schultag Anschiss vom Direx abzuholen. Doch wie schon zuvor auf der Straße war ich wie erstarrt. Als wäre die Zeit stehen geblieben, außer in meinem Kopf, wo die Gedanken rannten und die Vorstellung, Philip jetzt einfach so vor mir sitzen zu lassen, eigentlich unerträglich war.

»Du bist ein komischer Typ«, sagte er. Dann erhob er sich. Er lief zurück zu seinem Gefolge, die Handflächen an die Decke gerichtet. Als wollte er prüfen, ob es im Klassenzimmer regnete. Sein wiegender Schritt unterstrich noch seine Überheblichkeit, aber mir fiel nicht mal was ein, was ich ihm hinterherrufen oder -werfen konnte. Die zweite Stunde begann. Hätte mich danach jemand nach einer Zusammenfassung gefragt, hätte ich auch dazu nichts sagen können.

Ich stand vor dem Haus und zählte die Kacheln an der Fassade, die sich in einem Muster aus mehreren sonnenartigen Gebilden von unten nach oben zogen. Vielleicht hatte Marcel dasselbe gemacht, jeden Tag nach der Schule auf der gegenüberliegenden Straßenseite gestanden und die hellen Quadrate addiert. Sich vielleicht gewundert, dass immer etwas anderes herauskam. Spätestens neben den Fenstern im obersten Stockwerk geriet man durcheinander. Und vielleicht hatte er sich, wie ich jetzt, vorgestellt, ein paar der Kacheln herauszubrechen und das eigene Zimmer damit zu dekorieren, zu welch sinnlosem Zweck auch immer.

Ich atmete aus, zog den Riemen meines Rucksacks fester, der über meiner rechten Schulter baumelte, und überquerte die Straße. *Fein* stand in säuberlichen Buchstaben auf einem Stück Pflaster, das über den Namen der Vormieter ans Klingelschild geklebt worden war. Ich drückte den Knopf und wartete. Gleichzeitig erleichtert und enttäuscht, dass niemand öffnete, wollte ich gerade wieder gehen, als das knirschende Geräusch des Summers dann doch kam.

Der Aufgang wirkte noch enger als in meiner Erinnerung. Die typische, verbrauchte und nach Gummi riechende Luft eines Treppenhauses, in dem man die Fenster nicht öffnen konnte, weil die Griffe fehlten. Oben war die Wohnungstür angelehnt und irgendwie hoffte ich, endlich aus diesem dunklen Traum zu erwachen, erwartete ich fast, dass Marcel von drinnen rufen und mich bitten würde, hereinzukommen. Miriams Blick war schwer, ein wenig verwirrt, als sie mich sah.

»Was machst du denn hier?«, fragte sie leise. Ich zuckte mit den Schultern. Miriam trat einen Schritt zurück. Schweigend standen wir im Flur voreinander. Ich hätte sie gern umarmt, aber über so etwas durfte man nicht nachdenken, das musste man tun. Der Moment war bereits vorbei.

»Ich dachte, ich finde vielleicht eine Antwort«, sagte ich. Miriam strich sich rechts ihre Haare hinters Ohr. Die linke, abrasierte Seite war seit dem letzten Mal ziemlich rausgewachsen.

»Was für eine Antwort? Auf was für eine Frage?« Ihre Stimme klang ernst, fast verärgert.

»Tut mir leid«, sagte ich. »Sorry. Vielleicht war es blöd, herzukommen.« Miriam zog die Augenbrauen zusammen. Dann schüttelte sie den Kopf.

»Küche«, sagte sie knapp. Sie zeigte den Flur entlang, in dem noch immer mehrere Umzugskartons standen. »Warte dort kurz.« Dann verschwand sie durch eine Tür, hinter der ich das Bad vermutete. Ich lief nach hinten und kämpfte gegen den Drang, in Marcels Zimmer zu schauen. Es erschien so unsinnig, dass er selbst nicht mehr hier in der Wohnung war, sondern nur noch seine Sachen. Sein Bett, vielleicht noch zerwühlt von seiner letzten Nacht. Seine Baukästen und Bücher. Sein Schreibtisch. Sein verdammtes Bärenposter.

Mein Hals war eng, als würde mir jemand von innen die Luft abdrücken. Auf dem Küchentisch Werkzeug, neben dem Fenster Bretter und ein Hängeschrank. Miriams roter Teller stand in der Spüle wie ein Becken für das Wasser, das langsam aus dem Hahn tropfte. Ich setzte mich auf einen der vier Stühle, legte meine Hände erst auf dem Tisch, dann auf meinem Schoß und dann wieder auf dem Tisch ab. Ich hörte Miriam im Flur, viel zu schnell war sie in der Küche.

»Kaffee?«, fragte sie.

»Okay«, sagte ich. Ein paar Handgriffe später gluckerte die Maschine, standen Zucker, ein Tetrapak Milch und zwei Tassen vor mir. Ich drehte eine am Henkel nach links und nach rechts. Sie sahen irgendwie selbstgemacht aus, Keramik oder so was. Miriam hatte mir den Rücken zugekehrt und kramte im Besteckkasten. Als der Kaffee durchgelaufen war, schenkte sie uns ein und dann saßen wir beide vor unserem Getränk.

»Eigentlich bin ich diejenige, die Fragen hat«, sagte Miriam in die Stille zwischen uns. »Wir. Du warst dabei, stimmt's?« Ich pustete, nahm einen Schluck und schwieg.

»War nicht so leicht, überhaupt irgendwelche Informationen zu bekommen«, sagte sie weiter. »Erst haben sie uns gar nichts erzählt.« Miriam schenkte sich Milch nach und schaute an mir vorbei. »Nur, dass es einen Unfall gab.«

»Ja«, sagte ich, um irgendwas zu sagen. Mein Gegenüber rührte und rührte.

»Ich weiß nicht, ob ich darüber reden will. Reden kann«, sagte ich, als das Schweigen zu unangenehm wurde.

»Ja«, sagte nun wiederum Marcels Schwester, als würde sie

mich ganz genau verstehen. »Das muss auch nicht heute sein.« Sie presste die Lippen aufeinander. »Hast du irgendwas geahnt?«, fragte sie nach einer weiteren Pause. »Hat er sich irgendwie komisch verhalten?«

»Ein bisschen komisch hat er sich ja immer verhalten«, sagte ich. Während Miriam das winzigste Lächeln lächelte, das ich je in einem Gesicht gesehen hatte, wurden ihre Augen rot. Sie wischte mit dem Handrücken drüber. Ein paar Mal setzte sie an, öffnete den Mund, doch die Worte schienen einfach nicht kommen zu können. Dann schüttelte sie den Kopf.

»Stimmt«, sagte sie nur.

»Was ...«, sagte ich, noch während ich darüber nachdachte, wie ich das Folgende formulieren sollte, »was war denn mit ihm?« In die Schwere von Miriams Gesicht mischte sich etwas Hartes. Ich konnte meine Frage nicht zurücknehmen. Auch wenn sie vielleicht nicht die richtige gewesen war. Oder ich sie zu einem unpassenden Zeitpunkt gestellt hatte. Zu früh. Zu spät. Wie auch immer.

»Er hat sich manchmal falsch gefühlt«, sagte Miriam und der Satz hallte in der Küche wider, mit all seinen möglichen Bedeutungen und neuen Fragen. Ich trank einen Schluck Kaffee. Ich trank Kaffee eigentlich gar nicht so gerne, das war irgend so ein sinnloses Erwachsenending, fand ich. Aber die Wärme tat gut.

»Was soll das heißen?«, fragte ich. »Inwiefern? In Bezug auf was?«

»Wirklich erklären kann ich es dir nicht«, sagte Miriam, gerade noch so, dass ich sie hören konnte. »Es war vielleicht wie ... wie wenn man im falschen Körper ist. Als ob du so, wie du bist, nicht ganz richtig bist.«

»Du meinst, wie so ein Wiedergeborener?«, fragte ich. »Also wie Leute, die behaupten, sie hätten schon mal gelebt? Im Mittelalter oder so?« Miriam schüttelte den Kopf.

»Nein«, sagte sie, jetzt wieder lauter. »Anders.« Sie reihte das Werkzeug, das auf dem Tisch lag, nach Größe sortiert nebeneinander auf, als könne sie damit auch ihre Gedanken ordnen. »Er hat darüber nie geredet. Deshalb kann ich es nicht wirklich erklären. Weil ich es selbst nicht sicher weiß. Aber ich war ... bin seine Schwester.«

»Ich hab auch eine Schwester«, sagte ich. Mal wieder. Miriam schaute mich fragend an. »Sie ist jünger«, ergänzte ich. »Gerade in die Schule gekommen.« Miriam nickte. Dann stand sie auf, spülte ihre Tasse und ihren roten Teller ab und schaltete die Kaffeemaschine aus.

»Sag mal«, fing ich an, räusperte mich und kämpfte einen Moment mit meiner Frage. »Die Beerdigung. Die war schon. Oder?«

»Ja«, sagte Miriam knapp und räumte weiter in der Küche herum. Plötzlich schien etwas zwischen uns. Eine Barriere, als wäre Marcels Schwester auf der anderen Seite von irgendwas und ich könnte sie nicht mehr erreichen. Als hätte sich das Fenster, durch das wir sprechen konnten, wieder geschlossen. Ein Fenster plötzlich aus Milchglas, das alles undeutlich machte. Vielleicht war es mein schlechtes Gewissen.

Miriam hatte das Radio angestellt. Der Nachrichtensprecher berichtete, was in der Welt so passierte. Dann kam Musik. Vielleicht wartete Miriam darauf, dass ich irgendwie die Initiative ergriff, mich doch noch bereit erklären würde, etwas über den *Unfall* zu erzählen. Aber was bei dem Polizisten und sogar bei meiner eigenen Mutter funktioniert hatte, brachte ich hier nicht zustande. Auch wenn ich sie kaum kannte, konnte ich Marcels Schwester nicht belügen. Ich versprach, mich zu melden, und verließ bald darauf die Wohnung.

Mittlerweile war der Regen da, der sich schon am Wochenende angekündigt hatte, unaufhörlich fiel er aus dem fahlen Himmel. Nach und nach verwandelten sich die Schlaglöcher auf den Straßen in eine Seenlandschaft. Ich achtete nicht auf die Pfützen, spürte die Feuchtigkeit kaum, die durch die abgelatschten Turnschuhe in meine Socken drang. Wie das Regenwasser an meine Füße war ein Gedanke in meinen Kopf gesickert, der umso deutlicher wurde, je mehr ich versuchte, ihn nicht zu beachten. Konnte es sein, dass Marcel absichtlich gehandelt hatte? War das möglich?

Für die anderen, allen voran Engel, wäre das natürlich eine Erklärung, die sie mit Kusshand nehmen würden. Doch wenn es wirklich so gewesen sein sollte: Um wie viel machte es das besser? Die Scheiben einer vorbeifahrenden Straßenbahn waren beschlagen, an einer war ein Stück freigewischt. Ein Junge saß am Fenster und schaute nach draußen. Er sah aus wie Marcel.

22

Nächtlicher Nebel lag über der Stadt. Auf dem Parkplatz der Polizeiwache standen mehrere Streifenwagen, vom trüben Licht der Laternen beschienen. Die Szenerie wirkte, als würde jeden Moment etwas Unheimliches passieren, als wären die Lampen Teil eines Ufos, das sich gleich aus den Nebelschwaden schälen würde.

Wie die Füchse huschten wir von einer Mauer an der gegenüberliegenden Straßenseite, in deren Schatten wir den Parkplatz eine Weile beobachtet hatten, Richtung Zaun. Engel und Timo arbeiteten zu zweit, einer oben, einer unten. Mit Bolzenschneidern, groß wie Heckenscheren, extra für diesen Anlass im Baumarkt geklaut, knipsten sie eine Strebe nach der anderen durch. Engel war schneller.

»Hier kommt man leichter rein als in einen Kleingarten«, raunte er und kratzte sich mit dem Bolzenschneider an der Wade. Timo murmelte irgendwas und schob Engel zur Seite, obwohl eigentlich Platz genug war. Jarno zupfte an seiner Sturmhaube herum, als wäre ihm zu heiß. In der unteren Etage des zweigeschossigen Gebäudes waren die Fenster erleuchtet. Ich versuchte, alles im Blick zu behalten, ob sich irgendwo was rührte oder gar jemand nach draußen kam.

»Halt fest«, sagte Timo und knipste ein letztes Mal. Engel hob ein Stück Zaun heraus, vielleicht eine halbe Tischplatte groß. So, dass wir hindurchpassten. Dann standen wir auf dem Gelände der Wache.

»Wie kommen wir dann eigentlich raus?«, flüsterte Jarno. Ich konnte förmlich durch die Hassi sehen, wie sich Engels Stirn in Falten legte.

»Haben wir doch besprochen, Mensch«, sagte er, ein bisschen zu laut für meinen Geschmack. »Wenn das Tor zu ist, und es war ja klar, dass es zu ist, brettern wir es um.« Jarno legte den Kopf einmal nach rechts, als lausche er irgendwo hin, und tat dann, als hätte er weder etwas gefragt noch eine maulige Antwort erhalten.

Geduckt liefen wir zu den Streifenwagen, was im Grunde sinnlos war, da wir uns hier auf dem nächtlichen Parkplatz so oder so auf dem Präsentierteller befanden. Ob wir uns nun duckten oder nicht. Es war wohl so ein Reflex. Die Autos standen da wie große, schlafende Tiere, von denen man sich lieber fernhalten sollte. Jarno ging neben dem erstbesten in die Hocke und machte sich an der Fahrertür zu schaffen. Wir anderen beobachteten die Umgebung. Es war einer dieser Momente, in denen man erwartete, dass jede Sekunde ein Alarm losging oder jemand etwas rief. Der Moment vorm Abhauen, der zu einer Kette von Momenten wurde, die das Adrenalin immer weiter aufpeitschten. Normalerweise mochte ich dieses Brodeln im Bauch, das Gefühl, plötzlich Superkräfte zu haben, diese geschärften Sinne und die zum Zerreißen gespannten Nerven. Heute war mir nur schlecht. Vor allen Dingen hatte ich Schiss, dass sich eine Situation wie am ersten Morgen nach den Ferien wiederholte. Ich hatte in den vergangenen Tagen immer wieder Ähnliches erlebt und fing langsam an, mir selbst zu misstrauen.

»Soll ich mal?«, fragte Engel Jarno, scheinbar dauerte es ihm zu lange.

»Junge, bei dir piept's wohl«, flüsterte Jarno nur. An einem der Fenster lief ein Mann vorbei. Ich erschrak, obwohl ich vor genau so etwas auf der Hut war. Ich konnte auf die Entfernung nicht viel von ihm erkennen, nur, dass er keine Uniform trug. Vielleicht hatte er Feierabend und würde gleich vorn durch die Tür kommen. Von hier aus konnte man die nicht sehen, aber die Treppe mitsamt dem verschnörkelten Geländer hatte ich von der Seite im Blick.

Ich wollte Jarno gerade ebenfalls zur Eile drängen, als der das Auto endlich aufbekam. Er schob seinen Oberkörper hinein und fing an, mit Taschenlampe und Schraubenzieher unter dem Lenkrad rumzufummeln wie ein Klempner. Es raschelte und klapperte. Hinter mir schlich Timo hin und her, immer nur ein paar Schritte, als wäre er ein Tiger in einem viel zu kleinen Käfig.

»Alter, du machst mich wahnsinnig«, maulte Engel und man wusste nicht so richtig, ob er Timo oder Jarno meinte. Eine, vielleicht zwei Minuten verstrichen. Über uns die Sterne, Dutzende, Hunderte silberne Punkte. Es waren eigentlich viel, viel mehr, das wusste ich. Doch hier in der Stadt konnte man sie nicht sehen. Weit entfernt, aus Richtung des Bahnhofes, konnte man das schwere Donnern eines einfahrenden Güterzuges hören und sofort kämpfte ich gegen das nun fast schon bekannte Gefühl, aus der Wirklichkeit zu fallen. Dass es klappte, lag vermutlich nur an der Situation – Nacht, Polizeiwache, Klau eines Streifenwagens. Dafür drängte sich etwas anderes in mir nach oben, stieg vom Bauch in den Kopf, unaufhaltsam. Je mehr ich versuchte, den Gedanken nicht zu denken, umso größer wurde er, bis er breit hinter meiner Stirn blinkte, wie eine Leuchtreklame im Gehirn: *Was machen wir hier?*

Ich kam nicht dazu, mir zu antworten.

»Was macht ihr da?«, schrie eine Stimme, wie eine Art Echo des eben Gedachten, als hätte ich kurz vorm Aufwachen noch etwas in einen Traum eingeflochten, das Klingeln des Weckers oder so. Für eine gefrorene Sekunde passierte gar nichts. Dann stolperten und stürzten wir zurück zum Zaun. Jarno flog regelrecht aus dem Auto, Schraubenzieher und Taschenlampe links und rechts in den Händen.

»Halt, Polizei!«, hallte es hinter uns, wie im Fernseh-Krimi, die riefen das wirklich. Wo auch immer der Kerl jetzt hergekommen war, wie auch immer er uns gesehen hatte. *Scheißidee, Scheißidee*, blitzte die Leuchtreklame im Takt meiner Schuhe, die über den Kies des Parkplatzes sprinteten.

»Halt! Stehen bleiben!«, hörte ich und es fehlte eigentlich nur noch *oder ich schieße*. Engel war als Erster am Loch. Er schob sich durch, blieb hängen, fluchte, zerrte an seinem Ärmel, bekam ihn los und war draußen. Danach Timo, der im Gegensatz zu Engel wie ein Zirkusartist durch die Öffnung hechtete.

»Verteilen!«, rief Engel mit einem schnellen Blick zu Jarno und mir, als Nächstes war er schon halb über die Straße. Ich war der Letzte, kurz hatte ich das Gefühl, dass mich jemand von hinten am Bein packte. Ohne nachzudenken, folgte ich Jarno in Richtung einer Unterführung. Engel und Timo verschwanden über die Mauer. Hinter uns noch mehr Stimmen, aufgeregt, wütend.

Das Zwerchfell brannte. Wir rannten wie bekloppt. Die Unterführung war fast ein Tunnel. Flackerndes Licht von Leuchtstoffröhren und der Geruch eines alten, tiefen Kellers. Wieder auf der Straße, stürzte Jarno nach links auf eine Brache, wieder links in ein Gebüsch, ich immer hinterdrein. Dornen zerkratzten mein Gesicht. Dann zog Jarno mich nach unten. Er sagte kein Wort, nur seine Hand ruhte fest auf meinem Oberarm, als würde ich gleich wieder aufspringen wollen. Heftig atmend lagen wir da, ganz flach. Es roch nach Laub und auch ein bisschen nach Pisse.

Ich hatte erwartet, dass uns mehrere Polizisten verfolgen würden, aber vorn auf dem Weg blieb alles still. Die Kälte des Bodens drang in meine Brust und ich stützte mich ein wenig auf den Ellenbogen ab. Ein Motor brummte heran und das Geräusch jagte den Puls, der sich gerade ein wenig beruhigt hatte, wieder hoch. Durch das Dickicht war der Streifenwagen schlecht zu erkennen, zumal er mit ausgeschaltetem Licht fuhr. Langsam, an der Brache noch langsamer, und dann blitzte tatsächlich der Strahl eines Scheinwerfers in unsere Richtung. Wie ein Schuss, der uns endgültig erledigen sollte. Wir drückten uns in den Dreck, so platt es nur irgend ging, verschmolzen praktisch mit dem Grund, als wären wir ein Teil von ihm. In meinen Augen brannte der Schweiß und ich konnte sie nur zusammenkneifen. Nur nicht bewegen.

Eine Ewigkeit später erlosch der Strahl, so plötzlich, wie er gekommen war. Ich hörte, wie der Motor seine Drehzahl erhöhte. Das Auto war vielleicht zehn, höchstens zwanzig Meter von uns entfernt gewesen. Eine zweite Ewigkeit blieben Jarno und ich noch liegen. Irgendwas raschelte im Laub, ansonsten absolute Stille. Als wäre in der ganzen Stadt keiner mehr da.

»Alter«, flüsterte Jarno irgendwann, kam leise stöhnend in die Hocke und kratzte sich am Kopf. »Das war knapp.«

»Das war knapp«, pflichtete ich ihm bei, unfähig, einen eigenen Satz zu formulieren. Ich tastete an mir herum, als wollte ich untersuchen, ob ich eingepinkelt hatte oder so. Viel hatte wirklich nicht gefehlt. Jarno zog seine Sturmhaube herunter, rieb sich mit beiden Handflächen das Gesicht und setzte sie wieder auf.

»Und jetzt?«, fragte ich.

»Wir bleiben hier«, sagte Jarno. »Und warten. Je länger, desto besser.« Wir warteten also, machten es uns in unserem Versteck so bequem wie möglich, lauschten und beobachteten die Straße. Vielleicht zehn Minuten später fuhr irgendein Auto vorbei und, nur kurz darauf, erneut eine Streife. Dann war es wieder lange Zeit still. Einmal kämpften irgendwo zwei Katzen, ihr Knurren und Fauchen überschlug sich, ein erbitterter Kampf scheinbar. Durch die Zweige sah man den Mond.

»Ob die anderen weggekommen sind?«, sagte ich, halb zu mir selbst. Jarno lupfte die Haube ein Stück und spuckte auf den Boden.

»Engel bestimmt«, sagte er. »Timo keine Ahnung.« Ich spürte Jarnos Blick, obwohl ich zur Straße schaute. Ich merkte, dass er irgendetwas loswerden wollte. Etwas Unausgesprochenes stand zwischen uns, man konnte es praktisch berühren. Ich schaute ihn an.

»Das heute«, sagte er schließlich. »Warum hast du das vorgeschlagen?« Seine Stimme war neutral, nicht vorwurfsvoll, vielleicht ein klein wenig verwirrt. Und je länger seine Worte in meinen Ohren klangen, je länger ich über die Antwort nachdachte, je länger ich zögerte, desto deutlicher konnte ich sehen, dass Jarno sie schon kannte.

Es gab keine. Ich wusste es nicht.

23

In dieser Nacht blieb zum Schlafen kaum noch Zeit. Jarno und ich hatten in den Büschen ausgeharrt bis zum buchstäblichen Morgengrauen, jeder in Gedanken. Nebel war in die Straßen gekrochen, als wäre schon November, alles schien irgendwie gedämpft. Beim Abschied, nachdem unsere Schultern aneinandergeschlagen waren, hatte Jarno mir noch auf den Rücken geklopft – eine Art Umarmung oder so. Obwohl wir uns für den Abend im Treffpunkt verabredet hatten, fühlte sich das an, als würden wir uns jetzt für lange nicht sehen.

Mit steifen Gliedern war ich zu Hause schließlich ins Bett gerobbt, nur um gefühlt zwei Sekunden später von Jacky geweckt zu werden. In einem kurzen Traum hatte mich irgendwas verfolgt, und dass Miriam nicht in ihm aufgetaucht war, hatte nur zur Folge, dass ich jetzt sofort wieder an sie dachte.

»Guten Morgen«, krähte mir meine Schwester ins Gesicht, irgendwie hämisch. Ich fragte mich, ob sie mitgekriegt hatte, dass ich gerade erst heimgekommen war.

»Pff«, sagte ich. »Gute Nacht.« Ich hörte, wie Jacky aufs Klo ging, einen weiteren Bruchteil Traum später stand sie schon wieder an meinem Bett.

»Hilfst du mir bei meinen Schularbeiten?«, fragte sie.

»Schularbeiten?«, wiederholte ich. Jacky antwortete nicht auf meine Echofrage, kramte in ihren Sachen und hielt mir dann ein Heft unter die Nase.

»Schönschrift«, sagte sie wichtig.

»Falscher Ansprechpartner«, versuchte ich mich zu retten. Dann rückte ich im Bett nach oben, besah mir die ersten Seiten, erklärte Jacky, wie sie ihren Stift zu halten hatte und dass sie die Buchstaben Schritt für Schritt abmalen sollte. Die *Schönschrift* käme von selbst, wenn sie nur lang genug übte. Das funktionierte und ich bekam tatsächlich noch ein Eckchen Schlaf. Traumlos, als wäre mein Kopf endlich ausgeknipst.

Meine Mutter hatte an diesem Sonntag frei und den Frühstückstisch bereits gedeckt, als ich in die Küche geschlurft kam. Ich hatte überlegt, einfach liegen zu bleiben, aber ich wusste, wie wichtig ihr die Familienzeit war. Der Geruch von Spiegelei und frischen Brötchen, der über den Flur bis ins Kinderzimmer zog, hatte mich dann endgültig überzeugt. Ich war von der nächtlichen Aktion ganz schön ausgehungert.

»Gibt es was zu feiern?«, fragte ich, als ich die üppige Tafel sah, es sah aus wie in einem Hotel: Gürkchen, Croissants, das besagte Ei und eine geradezu unverschämt große Auswahl an Aufschnitt (fünf Sorten).

»Wenn du so willst«, sagte meine Mutter und zwinkerte mir zu. »Da hole ich gestern die Kontoauszüge, gucke mal drauf, und was sehe ich?« Sie wackelte mit den Augenbrauen und wartete, scheinbar sollte ich raten. Ich zuckte mit den Schultern.

»Einen Lottogewinn?«

»Quatsch«, sagte meine Mutter. »Ich hab meine Überstunden ausgezahlt bekommen. Von fast einem halben Jahr!«

»Cool«, sagte ich, vielleicht nicht begeistert genug. Ich fand irgendwie blöd, dass sie sich so freute – es war doch ihr Geld. Für das sie gearbeitet hatte. Das ihr zustand.

»Was ist Lotto?«, fragte Jacky.

»Ein Glücksspiel für Erwachsene«, sagte Mama.

»Ein Sehr-viel-Glücksspiel«, ergänzte ich. »Einer bekommt was, alle anderen verlieren.«

»Also wie in jedem Spiel«, sagte Jacky und schob sich ein Gürkchen in den Mund. Ich musste ein bisschen lachen und Mama schaute irgendwie komisch. Ob wegen der Gurke oder wegen des Kommentars, konnte ich nicht sagen.

»Ich würde heute gern einen kleinen Ausflug machen«, kündigte sie während des Frühstücks an. »Ins Bildermuseum.« Meine Brötchenhälfte, von der ich gerade abgebissen hatte, knusperte im Kopf.

»Hä?«, rief Jacky und ein paar Krümel regneten auf ihren Teller. Unter einem Ausflug stellte sie sich bestimmt etwas anderes vor.

»Ja, ins Museum«, sagte Mama. »So was machen wir selten, da hast du recht. Aber das ist bestimmt auch für euch interessant. Und außerdem war ich früher gerne dort.«

»Früher?«, fragte ich, aber da war so eine kurze Traurigkeit in ihrem Blick, dass ich nicht weiter nachhakte, als sie, statt mir zu antworten, aufstand, um sich einen Tee zu kochen.

»Da gibt es ganz schöne, große, bunte Bilder«, sagte sie von der Küchenzeile aus. »Es wird dir gefallen, Jacky.« Meine Schwester schaute mich fragend an, sie wollte wohl wissen, ob das der Wahrheit entsprach. Und ob wir gegen das Vorhaben protestieren sollten. Ich sagte ihr mit den Augen, dass es okay sei.

»Okay«, rief Jacky in Richtung unserer Mutter. So standen wir etwa eine Stunde später vor dem Museum, einem von außen erst mal ziemlich gewaltigen Gebäude, einer Mischung aus Schloss und römischem Tempel oder so, locker über hundert Meter breit. Jacky verrenkte sich den Hals, während wir auf dem ebenso riesigen Vorplatz standen und die Architektur auf uns wirken ließen. Ich kannte mich mit so was nicht aus, beeindruckend war es trotzdem. So viel Stein, so viel Arbeit und Schweiß, die in diesem Bauwerk stecken mussten. Von ganz oben auf der Kuppel schaute die Skulptur einer Frau auf uns herunter.

»Und das ist voller Bilder?«, fragte meine Schwester, Faszination und auch ein bisschen Sorge in der Stimme.

»Nur das Erdgeschoss«, beruhigte sie Mama. Von einem kleineren Eingangsbereich ging es in eine riesige Kuppelhalle. Oben bunte Fenster und überall kunstvoller Stuck.

»Hat hier mal ein König gewohnt?«, fragte Jacky ziemlich laut, woraufhin unsere Mutter ihr erst einmal erklärte, dass man in einem Museum nur leise sprechen durfte.

»Das war früher ein Gericht«, sagte sie. »Das höchste. Also, ja und nein, sozusagen.«

»Früher?«, fragte ich.

»Bis nach dem Zweiten Weltkrieg.« Sie schien das Thema nicht weiter vertiefen zu wollen, ging zur Kasse und bezahlte unsere Eintrittskarten. Jacky und ich verrenkten uns weiter unsere Hälse. Ich kam mir hier ganz klein vor.

Dann liefen wir durch die Räume. Jacky vorneweg, unsere Mutter langsam, aufmerksam, jedes Bild betrachtend, aber doch immer nur kurz, als suche sie ein ganz bestimmtes. Mir gefiel die

Detailtreue, die feinen Pinselstriche, das war schon verrückt, wie die Malereien zum Teil wie echte Fotos wirkten. Im Kunstunterricht machten wir immer nur einfaches oder abstraktes Zeug.

»Mir ist langweilig!«, quengelte Jacky. Mama strich ihr über den Kopf.

»Wir bleiben nicht so ewig lang«, versprach sie. »Such doch mal das Bild, das du am besten findest. Und dann überleg, warum, okay? Später essen wir ein Eis.« Wir gingen weiter. Außer uns waren nur wenige Leute im Museum. Hier und dort standen wichtig ein paar Wärter. Sie bemühten sich, unbeteiligt zu schauen, aber ich merkte, wie sie uns, und besonders Jacky, beobachteten.

Dann hielt meine Mutter inne. Zuerst schien das Bild vor ihr ein Bild wie jedes andere zu sein. Es war klein, Postergröße maximal, und zeigte einen Mann, auf dessen Schoß ein Kind saß. Ob Mädchen oder Junge, war nicht auszumachen. Die beiden wirkten vertraut, zärtlich, und doch sahen sie aneinander vorbei, als wären sie mit ihren Gedanken woanders. Eigentlich sah der Mann aus dem Bild heraus. Auf mich. Im Hintergrund nur ein leerer Raum.

»Dein Papa hat dieses Bild gemocht«, hörte ich meine Mutter plötzlich. Ich brauchte einen Moment, um zu verstehen, was sie da gesagt hatte. »Er meinte, dass ihm Bilder etwas über die Menschen erzählen, etwas, was sie selbst nicht in Worte fassen können. Dieses ganz besonders.« Ich schwieg und betrachtete die beiden Personen. Lange. Es war eine dieser Gelegenheiten, wo ich vielleicht noch mehr hätte fragen können, aber dann war sie vorbei.

»Ich hab eins gefunden!«, rief Jacky von irgendwo, was ihr die Ermahnung eines Wärters einbrachte. Die Nase gekräuselt, kam sie zu uns und wiederholte übertrieben flüsternd ihren Satz. Mama begleitete sie in den Nebenraum. Ich blieb noch eine Weile stehen, ließ die Malerei auf mich wirken und bekam schließlich dasselbe seltsame Gefühl, das ich immer auf dem Friedhof hatte. Als wäre hier noch irgendwas da von meinem Vater. Irgendein Teil, quasi eine Farbe oder ein Pinselstrich.

Und dann wurde es mir klar. Anfangs war der Gedanke nur ein kleines Blinken in meinem Kopf, wie ein weit entfernter Leuchtturm in der Nacht. Es kam näher, als Mama, Jacky und ich das Museum verließen, und war schließlich ganz groß, als wir auf den Holzstühlen neben der Eisdiele saßen, jeder von uns einen großen Becher vor sich, mit Waffeln und Schlagsahne und Schokoladensoße.

Es stimmte nicht, was Jarno sagte. Es stimmte nicht, dass die Toten uns nicht brauchten. Wer, außer den Lebenden, sollte sich sonst an sie erinnern. Und als erst die Schlagsahne auf meinem Eis zerlief und schließlich das Eis selbst zu einer unförmigen Masse zusammenschmolz, während meine Mutter prüfend über ihren eigenen Becher hinweg sah und mehrmals fragte, ob mit mir alles in Ordnung wäre, wurde mir noch etwas anderes bewusst. Es war eindeutig.

Wenn ich mir von Miriam Vergebung erhoffte, musste ich auch dem Mann, der meinen Vater über den Haufen gefahren hatte, vergeben.

24

Jarno, Timo und Engel waren schon da, als ich am Abend in unserer Bude eintrudelte. Eine Weile hatte ich auf der Straße gestanden, den halben Löwen ganz oben unter dem Dach betrachtet und mir vorgestellt, wie das Haus vielleicht einmal ausgesehen haben mochte. Dann wurde ich von Engel entdeckt, der sich auf seinen Fensterplatz geschwungen hatte.

»Ist was?«, hatte er runtergerufen, als wäre ich nur ein beliebiger, neugieriger Passant.

»Nee, es war was«, hatte ich erwidert, die dümmste aller möglichen Antworten auf eine ebenso dumme Frage, aber irgendwie stimmte es ja auch. Die Tür oben war nur angelehnt. Ich betrat unser Zimmer, nickte in die Runde und nahm mir ein Bier. Dann setzte ich mich. Alle sahen mich an und ich spürte, dass etwas vorbei war. Nicht mehr in Ordnung gebracht werden konnte. Wir waren irgendwo falsch abgebogen.

»Jarno hat was zu verkünden«, sagte Engel. Er machte sich keine Mühe, den Spott in seiner Stimme zu verstecken.

»Jep«, bestätigte Jarno, nahm sein Basecap vom Kopf und rollte das Schild in seinen Händen. Engel und Timo zündeten sich fast synchron eine Zigarette an und bliesen den Rauch in die Mitte des Zimmers, wo er wie eine Wolke hängen blieb.

»Okay, Leute. Sascha, falls du dich fragst – die Bullen haben niemanden gekascht.« Ich hob zur Bestätigung mein Bier. Jarno setzte sein Basecap wieder auf.

»Das ist gut, einerseits, ändert aber nichts an meiner Entscheidung, andererseits«, fuhr er fort. »Also. Ich mache es kurz. Es ist eigentlich keine große Sache und hätte ruhig ein bisschen früher passieren können.«

»Willst du bei den Bullen singen, oder was?«, fragte Timo scharf. Jarno fixierte ihn.

»Nein. Keine Ahnung. Darum geht es jetzt nicht.«

»Um was dann?«, fragte Engel, die Kippe zwischen den Zähnen.

»Ich mach nicht mehr mit«, sagte Jarno, lehnte sich zurück und schien dem Geschmack seines Satzes eine Weile nachzuspüren. Wie wahrscheinlich alle.

»Keine große Sache«, wiederholte Engel. In seinem Gesicht war rein gar nichts zu lesen. Kein Ärger. Keine Enttäuschung. Nichts.

»Was soll das heißen? Was meinst du?«, fragte dagegen Timo mit gerunzelter Stirn.

»Ach komm«, sagte Jarno. »Spar dir den Quatsch.«

»Wenn ich übersetzen darf: Er kneift«, sagte Engel. »Ich hab's ja immer gewusst.« Er lächelte jetzt. Wie üblich ein bisschen überheblich, aber alles in allem hatte ich ihn in der Vergangenheit selten so zufrieden gesehen.

»Wie du willst«, sagte Jarno. »Interessiert mich nicht. Ich bin raus. Gegen gepflegtes Abhängen hab ich nix und ich beteilige mich auch gern weiter an der Bude hier, aber alles andere ...« Er zuckte mit den Schultern. »Wie gesagt. Eigentlich kommt das jetzt schon zu spät.« Ich versuchte, Jarnos Blick einzufangen, aber er schaute an mir vorbei.

»Also war es das jetzt?«, fragte Timo. »Einfach so?« Jarno nickte.

»Einfach so.«

»Und wenn wir dich nicht lassen?« Jarno schnaubte und schüttelte den Kopf.

»Komm mal klar, Timo«, sagte er.

»Wir könnten deinen Eltern erzählen, was du in den letzten Jahren so alles getrieben hast«, grinste Timo kalt. »Zum Beispiel.« Jarno ballte die Fäuste, ließ seine Knöchel knacken. Engel grinste und puffte Ringe in die Luft, in Erwartung einer Keilerei. Und dann sagte ich es. Ich sprach aus, was ich eigentlich ohne die Vorlage von Jarno hätte sagen müssen.

»Es gibt kein Wir mehr.« Der Satz hing im Raum wie ein zentnerschweres Gewicht. Es hätte jetzt wohl ein theatralischer Abgang folgen müssen, aber ich blieb einfach sitzen. Als wäre mein Arsch an den Campinghocker geklebt.

Ich wartete auf ein Gefühl von Befreiung. Vergeblich.

»Na«, sagte Engel. »Heute ist ja der Tag der Offenbarungen.« Er schnippte seine Kippe nach draußen und applaudierte leise. Dann schwang er sich vom Fensterbrett, fuhr sich durch die Haare und lief herum, nahm dieses und jenes in die Hand und stellte es wieder weg. Schnapsflaschen, Farbdosen, den Kassettenrekorder.

»Gehört euch hier noch irgendwas? Erhebt ihr Anspruch auf irgendwas? Also, ich hab keinen Bock, die Bude mit Spaltern zu teilen. Insofern geschissen auf euer Gelaber. Oder, Timo?« Der Angesprochene schüttelte nur den Kopf. Jarno stand auf.

»Quatschen wir mal, wenn ihr euch beruhigt habt«, sagte er. »Vielleicht kommt ihr ja von selbst drauf.«

»Winke, winke«, sagte Engel und verschränkte die Arme. Noch immer saß ich da wie angewurzelt, wie festgehalten von unsichtbaren Fesseln. Die letzten Jahre rasten an meinen Augen vorbei. Alles, was wir miteinander erlebt hatten: unsere Klautouren, unsere Partys. All die dicken Dinger, die wir uns geleistet und die uns Respekt eingebracht hatten. Gegenseitig, und auch bei den anderen im Viertel. Was bedeutete Freundschaft? Was bedeutete so ein kleines Wort: Wir? Und: Konnte man das wirklich einfach so beenden? Wollte ich das überhaupt? *Wir* hatten doch eigentlich immer auf alles gepfiffen. Ich wartete weiter auf irgendeine Stimme in meinem Kopf, die mir sagte, dass das richtig so war. Dass ich richtig handelte, oder besser, dass Jarno und ich richtig handelten. Aber auch als ich ihm die Treppe runter folgte, an seinem schlechten Graffiti vorbei, in den Hof und über das rostige Tor auf die Straße, war in mir keine Erleichterung. Nur Zweifel und Fragen.

»Die zwei Idioten«, sagte Jarno und klopfte mir auf die Schulter. »Mach dir keine Platte. Das wird schon wieder. Die kriegen sich schon wieder ein.« Ich schaute nach oben. In meinem Nacken hatte es geprickelt, vielleicht hatten Engel und Timo uns noch beobachtet, aber jetzt war das Fenster geschlossen. Das Haus sah aus wie jedes andere in dem Block. Baufällig und verlassen.

»Warst du mal bei den Eltern?«, fragte Jarno leise. Auch das kam jetzt etwas überraschend, aber ich wusste natürlich, was er meinte.

»Bei der Schwester«, sagte ich.

»Und?« Ich zuckte mit den Schultern.

»Keine Ahnung. Scheiße alles.« Ich kaute auf der Innenseite meiner Lippe, bis ich Blut schmeckte. »Sie hat gesagt, dass Marcel irgendwas hatte. Dass mit ihm irgendwas war. Dass er sich nicht richtig gefühlt hat.«

»Wer fühlt sich schon richtig«, sagte Jarno und spuckte auf den Boden.

»Keine Ahnung«, wiederholte ich. »Ich glaube, bei ihm war es was anderes. Was Ernstes.«

»Kapier ich nicht.« Eine Weile liefen wir nebeneinander. Es war längst dunkel und kaum jemand auf den Straßen unterwegs.

»Also, wie soll ich das jetzt verstehen?«, fragte Jarno schließlich an der Kreuzung, wo sich unsere Wege trennten. »Hat er das doch so … gewollt?«

»Vielleicht«, sagte ich. »Aber was ändert das?« Mein Gegenüber zuckte mit den Schultern.

»Keine Ahnung«, sagte er. »Denk schon, dass es was ändert. Wenn, na ja, wenn sich jemand freiwillig für den Tod entscheidet.« Ich wusste nicht, wie ernst Jarno diesen Satz meinte. In seinem Blick war nichts zu lesen.

»So eine Entscheidung trifft man nicht freiwillig«, antwortete ich. »Glaube ich zumindest. Jeder will doch leben.«

»Bist du jetzt unter die Philosophen gegangen?« Noch einmal spuckte Jarno auf den Boden. Dann verabschiedeten wir uns.

Ich streifte an diesem Abend noch lange durch die Gegend, war irgendwann am Südfriedhof und überlegte tatsächlich, ob ich einsteigen und meinen Vater besuchen sollte. Dann stapfte ich den Hügel daneben hinauf und kam an die Rückseite des Völkerschlachtdenkmals, das riesig und schwarz in den Himmel ragte. Ohne echten Entschluss, eher wie ferngesteuert, kletterte ich an den großen Steinen in Richtung der Sterne, höher und höher, bis ich nicht mehr weiterkam. Unter mir erstreckte sich die Stadt. Viertel, die ich nicht kannte, meins befand sich auf der anderen Seite. Und irgendwo rechts hinter den Bäumen das Grab meines Vaters. Auch das wurde mir erst jetzt, in diesem Augenblick, bewusst: wie gern ich ihn um Rat fragen würde.

Ich erinnerte mich nicht daran, wo wir an diesem Tag gewesen waren, vielleicht hatte er mich nur ein kurzes Stück getragen, vom Kindergarten nach Hause oder so was. Aber ich erinnerte mich an das Gefühl, das ich gehabt hatte. Oben auf seinen Schultern, mit seinen Händen an meinen Füßen, sicher und fest. An das Gefühl, dass wir immer und immer und immer weiterlaufen würden. Dass der Moment unendlich schien.

Und dann dachte ich zuerst wirklich, es wären nur Regentropfen, die meine Wangen hinunterliefen.

25

Die ganze Woche lenkte ich mich mit Malen ab. Vor den bunten Buchstaben musste ich mich nicht rechtfertigen, die gehörten nur mir. Sie verlangten auch keine Reue, Geständnisse oder Entschuldigungen. Ich verbrauchte an den Nachmittagen nach der Schule meinen gesamten Block und malte sogar die Pappe an der Rückseite mit mehreren Schriftzügen voll. Schließlich waren all meine Stifte aufgebraucht und die Hälfte von Jackys noch dazu. Es war gewissermaßen Zeit, etwas davon an die Wand zu bringen. Das letzte Mal war sowieso zu lange her. Zu viel Scheiß war gelaufen. Ich war mir sicher, meine Fortschritte auf Papier würden sich irgendwie auch auf Stein oder Putz widerspiegeln.

Um an Dosen zu kommen, musste ich nicht einmal auf Tour in den Baumarkt. Der Kunstkurs der achten Klasse hatte gerade ein Graffiti-Projekt beendet, bei dem ein paar Möchtegerne den Fahrradschuppen der Schule mit Gesichtern verunstaltet hatten, eher nur große Smileys. Selbst meine kleine Schwester hätte die wohl besser hingekriegt, aber ich wollte mich nicht beschweren. Die Reste der Aktion, immerhin ein Dutzend noch ganz gut gefüllter Kannen, waren am Freitag vom Hausmeister in seine Werkstatt geschafft worden, wo ich sie während der Mittagspause aus einer Pappkiste in der Ecke in meinen Rucksack umfüllte. Was wollte der Mertens schon damit. Die Farbauswahl war mäßig, ein paar

Rottöne, Chrom und einmal Gelb, aber für einen Schriftzug würde es schon reichen. Ich nannte mich *Zorn*, schon immer – einerseits, weil das cool klang, andererseits, weil man aus diesen Buchstaben eine Menge machen konnte.

Einen Ort hatte ich mir auch schon ausgesucht. Auf irgendwo an der Straße hatte ich allein keine Lust, das war mir zu heiß, wenn keiner aufpassen konnte, ich ging besser zur S-Bahn-Brücke in der Nähe. Zwar war an den Unterführungen schon alles voll (ich wollte nichts crossen, egal wie beschissen die Sachen aussahen – für die wirklichen Profis war ich ja selbst noch ein Toy), aber weiter unten, direkt an den Gleisen, gab es noch Platz.

Die Nacht roch frisch, roch nach diesen Nächten im Herbst, in denen alles passieren konnte, weil es wieder früher dunkel wurde. Weil die Normalos abends wieder lieber zu Hause blieben und jetzt nur noch die unterwegs waren, die was erleben wollten. Die Dosen klapperten in meinem Rucksack, während ich durch die Straßen zog. Ein paar Mal wurde ich aus vorbeifahrenden Autos beglotzt. Es waren immer die gleichen, stumpfen Gesichter. Ich hatte den Ärger mit irgendwelchen Typen nie gesucht, aber er war mir auch immer egal gewesen. Es brauchte nicht viel, um das klarzumachen, ein Blick zurück genügte meistens.

Ich war damit aufgewachsen. Prügeleien, das Sich-miteinander-Messen, wer hat was zu sagen und wo und wie viel. Das Recht des Stärkeren. An meine Kindergartenzeit konnte ich mich kaum erinnern, aber in der Schule hatte es immer Stress gegeben. Von Anfang an. Besonders unter den Jungs. Die Lehrer hatten immer weggeschaut. Klassenkollektiv, Solidarität, die sozialistische Persönlichkeit oder was auch immer man uns da als Ideale gepredigt hatte, das war alles ein absoluter Witz gewesen. Kein Arsch hatte uns dazu erzogen. Es ging nur ums Gehorchen, und dieses Unterordnen und Nach-unten-Treten, das hatte alle irgendwie versaut. Und das wurde man auch nicht mehr los. Ich hatte mir damals meinen Platz erkämpft und mich damit immer gut gefühlt. Sicher gefühlt. Das jetzt in Frage zu stellen, nach allem, was war, das kotzte mich im Grunde tierisch an.

Nun gab es aber erst einmal nur mich und mein Bild. An der S-Bahn-Brücke angekommen, schob ich mich den Hang hinunter, durch Büsche und Brennnesseln, ein Zweig peitschte mir ins Gesicht. Die untere Mauer lag im Dunklen. Mit meiner Taschenlampe verschaffte ich mir einen Überblick. Dann schaltete ich sie aus und horchte eine Weile in die Nacht. Man munkelte von einer Soko, die Jagd auf Sprayer machte und an den Bahnstrecken mit einem superleisen Triebwagen ohne Licht unterwegs war. Ich würde immer nur ein paar Minuten arbeiten und mich dann wieder auf die Lauer legen. So hatte ich mir das vorgenommen.

Die Luft schien rein. Ich holte die Dose raus, mit der ich die ersten Linien malen wollte, und platzierte die Taschenlampe so auf meinem Rucksack, dass ihr Schein auf die Mauer fiel. Dann fing ich an. Der Lackgeruch der Farbe zog in meine Nase. Der Geruch des Verbotenen. Der Geruch von Freiheit. Ich füllte die Buchstaben, zog die Outlines, Stück für Stück, und machte meine Pausen, in denen ich im Dunklen saß und lauschte. Die gedämpften Geräusche der schlafenden Stadt, hier und dort das leise Rascheln irgendeines Tiers. Mit der Taschenlampe konnte man nicht richtig überblicken, wie der Schriftzug wirklich wirkte, so insgesamt, aber ich war zufrieden.

Ich pausierte ein letztes Mal. Nur noch ein paar rote Blitze fehlten, sie sollten aus den Buchstaben herausbrechen wie bei einer Explosion, und dann noch mein Tag darunter, in derselben Farbe. Ich saß auf einem Stein und trommelte leise auf dem Deckel einer Dose. Dann war da ein Rauschen, kaum wahrnehmbar zuerst. Wie ein Windstoß, der durch weit entfernte Bäume pfiff. Ich stand auf, horchte. Zählte die Sekunden. Das Rauschen wurde zu einer Art Rattern. Und plötzlich, urplötzlich, war es so laut, als würde mir jemand direkt in die Ohren schreien. Der Riss in der Wirklichkeit war diesmal noch größer, ich wusste nicht einmal mehr, wo ich mich befand. Ich zitterte, spürte den Schweiß in meinem Nacken. Alles wurde schwarz und dann hell. Die S-Bahn fuhr an mir vorbei wie ein Monster mit tausend leuchtenden Fensteraugen, ein Trugbild, eine Täuschung, im Nachhinein konnte ich nicht sagen, ob es sie überhaupt gegeben hatte. Wie abgeschossen sank ich in den Dreck und wollte nur noch, dass es aufhörte. Dieses Gefühl, nicht mehr ich zu sein.

Knirschende Schritte. Der Kegel einer Taschenlampe, der zuerst meine Füße fand und dann wie in Zeitlupe an meinem Körper emporwanderte.

»Liegen bleiben!«, reagierte eine scharfe Stimme auf den Versuch, mich aufzurappeln, und mein Instinkt, zu fliehen, erlosch so schnell, wie er gekommen war. Es war zu spät. Zwei Männer. Jung, sportlich. Polizei in Zivil. Fragen nach meinem Namen und meinem Ausweis, den ich natürlich nicht hatte, Fragen danach, was ich hier machte. Ich blieb stumm, sagte gar nichts. Schon allein, weil ich nicht konnte. Wie durch Nebel sah ich, wie die beiden

Fotos machten, meine Sachen einsammelten, mich aufforderten, mitzukommen.

»Junge, bist du vollgedröhnt?«, fragte der eine schließlich und sein triumphierendes Grinsen, das nur die oberen Zähne zeigte, brachte mich ein Stück weit in die Realität zurück.

»Nee«, sagte ich.

»Ach, sieh an«, sagte der Polizist. »Es kann sprechen. Na, haben wir wieder einen von euch Schmierern erwischt.«

»Wie alt bist du?«, fragte der andere. Ich zuckte mit den Schultern. Der erste lachte.

»Als ob wir das nicht sowieso rauskriegen«, sagte er, noch immer grinsend, als würde ihn das Ganze wahnsinnig amüsieren.

»In Ordnung, dann nehmen wir dich jetzt mit«, sagte der zweite. »Auf körperlichen Zwang möchtest du verzichten, oder?«

»Versucht es doch«, sagte ich, quasi aus Prinzip. Auf dem Boden liegend und mit zwei Bullen über sich war das natürlich nicht besonders schlau. Der erste packte mich am Kragen, zog mich hoch und drehte mir die Hände auf den Rücken.

»Reicht das, Freundchen?«, zischte er mir ins Ohr. Sein Stoppelbart kratzte. Der Griff war fest und ich nicht in Form. Ich wehrte mich noch ein bisschen, anstandshalber, bekam eine Faust in die Seite und ließ es dann bleiben.

»Laufen hast du doch wohl schon gelernt, oder? Da geht's lang.« Der erste Polizist schubste mich den Hang hoch, der andere trug meinen Rucksack. Der Streifenwagen parkte oben auf dem Fußweg. Ich musste ein paar Minuten weggetreten sein oder so was – wie ich die Karre nicht gehört haben konnte, war mir ein

Rätsel. Vielleicht hatten die Bullen auch den Krach der S-Bahn abgepasst. Der erste öffnete die hintere Autotür.

»Immer rein in die gute Stube«, sagte er, drückte mich auf den Rücksitz und drängelte hinterher. »Wir spendieren dir eine Taxifahrt zur Wache. Die Rechnung geht dann an die Eltern. Das wird teuer!« Er lachte und ich war mir nicht ganz sicher, ob das ein Witz sein sollte oder nicht. Ich wollte mich wehren, wieder abhauen durch die Tür gegenüber oder was auch immer, aber irgendwie bekam ich nichts auf die Reihe. Wie gelähmt starrte ich auf das Armaturenbrett mit dem Funkgerät, in das der zweite Polizist, der vorn Platz genommen hatte, irgendwelche Codes murmelte. »*Vermutlich minderjährig*«, so viel verstand ich. Dann startete der Motor. Die Nacht und die Lichter der Stadt zogen an mir vorbei wie in einem Traum.

26

Viel schneller als erwartet kamen wir am Hauptrevier in der Dimitroffstraße an, genau dort, wo die Jungs und ich vor ein paar Wochen gewesen waren und dem Zetsche unsere Story erzählt hatten.

»Dein Verlies erwartet dich schon«, grinste mich der erste Polizist beim Aussteigen wieder blöd an.

»Schön«, sagte ich und streckte den Rücken durch. Der Typ sollte ja nicht denken, dass ich Schiss hatte. Rein ging es durch einen Seiteneingang, der lange, neonbeschienene Flur roch nach kaltem Rauch. Unsere Schritte hallten an den Wänden entlang. Die beiden Polizisten raunten sich was über Dienstzeiten und Namen zu. Offenbar war nicht klar, wohin sie mich bringen sollten, oder besser gesagt, sie sich nicht einig. Ein paar der Türen, an denen wir vorbeiliefen, standen offen, aber es gab nicht viel zu sehen. Schreibtische, Drehstühle, hier und dort ein stirnrunzelnder Polizist vor seinem Aschenbecher. Es ging hoch in den ersten Stock. Ein drahtiger Mann mit rahmenloser Brille kam uns entgegen und grüßte die anderen. Er beachtete mich zuerst kaum, aber dann, als wir fast an ihm vorbei waren, durchbohrte mich sein Blick wie ein Speer.

»Dich kenn ich doch«, sagte er, blieb stehen und tippte mir mit seiner schweren Hand genau auf die Brust.

»Ach nee«, sagte der erste Polizist, schaute zu mir und dann zu seinen Kollegen. »Ein Freund vom Hauptkommissar.«

»Unsinn«, sagte Zetsche, den Zeigefinger noch immer auf meinem Brustbein. »Was ist hier los? Was machst du hier?«, fragte er mich, als wären die anderen beiden gar nicht da. Ich zuckte mit den Schultern.

»Graffiti«, sagte der zweite Polizist.

»In flagranti erwischt«, sagte der erste triumphierend. »Ich darf annehmen, Sie kennen den Namen?« Zetsche nickte, nannte ihn, ergänzte noch, dass ich Schüler war, und schien zu überlegen.

»Ist doch Mist, Junge«, sagte er dann zu mir, als hätte ich einen Schokoriegel geklaut oder so was. »Aber in Ordnung. Ist nicht meine Sache. Und auch nicht mein Bereich.« Er nahm die Brille ab, putzte sie mit einem Tuch, das er aus der Brusttasche seines Hemdes zog, und setzte sie wieder auf. »Aber sag mal, Sascha, wo du jetzt schon mal hier bist: Was wolltet ihr da eigentlich damals an dem Gleis?« Er rieb sich das Kinn. »Ist mir irgendwie nicht klar. Und je länger ich darüber nachdenke, umso merkwürdiger finde ich es«, ergänzte er. In meinem Kopf rannten die Gedanken. Der Kommissar musste wohl sehen, dass ich keine Antwort geben wollte. Keine Antwort geben konnte.

»Weißt du«, fuhr er fort, und es klang fast väterlich, wie ein Märchenerzähler, »so eine Geschichte ist immer wie ein Puzzle. Du bekommst die Teile auf den Tisch und schaust sie dir an. Denkst dir, okay, ich hab eine Vorstellung. Eine Vorstellung davon, wie das Ganze am Ende aussieht. Dann setzt du sie zusammen.« Er machte eine Pause, sah zu meinen Begleitern und wieder auf mich. »Und manchmal stellst du dann fest, dass ein Teil fehlt.«

»Aha«, sagte ich. »Bei mir liegt das Teil dann meistens irgendwo unterm Schrank.« Zetsche lächelte dünn.

»Genau, Sascha«, sagte er. »Genau das meine ich. Meistens finde ich es. Fast immer finde ich es.« Er klopfte mir auf die Schulter. »Dann will ich euch mal nicht länger aufhalten. Guten Abend, Kollegen.«

»Du hast wohl noch mehr Dreck am Stecken, *Sascha*«, grinste der erste Polizist, nachdem Zetsche sich entfernt hatte.

»Einen Scheiß«, sagte ich.

»Na komm«, sagte der zweite. »Da wir jetzt den Namen haben, können wir ihn auch abholen lassen.« Der erste rümpfte die Nase.

»Schüler. Minderjährig«, sagte der zweite weiter, jede einzelne Silbe betonend, als wäre der andere ein bisschen schwerhörig.

»Schon gut«, murmelte der erste schließlich. »Da hast du ja noch mal Glück gehabt, Sportsfreund.« Zurück im Erdgeschoss gingen wir in einen Raum mit vielen Tischen, ähnlich einem Klassenzimmer, nur dass auf jedem Tisch ein Telefon stand, hier und dort eine Schreibmaschine. Der erste Polizist wählte an einem der Tische eine kurze Zahlenfolge. Dann kam wieder irgendein Gemurmel, bei dem ich nicht viel mehr als meinen Namen verstand. Der Beamte notierte sich etwas, legte auf und wählte erneut, diesmal eine längere Nummer. An seinem hämischen Gesichtsausdruck sah ich, dass er jetzt wohl meine Mutter anrief. Eine gefühlte Ewigkeit ließ er es klingeln. Immer lauter schien das Freizeichen zu werden, das erst gedämpft, dann immer deutlicher aus der Hörmuschel zur mir herüberdrang. Um mich abzulenken, ließ ich den Blick schweifen. Gitter vor den hohen Fenstern, leere Aktenregale an den Wänden. Der Polizist schien schon auflegen zu wollen. Dann meldete sich doch noch jemand.

»Ach ja, Schulz, Kriminalpolizei. Schönen guten Abend«, grinste er ins Telefon. Er lehnte sich in seinem Stuhl zurück.

»Ja, genau«, sagte er, klemmte den Hörer zwischen Kopf und Schulter und verschränkte die Arme. »Verzeihen Sie die späte Störung. Eine Frage hätte ich da mal. Wo ist denn Ihr Sohn?« Er zeigte seine Zähne, nickte. »Na, dann schauen Sie doch mal nach.« Er nahm den Hörer wieder in die linke Hand und winkte mir mit der anderen. Das Ganze schien ihn wahnsinnig zu amüsieren. Am liebsten hätte ich einen der Stühle genommen und in sein hochnäsiges Gesicht geworfen.

»Ach, er ist nicht im Bett?«, sagte der Polizist nach einer Weile. »Tja. Ich gebe Ihnen mal einen freundlichen Tipp. Er steht hier vor mir.« Es folgte eine längere Diskussion, in deren Verlauf die Miene des Polizisten etwas mürrischer wurde. Meine Mutter machte scheinbar klar, dass sie mich auf keinen Fall abholen würde, da sie erstens kein Auto besaß und zweitens mit meiner schlafenden Schwester allein war. Das fand ich gut, einerseits, denn was konnte sie schon dafür, dass die Bullen mich hierhergeschleppt hatten. Andererseits änderte das nicht viel an der beschissenen Situation, so alles in allem. Ich war erwischt worden. Wie ein kleiner, dummer Junge. Der Polizist schmiss den Hörer auf die Gabel.

»Tja, wir sind doch ein Taxiunternehmen«, brummte er in Richtung seines Kollegen. »Alleinerziehend. Und noch ein Balg zu Hause.« Ich sparte mir den Protest. Schweigend ging es zu dritt wieder nach draußen. Wir hatten wohl keine Viertelstunde auf der Wache verbracht, aber mir kam es vor wie die halbe Nacht. Umso schneller war die Fahrt nach Hause vorbei, und bevor die Polizisten noch klingeln konnten, war meine Mutter schon unten an der Tür. Sicher hatte sie am Fenster gewartet. Zügig wimmelte sie die beiden Polizisten ab, vielleicht konnte man so etwas als Krankenschwester einfach.

Dann saßen wir in der kalten, verrauchten Küche. Die Uhr an der Wand tickte, sie zeigte halb drei. Mir fiel auf, dass ich meine Mutter länger nicht richtig angesehen hatte und deswegen nicht sagen konnte, wie neu ihre Augenringe waren. Sie drehte die Zigarettenschachtel in ihrer Hand.

»Hast du mal eine?«, fragte ich, mehr um irgendwas zu sagen, als weil ich wirklich rauchen wollte. Meine Mutter hielt mir die Schachtel hin. Dann seufzte sie.

»Weißt du«, begann sie, brach dann wieder ab und zündete sich erst einmal selbst eine an. »Sascha«, kam mit dem ersten Rauch aus ihrem Mund. »Weißt du, ich sag dir mal was. Mir ist das egal, ob du sprühen gehst. Wirklich. Auch wenn du das jetzt vielleicht nicht erwartet hast. Lass dich halt nicht erwischen.« Ihre dunkel umrandeten Augen waren ernst. Ernst und ein wenig hart. Ein Blick, der irgendwie in die Enge getrieben, aber gleichzeitig angriffslustig wirkte. »Nicht egal ist mir aber, dass du mir was anderes verschweigst«, fuhr sie fort. »Ich weiß nicht, was es ist. Aber ich spüre es.« Sie legte die Zigarette im Aschenbecher ab und kaute auf ihrer Unterlippe. »Ist was in der Schule? Ist was mit einem Mädchen?«

»Quatsch«, murmelte ich, die f6 noch immer unangezündet zwischen den Fingern.

»Was ist es dann? Du hast doch was. Erzähl es mir. Bitte.«

»Ich hab mich mit den Jungs verstritten«, sagte ich leise. Ich wusste, dass ich irgendetwas sagen musste, dass mich meine Mutter sonst nicht weglassen würde. Sie nickte. Ihr Blick wurde ein wenig wärmer, blieb aber wachsam.

»Vor allem mit Timo und Steve«, ergänzte ich.

»Verstehe. Weshalb?« Ich zuckte mit den Schultern.

»Ich kann das nicht erklären«, sagte ich. »Jungskram.«

»Jungskram«, wiederholte meine Mutter und widmete sich wieder ihrer Kippe. »Ist das gleichbedeutend mit: Ich soll mich nicht einmischen?«, fragte sie schließlich. Ich suchte nach einer Antwort, während ich gegen einen erneuten Aussetzer kämpfte. Ich spürte es jetzt schon manchmal im Vorfeld, wenn die Schatten kamen, sich die Wände auf mich zubewegten, der Boden unter den Füßen verschwand.

»Im Moment ja«, sagte ich, wieder sehr leise. So leise, dass ich nicht sicher war, ob sie mich gehört hatte.

»Okay«, sagte sie und drückte ihre Zigarette aus. »Feuer?« Ich schüttelte den Kopf. Dann legte ich die f6 zurück. Meine Mutter nahm sie.

»Ich mach mir Sorgen, Sascha«, sagte sie. »Irgendwas an dir hat sich verändert und das gefällt mir nicht. Verschließ dich nicht so vor mir. Denk dran, was ich gesagt habe. Wenn wir nicht reden, ist alles für'n Arsch.« Sie stand auf und holte sich aus dem Kühlschrank ein Bier, das schon halb ausgetrunken war.

»Na ja«, sagte sie, nachdem sie sich wieder hingesetzt und einen Schluck genommen hatte, direkt aus der Flasche. »Dafür kann wenigstens ich dir noch was erzählen. Etwas Lustiges.« Ich schaute erwartungsvoll, dankbar für alles, was von mir ablenkte.

»Ich habe es heute getan«, sagte sie.

»Was getan?«, fragte ich, einigermaßen ahnungslos.

»Erinnerst du dich noch an deinen Vorschlag? Dass ich dem Pfeiffer mal ein ganz besonderes Getränk machen soll?«

»Hm«, sagte ich. »Klar.« Meine Mutter lehnte sich zurück und sah sehr zufrieden aus.

»Ach nee«, sagte ich.

»Ach doch«, sagte sie. »Abführmittel. Jede Menge.« Bei jeder einzelnen Silbe wurde ihr Grinsen noch ein wenig breiter. »Zwei Stunden später musste der Oberarzt plötzlich dringend heim.«

»Cool«, sagte ich. Meine Mutter zuckte mit den Schultern.

»Ob das cool war, weiß ich nicht. Aber ich hatte zumindest meine Ruhe.«

»Dann kannst du das ja jetzt immer machen«, sagte ich nach einer Weile.

»Wohl kaum. Die Gelegenheit war nur günstig. Aber ich hab erstens keine Zeit, mich ständig vor seinem Zimmer rumzudrücken. Zweitens hab ich keine Lust, meinen Job zu verlieren.« Sie ließ den Rest ihres Biers in der Flasche kreisen. »Na ja, und drittens: So beschissen der Typ auch ist, er wird gebraucht.« Ich wollte protestieren, aber meine Mutter winkte ab. Sie sah plötzlich wieder müde aus, irgendwie fahl. Als hätte ihr kurzer Spaß, dieser kurze Ausbruch aus dem Trott, sie total erschöpft.

»Ganz genauso ist das, Sascha. Es dreht sich nicht alles um einen selbst.« Sie trank das Bier aus und stand auf. »Es wäre nur schön, wenn das jeder wüsste.«

27

In der Nacht hatte es einen Sturm gegeben. Die Bäume hatten die meisten ihrer gelb und braun gewordenen Blätter verloren und ein paar Äste noch dazu. Putz und Ziegel lagen auf den Fußwegen, eine Baustellenabsperrung hatte es quer auf die Straße gedrückt. Überall umgekippte Mülltonnen und ihr Inhalt, der mit den letzten Böen in bunten Wirbeln durch die Straßen tanzte.

Es fiel mir in diesen Tagen schwerer denn je, mich in der Schule zu konzentrieren. Auf der anderen Seite war sie eines der wenigen Dinge, die mich ablenkten. Am Morgen war ich pünktlich und am Nachmittag schwänzte ich nie, denn den Treffpunkt gab es nicht mehr und was sollte ich schon zu Hause. Selbst an Jarno, mit dem ich mich hin und wieder auf ein Bier im Park traf, kam ich nicht mehr so richtig ran, er wirkte weit weg, beschäftigt mit sich und seiner Zukunft.

»Denkst du, wir werden irgendwann wieder Freunde?«, hatte ich ihn in Bezug auf Engel und Timo gefragt. »Ist mir egal«, war seine Antwort gewesen. Das hatte mich irgendwie getroffen. Es war doch immer alles *andere* egal gewesen, nur unsere Freundschaft nicht. Jetzt schien es, als hätten wir nie richtig zusammengepasst, aber ich fragte mich, ob sich die Sicht auf so etwas immer nur nach den Umständen richtete. Dass man alles hinnahm, wenn es keine Probleme gab, zumindest keine größeren, und dann mit einem Mal alles infrage stellte. Auch die Vergangenheit. Vielleicht konnte es uns nur zu viert geben. Oder gar nicht.

Im Laufen zog ich den Reißverschluss meiner Jacke zu, damit sie nicht so an mir herumflatterte und den Wind unter meinen Pullover fahren ließ. An der Kreuzung vor meiner Schule lag eine Linde quer auf der Straße wie ein überdimensionierter Schlagbaum, drum herum mehrere Feuerwehrautos mit blinkenden Lichtern. An der Seite zwei Polizisten mit komischen Mützen, die versuchten, den Verkehr vorbeizuleiten. Ich stellte mir vor, dass es noch mehr Bäume erwischt hätte, dass die Oberleitungen aller Straßenbahnen zerfetzt worden wären. Was würde eigentlich mit so einer Stadt passieren, wenn sie einfach komplett stillstand? Würden auch die Menschen mal innehalten oder würde alles nur noch chaotischer sein?

Ich kam nicht dazu, weiter darüber nachzudenken. Die erste Stunde hatte gerade begonnen, als Frau Reinhard die Tafel aufklappte und den Blick der gesamten Klasse auf ein mit Kreide gezeichnetes Bild freigab. Ich hatte mich Philip und seinen Leuten gegenüber in letzter Zeit gleichgültig verhalten, war ihnen aus dem Weg gegangen. Dachte fast, sie hätten das Interesse an mir verloren, was mir ganz recht war. Doch jetzt kam sie mit aller Macht zurück, meine Wut auf diese Idioten, die sich in Schüben durch meinen gesamten Körper presste und meine Hände fast zittern ließen. Kichern, Raunen.

»Was ist das jetzt wieder für eine Schweinerei?«, keifte Frau Reinhard und man hörte, dass sie sich überhaupt nicht dafür interessierte, was man da sah – sondern nur beleidigt war, dass ihr

Unterricht gestört wurde. *Marcel*, stand auf einem Grabstein. Rechts daneben ein heulendes Strichmännchen mit etwas zwischen den Beinen, das wohl einen riesigen Schwanz darstellen sollte. Ich schaute starr geradeaus. Ich ballte die Fäuste. Die Lehrerin motzte und schrie, schlug mit der Hand auf ihr Pult, wollte wissen, wer diese Unverschämtheit zu verantworten hatte, aber es war klar, dass sie keine Antwort bekommen würde. Ich hätte Philip verpfeifen können, der meinen Blick mied, doch was nützte das. Er hätte es einfach abgestritten. Es wurde der längste Schultag meines Lebens.

Ich erwischte ihn in einer schmalen Gasse, kurz nachdem er sich von seinem Kumpel Nico verabschiedet hatte. Mit großem Abstand war ich den beiden gefolgt, hätte sie zwischenzeitlich fast verloren, weil ich sie an einer Kreuzung nicht mehr gesehen hatte. Instinkt oder Zufall hatten mich dann den richtigen Weg nehmen lassen. Jetzt oder nie, dachte ich. Ich rannte. Genau in dem Moment, als sich Philip umdrehte, riss ich ihn am Kragen zu Boden, mit einer Wucht, die vermutlich für drei gereicht hätte. Panik in seinem Gesicht, die plötzliche Verwirrung, wenn jemand kapiert, dass er angegriffen wird. Egal wie großkotzig die Menschen waren, in diesem Moment sahen sie alle gleich aus. Sofort drehte sich Philip auf die Seite, versuchte, wieder nach oben zu kommen, aber sein Rucksack behinderte ihn. Ein Tritt in den Magen erstickte seine Bemühungen. Zusammengekrümmt lag er da, seine Miene verzerrt, erst jetzt erkannte er mich.

»Bist du irre, Mann?«, schrie er. Vielleicht war ich das, ja, aber ich war nicht hier, um ihm Antworten zu geben. Mein rechtes

Knie landete auf seinem Zwerchfell, presste die Luft aus ihm wie aus einem Ballon. Japsende und röchelnde Laute folgten. Wo eben noch so etwas wie Überraschung gewesen war, sah ich jetzt nur noch Angst. Wie in Zeitlupe hob sich meine Faust, der Ellenbogen zeigte gerade nach oben, um die maximale Schlagkraft zu erreichen. So hatte ich es gelernt. Philip schrie um Hilfe, versuchte, mich abzuwerfen, und dann war ich genau über ihm, hatte seinen Oberkörper mit den Knien fixiert. Wieder hob ich die Faust, zu allem entschlossen, doch auf einmal saß ich nicht mehr auf Philip. Ich saß auf Marcel. Es war, als wäre die Wirklichkeit ausgetauscht, mit einem Fingerschnippen. Wie ein falscher Film, der über den richtigen geklebt worden war. Die Angst von Philip war jetzt die Angst von Marcel. Er sah mich an, irgendein Vorwurf war in seinem Blick, irgendeine Schwermut oder so was, ein Blick von jemandem, der keine Hoffnung hat. Und dann wurde wieder alles schwarz.

»Du hast echt Probleme, oder?« Philips Stimme hallte merkwürdig in meinem Kopf, vielleicht stellte er die Frage auch mehrmals. Lauernd stand er über mir, wie ein Jäger, der sich nicht sicher war, was er da geschossen hatte. Ich schmeckte Blut und hatte keine Ahnung, wo es herkam, ob es meins war oder sogar seins. Mühsam kam ich zurück in die Senkrechte. Mein eigener Rucksack lag irgendwo am Bordstein, Philips hing an seiner linken Schulter. Wir standen einfach nur so da. Wie zwei, die sich zufällig begegnet waren.

Langsam kamen die Geräusche der Umgebung zurück. Die Autos auf der Hauptstraße, der entfernte Lärm einer Baustelle, das Zwitschern der Spatzen im Efeu an dem Haus neben uns.

»Hör mal«, sagte Philip, »ich muss hier scheinbar mal was klarstellen. Das mit der Tafel. Das war ich nicht. Glaub es oder lass es, aber das ist die Wahrheit.« Er kratzte sich am Hals, fühlte an seinem Pullover herum. Der Kragen war ein Stück eingerissen. »Und wenn du es genau wissen willst. Mich hat das doch auch fertiggemacht, das mit dem Marcel«, fuhr er fort. »Macht es immer noch. Auch wenn ich ihn nicht kannte.« Er fummelte eine Weile an dem Stoff, zog den rechten Riemen seines Rucksacks nach oben und schob die Daumen unter beide.

»Ich hab versucht, mit dir zu reden«, sagte er. »Aber da war ja nichts zu holen.« Dann kam nichts mehr. Stumm standen wir uns gegenüber. Schließlich zuckte Philip mit den Schultern.

»Na ja, jetzt weißt du Bescheid.« Er wartete ein bisschen, nickte mir noch einmal zu und lief los. Der Spatzenschwarm flog auf und verschwand mit ihm hinter der nächsten Ecke.

WINTER

28

Die ersten Flocken fielen und puderten die Stadt mit einer dünnen Schicht, als der Brief kam. *Vorladung*, stand ganz offiziell in dem Betreff, meine Mutter hatte das Schreiben in der Küche abgelegt. An die Tischkante gelehnt, studierte Jacky das Blatt, als ob sie nach ihren zwei, drei Monaten Schule nun schon so etwas lesen könnte.

Kommissar Zetsche (Abkürzung KOM, unterschrieben nur mit einem Krakel) hatte einen langen Satz getippt, in dem von *ermittlerischen Fragen zu den Umständen im Fall Marcel F.* die Rede war, zu denen ich mich *unter Vorzeigen dieser Vorladung* einzufinden hätte. Ich erfasste den Inhalt mit einem schnellen Blick, ebenso schnell hatte ich das Gefühl, plötzlich Steine im Magen zu haben. In der Kochnische klapperte meine Mutter geschäftig mit Töpfen, Brettchen und Messern, obwohl die Zeit fürs Abendbrot noch gar nicht heran war.

»Was ist das?«, fragte Jacky dann doch, erst in Richtung Mama, die uns den Rücken zugekehrt und auf meine Begrüßung hin auch nur etwas Unverständliches gemurmelt hatte, danach in meine.

»Post von der Polizei«, sagte ich. Es war sowieso kaum noch möglich, ihr etwas vorzuflunkern, egal worum es ging, davon abgesehen wäre mir so spontan ohnehin nichts Sinnvolles eingefallen.

»Warum?«, fragte Jacky, irgendwie irritiert. Ich zuckte mit den Schultern, wartete, allerdings machte unsere Mutter keine Anstalten, einzuspringen.

»Ich soll denen bei was helfen«, sagte ich, was ja irgendwie der Wahrheit entsprach. Trotzdem brachte ich es kaum heraus.

»Bei was?«, fragte Jacky. Ihre gekräuselte Nase und ihr nach oben gerecktes Kinn zeigten, dass das jetzt noch einige Zeit so weitergehen konnte.

»Ja, genau. Bei was eigentlich?« Meine Mutter hatte sich umgedreht und sah mich an, aufmerksam, viel wacher als sonst. Vielleicht dachte sie ja, dass sie mich in dieser Situation festnageln konnte. Verdammte Scheiße, das alles war für sie sicher auch nicht leicht.

»Es gab einen Unfall«, sagte ich und konzentrierte mich auf Jacky. »Den hab ich beobachtet. Und dazu haben sie noch Fragen. Damit sie herausfinden können, was passiert ist.«

»Was für einen Unfall?«, fragte meine Schwester. Klar.

»Einen schlimmen«, antwortete ich. »Mehr willst du nicht wissen.«

»Ist jemand gestorben?«, fragte sie und das klang dann doch ein bisschen kleinlaut.

»Gut, ich denke, das reicht«, sagte unsere Mutter knapp. Jacky kannte diesen Ton. Vielleicht wollte sie es auch wirklich nicht wissen. Sie zog eine Grimasse und lief aus der Küche, als wäre ihr plötzlich etwas ganz Wichtiges eingefallen, das sie im Zimmer zu erledigen hatte. Unsere Mutter wandte sich wieder der Arbeitsfläche und der Spüle zu. Sie wusch Salat ab, schälte Möhren. Ich setzte mich und las das Schreiben auf dem Küchentisch noch einmal in Ruhe. Es waren wirklich nur zwei Sätze. Ein langer mit den *ermittlerischen Fragen* und ein etwas kürzerer, in dem mit der *Abgabe des Vorgangs an die Staatsanwaltschaft* gedroht wurde, sollte ich den Termin nicht wahrnehmen. Er war in etwa vierzehn Tagen. Durchatmen, nachdenken, sagte ich mir. Meine Mutter schälte und schälte, als wollte sie alles von den Möhren zu Streifen verarbeiten.

»Soll ich mitkommen?«, sagte sie schließlich.

»Weiß nicht«, sagte ich. Es kam überhaupt nicht in Frage, sie mitzunehmen. Das Angebot tat allerdings auch gut und vielleicht hätte ich das sagen sollen. Warum fiel mir das so schwer?

»Überleg es dir«, sagte sie. »Ich mache das natürlich.« Die Möhren, immer drei auf einmal, wurden zu feinen Scheibchen. »Und du hast keine Idee, was die wirklich von dir wollen, Sascha?«, fragte meine Mutter, während sie den orangenen Haufen von einem Brett in den Topf gab. »Ich meine, eine Vorladung? Müsste das nicht Zeugenbefragung heißen oder so?« Ich zuckte mit den Schultern.

»Keine Ahnung, Mama. Vielleicht ein Fehler.« Sie öffnete den Kühlschrank, holte die Butterdose heraus, runzelte die Stirn über den winzigen Rest und ließ ersatzweise ein wenig Wasser aus dem Hahn auf die Möhren laufen.

»Gut, Sascha«, sagte sie. »Ich hoffe, du tust das Richtige und triffst die richtigen Entscheidungen.« Sie trocknete sich die Hände ab, lief in den Flur und kam mit ihren Zigaretten zurück. Ich hätte das Gefühl gern abgeschüttelt, dass sie wegen mir so viel rauchte. Mit den Streichhölzern, die auf dem Tisch neben der Vorladung lagen, gab ich ihr Feuer.

»Ich sag dir jetzt noch mal was«, sagte sie, während der Rauch Richtung Decke stieg. »Wenn du zurzeit nicht mit mir reden magst, ist das okay. Wir müssen trotzdem zusammenhalten. In Ordnung? Du und Jacky, ihr seid das Einzige, was für mich zählt. Ich könnte es nicht ertragen, wenn ich einen von euch verliere. Du weißt, wie ich das meine.«

Philip fehlte seit einer Woche, aber was davon zu halten war, wusste ich nicht. Und ebenso wenig, wie ich das bewerten sollte, was er da am Bordstein zu mir gesagt hatte. Ja, es stimmte, im Grunde kannte ich ihn nicht und wusste daher auch nicht, was er wirklich dachte. Aber genau das war der Punkt. Andererseits, wirklich sicher wusste man das ja nie.

Da ich dem Unterricht sowieso kaum folgen konnte, beobachtete ich stattdessen meine Klasse, auf der Suche nach irgendeiner Erleuchtung. Nico mit seiner glänzenden Jacke, die er auch im Klassenzimmer nicht auszog, als wäre er einer von den *New Kids on the Block*. Nico ohne Philip allein auf seiner Bank. Peggy mit ihrer Gatorade-Trinkflasche neben der Federmappe, als wäre sie eine Sportlerin, obwohl sie, na ja, eben genau das nicht war. Peggy, die immer allein saß. Ulrike mit ihrem Topfschnitt. Manuela mit ihrer dicken Brille. René mit seinem gehetzten Blick, der immer ein wenig aussah, als hätte er Schiss, eins auf die Mappe zu bekommen. Ich hatte mich nie um diese Leute bemüht, sie hatten es doch umgekehrt auch nicht getan. Ich hatte auf sie gepfiffen, sie vielleicht sogar verachtet. Vielleicht tat ich das auch immer noch.

Ich konnte mich noch ganz genau an meinen ersten Tag in der ersten Klasse erinnern, Grundschule, bald zehn Jahre war das nun her. Der Tag, an dem in der Pause Jarno auf mich zugekommen war.

»Soll ich dir zeigen, wie man Schleudern baut?«, hatte er gefragt, genau so, als ob er gewusst hätte, dass ich es nicht konnte, aber lernen wollte. Erst am Nachmittag hatte er mir gesagt, wie er hieß, weil er sich schämte für seinen Namen, weil er ihn blöd fand. Ich hatte erwidert, dass er das nicht zu tun brauchte, denn niemand konnte doch was für seinen Namen. An diesem Tag wurden wir Freunde. Timo aus unserer Klasse kam dann noch dazu und irgendwann Engel. Später, als wir uns immer auf der Straße rumtrieben. Tja, und irgendwie war es dann einfach ganz normal gewesen, dass wir mit niemand sonst etwas zu tun haben wollten. Dass wir auf alle anderen herabblickten, obwohl es vielleicht genau umgekehrt war.

Den Nachmittag verbrachte ich allein zu Hause. Meine Mutter war mit Jacky in der Stadt, warme Sachen für den Winter kaufen. Jacky hatte so lange gequengelt, dass sie meine ausgelatschten Stiefel, die Bommelmütze mit dem Flugzeug drauf und erst recht den abgewetzten Schneeanzug nicht tragen wollte, bis Mama schließlich gesagt hatte: »Gut, wir gehen mal gucken.« Das war gleichbedeutend mit *Wenn es zu teuer wird, hast du leider Pech*, aber für meine Schwester immerhin ein Teilerfolg.

Ohne wirklich hinzuschauen, saß ich vor dem Fernseher, zappte durch Zeichentrickserien und Tierdokumentationen, als es klingelte. *Schon zurück? Schlüssel vergessen?*, schoss mir durch den Kopf. Alles, was mich ablenkte, war mir recht, daher eilte ich zur Tür. Ich öffnete. Timo straffte sich ein Stück und versuchte ein

Lächeln, als er mich sah. Ich selbst schaute wahrscheinlich blöd wie ein Auto.

»Kann ich rein?«, fragte er ohne Umschweife. Ich zuckte mit den Schultern und machte Platz. In der Küche wollte sich Timo gleich eine anstecken, weil er den Aschenbecher registriert hatte.

»Lass mal«, sagte ich. »Jacky kommt gleich heim.« Timo hob eine Augenbraue und stopfte die Kippen (West wie Engel) wieder in seine Hosentasche. Er setzte sich. An der Wand neben dem Tisch hingen alte Fotos, durch Bratenfett und Staub über die Jahre schlierig geworden. Vor allem ich als kleiner Junge. Keins von meinem Vater.

»Alles klar bei dir?«, fragte Timo, schaute von den Fotos auf mich und zurück, unbewusst vielleicht. Das Brikett auf seinem Kopf hatte jetzt wieder die gleiche Länge wie früher.

»Was willst du?«, fragte ich. Timo hob das Kinn und kramte ein Papier hervor, fünf- oder gar sechsmal gefaltet.

»Das hier besprechen«, sagte er. »Hast du das auch bekommen?« Er hielt mir das Päckchen Papier hin, das in etwa so groß wie eine Streichholzschachtel war. Ich nickte, ohne es zu nehmen.

»Immerhin«, murmelte Timo, halb zu sich selbst. Das Ticken der Küchenuhr über uns schien immer langsamer zu werden.

»Und?«, fragte er. »Was wirst du denen erzählen?«

»Hat Engel dich geschickt?«, fragte ich statt einer Antwort. Timo zuckte zusammen, als hätte ich ihn in den Bauch geboxt. Ein Schatten lief über sein Gesicht, das sich bis jetzt um Freundlichkeit bemüht hatte.

»Kann ich doch eine rauchen?« Wortlos öffnete ich das Fenster. Jacky und Mama waren hoffentlich noch eine Weile unterwegs. Timo brauchte etwa eine halbe Zigarette, bis er weiterredete.

»Ja, hat er«, sagte er dann. »Ich soll dich warnen. Dass du ja nicht singen sollst bei den Bullen.«

»Engel kann mich mal.« Timo grinste, ein durchaus aufrichtiges Grinsen, als würde ihn das wirklich amüsieren.

»Was ist daran so lustig?«, fragte ich. Er ließ sich erst einmal wieder Zeit, rückte auf seinem Stuhl herum, als wäre der irgendwie unbequem.

»Engel hat Schiss«, sagte er schließlich. »Ist ja eigentlich auch ganz logisch, dass er Schiss hat. Er ist der Einzige von uns, der volljährig ist.«

»Engel hat doch vor nichts Schiss«, sagte ich. »Na ja. Behauptet er zumindest immer.«

»Genau«, sagte Timo. »Genau das ist der Punkt. Er hatte sogar zu viel Schiss, um selbst mit dir zu reden. Hat mich vorgeschickt. Schon irgendwie witzig.« Ich schnaubte. Damit hatte ich nicht gerechnet. Ich konnte gar nicht anders, als an all die coole Zeit zu denken, die wir miteinander verbracht hatten. Mit Engel, dem Älteren, der uns von Anfang an mit Kippen und Bier versorgte. Und der uns trotz seiner oft beschissenen Art auch immer wieder aus gefährlichen Situationen rausgehauen hatte.

»Na gut«, sagte ich. »Danke für die Information. Aber ich weiß noch nicht, was ich mache. Und wenn ich bei den Bullen bei unserer Story bleibe, ist das meine Entscheidung. Nicht Engels. Das kannst du ihm genau so ausrichten.« Timo drückte seine Zigarette aus und nickte.

»Geht klar«, sagte er und betrachtete mich noch eine Weile. »Ich zieh mal weiter. Ich muss noch zu Jörn.«

»Dieselbe Geschichte erzählen?«, fragte ich.

»Ja. Oder besser, vielleicht gleich die richtige.« Etwas unschlüssig stand Timo auf. Dann hielt er mir die Hand hin. Ich schlug ein und unsere Schultern trafen sich. Der Cliquengruß. Ich brachte Timo zur Tür. Schon auf der Treppe, drehte er sich noch einmal um.

»Treffen wir uns mal wieder?«, fragte er. »Wenn das hier vorbei ist?«

»Wie soll das hier jemals vorbei sein«, sagte ich. Vielleicht wollte Timo die Geschehnisse gern vergessen. Irgendwie wollte ich das ja auch. Es war nur besser, zu kapieren, dass das nicht ging.

»Aber, ja«, sagte ich. »Meinetwegen. Klar. Machen wir.«

29

Der Spielplatz war eine einzige Matschpiste. Auf den braunen Laubhaufen vom Herbst, die sich überall an und auf den maroden Geräten türmten, lag eine dicke Schicht Schnee, von Temperaturen leicht über null zu einer dreckigen Pampe getaut. Den Spielplatz ohne Gummistiefel oder Winterschuhe überhaupt zu betreten bedeutete zwangsläufig nasse Füße, aber Jacky machte das nichts aus. Schlechtes Wetter machte Kindern ja nie was aus, außerdem hatte sie von Mama tatsächlich einen nagelneuen Schneeanzug gekauft bekommen, gelb und wasserabweisend und in korrekter Größe.

Jacky leuchtete regelrecht im Halbdunkel der Dezemberdämmerung. Sie hüpfte durch den Sandkasten, bei dem man jetzt nicht sagen konnte, ob sich unter all dem Schmutz Scherben verbargen, kletterte und schaukelte an dem langen Gestell, an dem nur noch eine von drei Schaukeln hing. Ich spürte heftiger als früher, dass mich diese Spielplatzbesuche eigentlich langweilten, aber ich hatte ihn heute Nachmittag selbst vorgeschlagen. Es war mir viel wert, wenn Jacky gut drauf war. Würde es wohl immer sein.

»Hast du mittlerweile ein paar Leute in deiner Klasse gefunden?«, fragte ich, während die Aufhängung der Schaukel bei jeder Bewegung knarrte wie die Schiffsdielen in einem Piratenfilm.

»Freundinnen? Freunde?« Meine Schwester schwang ein paar Mal vor und zurück, ohne zu antworten. Ich war mir sicher, dass sie meine Frage verstanden hatte, also klemmte ich mir eine Wiederholung. Stattdessen winkte ich ihr.

»Ja«, kam aus der Luft, kurz und knapp, es hätte im Grunde auch das Gegenteil bedeuten können.

»Okay«, sagte ich. »Kommt da noch was?« Jacky schwang wie ein überdimensioniertes Pendel, hin und her, weiter und weiter. Ich winkte noch einmal.

»Nä«, sagte sie. Das Licht war zu trübe und sie schaukelte zu schnell, um in ihrem Gesicht lesen zu können. Herauszufinden, was ihre Einsilbigkeit zu bedeuten hatte, ob sie ein gutes oder ein schlechtes Zeichen war. Ich dachte kurz an unsere Mutter, der es mit mir bestimmt auch so ging, manchmal zumindest. Dann wurde ich aus meinen Gedanken herausgerissen.

»Guckt mal da!«, hörte ich. »Sind sie nicht süß?« Ich sah zum anderen Ende des Spielplatzes, wo der Schotterweg in einem dunklen Park verschwand. Fünf, sechs Typen schlurften von dort auf uns zu. Jünger als ich, aber nicht viel. Einer trug einen zu großen schwarzen Mantel, was unglaublich lächerlich aussah, ihn aber wohl zum Anführer machte. Er lief in der Mitte, die Hände in den Taschen, als hätte er dort irgendwas Gefährliches versteckt. Vielleicht war ihm auch nur kalt. Es waren tatsächlich dieselben Bengel, die wir im Sommer hier schon mal gesehen hatten.

»Was wollen die?«, fragte Jacky und stoppte die Schaukel mit den Hacken, im Sand war ein lang gezogenes Schmatzen zu hören.

»Sich wichtigmachen«, sagte ich.

»Warum?« Jacky schaute mich an, die Lippen schmal und die

Augen groß. Sie wollte es wirklich wissen. Ich straffte meine Schultern. Spannte die Muskeln, lockerte meine Finger. Ich spuckte auf den Boden. Wie Jarno.

»Weil sie es nicht sind.« Dann ging ich der Gruppe entgegen. Zügig, aber ohne Hast.

»Bleib da«, rief ich noch in Jackys Richtung und sie sah mich an mit einem Gesichtsausdruck, den ich von Mama kannte. Sie würden es beide nie verstehen.

Als ich zurückkam, war das Bild fast unverändert. Jacky hatte sich die Kapuze ihres Schneeanzugs aufgesetzt. Sie leuchtete wie eine Märchenfigur, eine gelbe Version von Rotkäppchen. Ich hoffte, dass sie nie so einen Schmerz spüren musste wie ich, diese Angst, irgendwann noch jemanden zu verlieren. *Zeit heilt alle Wunden*, darauf wartete ich immer noch und so langsam begriff ich, dass das einfach nicht stimmte. Dass es Wunden gab, die blieben, und dass man diese Verletzungen mit Vorsicht behandeln musste, wenn man mit ihr weiterleben wollte.

»Was hast du zu denen gesagt?«, fragte meine Schwester stirnrunzelnd, den Kopf ein wenig schief gelegt, ein bisschen neugierig, ein bisschen verwirrt.

»Nicht so wichtig«, sagte ich. Jacky stieß ihren Fuß in den Matsch, ein paar nasse Klümpchen spritzten an meine Hose. Sie kannte mich, wie sich Geschwister eben kennen. Deswegen wusste sie auch, dass ich es ihr nicht erzählen würde, und das war auch in Ordnung so. Sie sollte ruhig Kind bleiben. Solange sie konnte.

Im Schein der Laternen sah das Muster aus Kacheln an der Fassade ganz anders aus als am Tag. Eine der rostroten Lampen flackerte unregelmäßig, als säße oben drin irgendein kleines, morsendes Männchen. Dieses Innere von Muscheln, Perlmutt oder wie das hieß, die Kacheln am Haus schimmerten jetzt in genau diesen Tönen. Ich sah dem Farbenspiel eine Weile zu. Nicht, weil ich Angst hatte, sondern weil ich es schön fand.

Die Beleuchtung am Eingang war kaputt, zerschlagen, die Klingelschilder praktisch unlesbar. Das Pflaster konnte ich trotzdem erkennen. Das Geräusch des Summers war nur noch ein Stottern, immerhin funktionierte er noch. Ich schob die Tür auf und betrat das Treppenhaus. Oben knipste jemand das Flurlicht an. Ich wusste, dass sie diesmal zu Hause waren, spürte es so deutlich, als hätte ich diese Szene schon mal erlebt. Vielleicht lag es daran, dass in letzter Zeit so vieles einem Traum geglichen hatte. Manchmal hatte ich gar nicht gewusst, ob ich wach war oder nicht.

Während ich die Stufen nach oben stieg, ging ich im Kopf noch mal die Sätze durch, die ich mir überlegt hatte. Ich hoffte, dass es mir in Zukunft leichter fallen würde, Entscheidungen zu treffen, aber ich ahnte auch, dass das nur die eine Hälfte war. Die andere Hälfte war, einer Entscheidung auch eine Tat folgen zu lassen. Das würde wahrscheinlich nie einfach sein, egal was die Kindergeschichten erzählten. Den wirklichen Mut brauchte man immer sich selbst gegenüber.

Mein Blick blieb an Marcels Vater hängen, er öffnete die Tür, seine Mutter kam erst danach von ganz hinten im Flur heran. Das also war er. So sah er aus. Ein dunkler, etwas struppiger Bart. Eine Brille mit silbernem Rand. Ein Strickpullover, der bestimmt auch bei Minusgraden wärmte. Ein kleiner Mann, irgendwie, denn je größer die Trauer, umso kleiner wirkten die Menschen. Und ein

Fremder, denn egal wie oft ich das hier für mich durchgespielt hatte, die beiden kannten mich nicht.

Ich sah Marcel eher in seiner Mutter, die jetzt neben seinem Vater stand, in meinem Gesicht genauso forschte wie ich in ihrem. Sie trug eine Bluse in tiefem Blau, was das Gefühl noch unterstrich, direkt aufs Meer zu schauen. In etwas Undurchdringliches. Ich fragte mich, ob diese Lippen in den letzten Monaten einmal gelächelt hatten. Ob sie es wieder tun würden. Und ich versuchte, mir genau das vorzustellen.

Die beiden schwiegen. Warteten. Noch einmal holte ich Luft.

»Hallo, ich bin Sascha«, sagte ich dann. »Kann ich reinkommen? Ich muss Ihnen etwas erzählen. Über Ihren Sohn.«

EPILOG

Der Rhododendron blüht jetzt wieder. Überall links und rechts an den Wegen. Verdammt lange her, dass ich hier gestanden und zu dir gesprochen habe, Papa. Ich weiß nicht, wie ich das letzte Jahr beschreiben soll. Vielleicht muss ich das eines Tages mal für mich ordnen. Zu Papier bringen oder so. Sobald ich kann. Im Moment fehlen mir einfach die richtigen Worte.

Wir haben der Polizei alles erzählt. Alle vier. Dieser Zetsche war nicht zufrieden, hatte sich irgendwie festgebissen. Wollte uns irgendwas anhängen nach dem Motto, wir hätten Marcel letztlich doch auf die Gleise geschubst. Aber wir wussten ja, wie es gewesen war. Wir wussten, dass das so nicht stimmte, und etwas anderes hat er uns nicht beweisen können.

Wir wurden zwar wegen gefährlichen Eingriffs in den Bahnverkehr verurteilt, haben aber nur Sozialstunden bekommen, Engel die meisten. Die Richterin meinte allerdings, dass wir uns nicht noch was leisten dürften. Wir stünden unter Beobachtung. Mama hat es irgendwie so gedreht, dass ich die Stunden bei ihr im Krankenhaus machen kann. Die Arbeit ist anstrengend, ich habe nicht viel weniger Aufgaben als die richtigen Pfleger und Schwestern, aber es sind alle nett zu mir. Vielleicht mache ich nach der Schule meine Lehre ja einfach dort.

Es ist verdammt schwer, mit dem letzten Jahr zu leben. Immerhin schlafe ich mittlerweile wieder etwas besser. Mein Traum kommt nur noch selten. Ich habe nicht mehr ganz so viele Aussetzer und sehe Marcel nicht mehr ständig irgendwo, außer auf dem Schreibtisch von Jacky und mir. Ja, richtig. Seine Eltern haben mir ein Foto von ihm geschenkt, irgendwie war ihnen das wichtig. Ich treffe mich immer mal mit ihnen. Hauptsächlich zum Schweigen, aber was soll man groß sagen. Sie meinten, ich wäre Marcels bester Freund gewesen, was mir komisch vorkommt, wir haben uns ja nur ein paar Wochen gekannt. Aber vielleicht misst man Freundschaft nicht in Zeit. Na ja. Jedenfalls hatte ich das Bild erst mal in eine Schublade gesteckt, aber das hat sich nicht richtig angefühlt. Nun steht es eben auf dem Tisch. Wie so oft bei den Dingen von Toten scheint etwas Lebendes in ihnen zu stecken und manchmal ist das Foto dadurch fast ein bisschen unheimlich. Aber meistens nicht. Meistens ist es eigentlich schön.

Marcels Grab ist übrigens gar nicht weit weg, ich war vorhin dort. Da hinten, vielleicht hundert Meter von hier entfernt. Seltsam ist das, aber vielleicht auch gut. Keine Ahnung. Eins ist klar: Ich werde das nie wirklich verstehen, was Marcel getan hat. Und ich weiß nicht, ob ich irgendwann noch Antworten finde, warum. Wenn, dann bei Miriam. Aber vielleicht müssen wir alle mit unseren Fragen leben. Auch sie. Ich wünschte, ich könnte einfach die Uhr zurückdrehen. Aber das geht nicht. Wir müssen klarkommen. Irgendwie.

Wenn mich jemand vor einem Jahr gefragt hätte, wie man mit so was umgeht, hätte ich keine Ahnung gehabt. So etwas zu sehen und es nicht verhindern zu können … Ich hätte ja nicht einmal eine

Vorstellung davon gehabt, wie es ist, immer wieder diese Bilder im Kopf zu haben. Dieses Gefühl, immer und immer wieder in einen Abgrund ohne Boden geworfen zu werden. Einen Abgrund, in dem es keinen Aufprall gibt. Nur den Fall. Es ist anders als bei dir, bei dir habe ich diese Leere in mir, aber dein Tod ist so lange her. Du fehlst mir, aber ich kann das Gefühl des Verlusts nicht greifen. Ich war damals zu jung. Du weißt das ja.

Eine Sache noch. Ich habe lange darüber nachgedacht, wie das ist mit dem Vergeben. Weil ich nicht weiß, ob so eine Entscheidung endgültig ist. Also, ob man sie auch wieder zurücknehmen kann, wenn man einmal vergeben hat. Falls man es sich anders überlegt. Wahrscheinlich kann man das nicht, aber vergeben ist ja nicht vergessen. Jedenfalls, ich habe es getan. Zu Silvester, als ich mit Mama auf das neue Jahr angestoßen habe. Und dann war es wirklich so, als wäre etwas von mir abgefallen. Trotzdem finde ich es schwer, dir das zu sagen, ich habe immer noch einen Knoten im Hals. Also. Ich habe ihm vergeben. Dem Mann. Du weißt schon, wen ich meine. Und ich hoffe einfach, dass das in deinem Sinne ist.

Ich hab mal zu Jarno gesagt, dass jeder leben will. Und das glaube ich immer noch. Genau wie bei Marcel hätte ich gern gewusst, gern verstanden, was du für ein Mensch warst, Papa. Leider hatte ich bei euch beiden viel zu wenig Zeit.

Aber zumindest weiß ich heute ein bisschen besser, was ich für ein Mensch bin.

Und vielleicht, ganz vielleicht, weiß ich damit auch etwas über dich.

256 Seiten, gebunden
ISBN 978-3-8369-5955-1

Johannes Herwig

Bis die Sterne zittern

Leipzig, 1936. Die Sommerferien haben eben erst begonnen, als Harro von Hitlerjungs in die Mangel genommen wird. Unverhofft bekommt er Hilfe von Gleichgesinnten, die wie er mit der Nazi-Ideologie nichts zu tun haben wollen. In dem Jahr, das folgt, ändert sich für Harro alles.
Die Leipziger Meuten, oppositionelle Jugendcliquen ähnlich den Edelweißpiraten, haben Johannes Herwig inspiriert: Eine mitreißende Geschichte über jugendliche Rebellen, die sich nicht sagen ließen, wie sie zu leben haben.

Johannes Herwig beschreibt authentisch und berührend Harros Bemühen, seinen Weg zu finden. Das Buch dreht die Zeit zurück und man findet sich in Harros Geschichte wieder – mit all seinen Problemen und Ängsten … Bis die Sterne zittern *regt zum Nachdenken an: Was bin ich bereit zu tun für eine freie, offene Gesellschaft? Würde ich Widerstand leisten, wenn sie bedroht wäre?*

Nominierung Deutscher Jugendliteraturpreis, Jugendjury

Paul-Maar-Preis für junge Talente, Deutsche Akademie für Kinder- und Jugendliteratur

Leselotse, Börsenblatt

www.gerstenberg-verlag.de

Johannes Herwig

Scherbenhelden

272 Seiten, gebunden
ISBN 978-3-8369-6059-5

Nino lebt allein mit seinem Vater. Stress in der Schule, Ärger daheim. Perspektive? Kein Plan. Gemeinsam mit seinem besten Freund Max wird er eines Tages beim Klauen erwischt und von einer Gruppe Punks rausgehauen, die bald sein neues Zuhause wird. Gefühle für ein Mädchen mit dunklem Geheimnis und die tägliche Bedrohung durch Neonazis machen sein Leben nicht leichter. Außerdem will Nino endlich wissen, warum seine Mutter ihn und seinen Vater kurz vor dem Mauerfall zurückgelassen hat … Johannes Herwig erzählt über die Neunziger in Leipzig: Eine Geschichte über Veränderung und Aufbruch, eine Geschichte über die Hoffnung.

Dass Johannes Herwig diese Zeit und das Lebensgefühl aus eigener Erfahrung kennt, spürt man auf jeder Seite. Da stimmt, soweit man das als Außenstehende überhaupt beurteilen kann, alles: der Ton, die Stimmung, das Umfeld, die Typen. Er berichtet lakonisch, knapp, faktenorientiert … ein echter Pageturner.

Deutschlandfunk Kultur

Die besten 7 Bücher für junge Leser,
Deutschlandfunk

White Raven, internationale Jugendbibliothek

www.gerstenberg-verlag.de

Johannes Herwig, 1979 in Leipzig-Connewitz geboren und aufgewachsen, wusste schon als Kind genau, was er wollte: Autor werden – vergaß es aber für ein paar Jahrzehnte. Während seine Eltern 1989 zu den Montagsdemos gingen, schaute er *Ein Colt für alle Fälle* und begriff erst ein, zwei Jahre später, was da wirklich passiert war. Die Nachwendezeit erlebte er als Punk und machte sein Abitur nicht nur auf der Schulbank, sondern auch in den Straßen seines Kiezes.

Nach einigen Umwegen studierte er Soziologie und Psychologie, war viele Jahre selbstständig im Kulturbereich tätig und Mitbegründer der Filmgalerie Phase IV. Seit 2013 widmet er sich endlich seinem lang gehegten Traum: Schreiben. Sein Debüt *Bis die Sterne zittern* wurde mit dem Paul-Maar-Preis für junge Talente ausgezeichnet und von der Jugendjury für den Deutschen Jugendliteraturpreis 2018 nominiert. 2020 folgte *Scherbenhelden*.

Die Arbeit an diesem Buch wurde gefördert durch ein Stipendium des Bundesprogramms Neustart Kultur.

VG WORT

NEU START KULTUR

Die Beauftragte der Bundesregierung für Kultur und Medien

MIX
Papier aus verantwortungsvollen Quellen
FSC® C014496
FSC www.fsc.org

1. Auflage 2023

Umschlag von Marion Blomeyer, LaVoila
Druck und Bindung: GGP Media GmbH, Pößneck
Printed in Germany
www.gerstenberg-verlag.de
ISBN 978-3-8369-6205-6

Weitere spannende Romane
findest du auf unserer Homepage:
www.gerstenberg-verlag.de